樊健军——著

冯玛丽的玫瑰花园

上海文艺出版社

目录

内流河 | 001

后遗症生活 | 078

镜子的禁忌 | 137

梦游楼 | 193

灵魂盘旋 | 248

铁皮幻想史 | 278

冯玛丽的玫瑰花园 | 305

追风筝的女人 | 372

01 内流河

一

从三年前开始,胡细楠的时间进一步细化,从四块分裂为五块:第一块给蒋文静和胡小小,第二块给文化馆,第三块给棋校,第四块给奇石,第五块给狐朋狗友,也给那些偶遇的转身即逝的红粉。这种划分有自愿的成分,但大多数是被动的,不得不分出时间来应对。他很不情愿看到自己的生命被肢解成许多碎片,又无法阻止。十五年前,他从一所乡村中学调进文化馆,刚开始在办公室守电话,烧开水扫地抹桌子,给馆长案头的发财树浇水,必要时也给馆长拎拎包,端端茶杯。还给馆长写过重要讲话，述职报告，和发展群众文化的政论文章。有一次他在馆长的重要讲话中用了两个成语：高屋建瓴和振聋发聩，被馆长误读为"高屋建瓦""振聋发贵"之后，馆长就将他炒鱿鱼了。馆长在政府招待所做厨师时最拿手的菜就是铁板鱿鱼须，最常用的口头禅是炒鱿鱼。他的确炒过几个聘用人员的鱿鱼，但个别人后台太硬，炒过后又成了回锅肉。胡细楠是在编干部，馆长炒他不掉，就将他炒进了文艺创作室，编辑馆内一本文艺内刊，半年一期，一年两期，必要时会增加一期。这种必要当然由馆长决定。再必要时也会抽调他干些别的活，比如排练紧张时让他给演员们订盒饭，买夜宵，送戏下乡时让他管理道具，布置演出现场，等等，都是些无关紧要的活儿，换成谁都能干。

后来有一天，胡细楠在一家宾馆门口巧遇馆长同一位饰演过喜儿的女同事，从那以后，馆长就极少安排他做别的事。没过多久，馆长给胡细楠空出来的时间被填实了，棋友许一帆撺掇他创办了启智少年围棋学校。

三年前，许一帆迷上了收藏奇石，将他也卷了进去。

往后发展，胡细楠的时间随时有可能会进一步分为六块，七块，就像细胞分裂，直至无数碎片。蒋文静是独生女，她的父亲患有高血压，万一哪天半身不遂，侍候病人的重担责无旁贷会落到他们头上。但在没有继续分裂之前,他必须按照现有划分执行,即使不能严格平均分配有效时间,大致上必须保持平衡,向哪一方都不能倾斜太多。他自嘲自己就是条脖子上系满绳子的狗,哪根绳子拽一下,就得赶紧朝哪个方向扑过去,半点耽误不得。

比如,现在,他的时间定格在第一块,属于蒋文静和胡小小。早在周三晚上,蒋文静就用半是提醒半是命令的口吻对他说,周六上午陪同胡小小去潘老师那儿练琴。那天晚上,女儿睡熟之后,胡细楠鬼鬼祟祟溜进她们母女的卧室,企图将蒋文静劫持出来。对一个不惑之年的男人来说,少年时的凌云壮志也许没了,大富大贵的幻想也许灭了,但却没法阻止身体分泌雄性荷尔蒙。当他在黑暗中俯身要抱起蒋文静时,他的下半身不由自主僵硬了,而且带着一种痉挛似的疼痛。但她没让他的阴谋得逞,及时揪住了他的耳朵,他直起身时耳朵被夸张地拉长了,如果不放弃,耳朵完全有被撕裂的危险。滚出去!她低吼着说。他看不见她脸上的表情,她的语气已宣告了她的态度,此刻的她就像头护崽的母狮,只要他稍有坚持,肯定会被她撕碎。最后,他就像只没偷着腥的猫满腔沮丧又满怀怒火灰溜溜地回到了自己的卧室。你贱!他在重新躺下之前狠狠地扇了自己一个耳刮子。

蒋文静的吩咐让胡细楠不敢怠慢。蒋文静正面临非常时期，特殊教育学校有三位副校长，依照上面的意思，只能保留两位副校长，谁上谁下，上面不直接表态，而是采取公开竞岗的方式，优胜劣汰，优秀的接着担任副校长，淘汰的要么调离特教学校，要么降职为普通教师。她最为恐惧的是调离，当然，退回到普通教师的岗位上也让人难为情。她是背水一战，只能胜不能败，胜利没有骄傲可言，可一旦失败，就不单是耻辱的问题。而胡小小呢，面临的考验比蒋文静似乎还要激烈，小学生文艺汇演在即，一个月后海选汇演节目。胡小小要抓紧时间练习钢琴，蒋文静和她的班主任，都希望她能登上汇演的舞台，甚至都给她选定了参加汇演的曲目。

胡细楠比往常提前半小时起床，洗漱后赶紧下楼去买早点，胡小小喜欢吃福满多饺子店的蒸饺，之前福满多就在小区东边的一条巷子里，后来旧城改造，巷子被拆迁了，饺子店被迫迁走，同他们所在的小区隔了好几条街道。蒋文静的早餐向来简单，一只老面馒头加一支酸奶，多少年不曾改变。他买好早点回来，蒋文静早已洗漱完毕，搬了一张小杌子，坐在阳台上看着一本什么书。之前摆在那儿的面包椅被她挤到角落里去了。女儿大概还没起床，蒋文静见他进屋赶紧朝卧室叫喊，小小，该起床了。他做了个手势阻止说，时间还早，让她多睡一会儿。她瞪了他一眼说，假慈假悲。说着欲起身去唤女儿。他见状先一步进了她们的卧室，胡小小像只小动物似的蜷缩成一团，嘴角撇着，像是无奈又像是不满。他不忍心惊醒她，就立在床头。过了一会儿，忍不住拿手抚摩了一下女儿的脑袋，女儿眼皮挣扎了几下，睁开了，很快又闭上了，再挣扎几下，弯过小手揉擦了几下眼窝，这才完全睁开了眼，向他微笑了一下。再睡会儿吧。他安慰女儿。她却不听他的安慰，一骨碌从床上爬了起来，离开房间时还给了他一个奇怪的眼神，似乎在责备他别有用心。

他愣怔了一下，但很快恢复了自然，他同女儿的关系不像她同她妈妈那样，蒋文静平时待她严格得有些苛刻，女儿并没有因此投向他的怀抱。在他和女儿之间好像隔着堵墙，或者是道鸿沟，他跨不过去，女儿似乎也不情愿过来。在同女儿有关的大小事情上，他始终赔着小心，像是捧着一只玻璃器皿，生怕哪儿出了差错会摔碎了。女儿吃蒸饺的空当，他就收拾女儿练琴时要用的一些小东西，一条有小白兔图案的小毛巾，一瓶酸奶，一只装有巧克力的盒子，盒子里有几块女儿之前还没来得及吃完的巧克力，琴谱，笔记本，等等。他将这些东西装进女儿的背包，背包当然由他拿着。

咱们走吧。他招呼女儿。

等等。蒋文静挺着腰眼睛直勾勾地盯着他，如此对视了半分钟，她才从小机子上站起来说，还是我去吧。

内心忽然沉了一下，一种失重的感觉攥住了胡细楠。蒋文静寥寥几字透露的都是对他的不信任，是对他某种权利的剥夺。他没坚持，将女儿的背包交给了她妈妈，就像一个战士交出了他的武器。他不是没有脾性，只是在多次同她的战争之后慢慢就磨钝了，磨圆了。也没必要，她是为了女儿，既然都是为了女儿，只要结果一样，过程就可以忽略了。况且他们的行为都在女儿的视线之内，她的目光随着她的背包移动，从胡细楠这边过渡到蒋文静那边。

我开车送你们去吧。他带着讨好的语气说。

不必了。蒋文静在这点上倒是不会溺爱女儿，平时宁可挤公交车也不愿意让他送她们。

中午早点做饭，去宰只鸽子炖个汤，弄几个小小喜欢吃的菜。她本来都走过玄关，出了门，又回转身来朝他吩咐。

二

屋子里安静了下来，一种空旷像烟雾那样流窜，或者像云停留在半空中。这是一套三居室，一百二十平米，客厅占去了差不多四十平米。蒋文静曾有过想法，把它卖了，换成一套复式结构的。胡细楠不同意，不同意的理由有两条：一是钱不够，换成复式结构得补上一大笔钱，还得装修；另一个理由是他没有说出口的顾虑，如果换成复式结构，是不是有一层完全属于蒋文静和胡小小，那一层他会被禁足。他预感换房是她的阴谋，所以坚决没有答应。估计她也被没有钱的现实折服了，没有钱嘛，啥事也干不成。一切照旧。像磨房里的驴就在原地转圈，年复一年，转腻烦了也得转下去，除非倒下了，就倒在磨房里，倒在石磨的阴影下。

　　胡细楠有一种错觉，好像内心某个部位被掏空了，就像四十平米的客厅空无一物。接下来不知该去干什么。计划中这个上午是要交给女儿的，可现在她们丢下他，把他彻底放逐了。这种放逐并非第一次，以前约见朋友，临到头朋友不来了，放他鸽子了，这种突然多出来的空旷让人无所适从，有时他会改约其他人，有时干脆到棋摊上同几个无所事事的老头厮混。总要把它对付过去，总要把空旷给填实了。大半辈子好像就这么回事，把一个个空旷填平了，填到现在，都不知把自己填在哪个深坑里了。

　　他从书房的抽屉里抽出一支烟，走到阳台上打算把它干掉。蒋文静不让他在家里抽烟，有时为了一支烟不得不下楼躲到小区的桂花树下过一下烟瘾。蒋文静她们早就不见人影了，刚刚被蒋文静捧在手里的书扔在面包椅上，是一本特教教材，是她之前参加市里的培训带回来的。烟抽到一半，他还没想好怎么打发这个上午，去清洗石头可又不怎么想动弹。胡思乱想时茶几上的手机响了，他将没来得及抽完的半支烟从防盗网的空隙中弹了出去，并拿手扇了扇，将眼前的一团烟雾扇没了。

在受戒呢？是许一帆的电话，每次打电话的开场白都是这么一句。

换在以往，他肯定会找句玩笑话回敬对方，但今天不知怎么提不起兴趣，只对着手机嗯了一声。

让蒋二娘踩着尾巴了？许一帆可能听出了他的异样，并不放过开玩笑的机会。

都像你啊，哪来那么多的尾巴。他的反击有气无力。

许一帆静了一下，才说，下楼吧，哥带你去兜兜风。

他依言下了楼，在楼道里就想着该同许一帆怎么说，他们俩平日里有了烦心事，会向对方晾出来，但多半都是浅尝辄止，不想朝深里说。在一块时间长了，就算不说，对方也能感觉得到。比方说，胡细楠是妻管严，但蒋文静并没有到许一帆说的那般地步，绝不可能是孙二娘。

上车吧。许一帆没再问什么,只招手让他上车。

许一帆并不是像他自己说的那样,是来带胡细楠去兜风的,而是要去给启智少年围棋学校找寻一个新校址。起初,创办棋校时,在内心胡细楠比许一帆更为主动,原因有三:第一,胡细楠的经济状况有些糟糕,馆长不让他干那些打杂的活计,他的收入也随之减少,而房贷没有变,女儿的花销有增无减。他急于找到一条生财之道来缓解经济压力。第二,馆长让他闲了下来,他不能闲着,要将那些闲着的时间填起来。第三,相比干其他事情,他更愿意教孩子们下围棋,毕竟这是他的爱好,在大学时他最好的战绩是全校第二名,这让他收获了不少光荣。没有人会拒绝让自己享受荣光的机会。

创办之初,启智棋校因陋就简,租赁了物资局的一间办公室,物资局当时已经撤销,都忘记了怎么租到他们的办公室的。后来,那幢老旧的办公楼被拆掉了,启智棋校搬到少年宫的二楼,少年宫在开发区有了新的场地,之前的场地就空下来了。可这会儿,身处老城区的少年宫旧楼又被列为拆迁对象,启智棋校又惶无去路了。胡细楠有些气馁,与其被人撵得满街跑,还不如不办了。许一帆的态度却非常坚决,启智棋校刚刚有了些知名度,就这么关了,对不起广大家长的期望不说,更重要的是对不起自己。前一年,曾在启智棋校学棋的一个孩子参加全省的少年围棋锦标赛,获得了第三名的好成绩。小城的电视台采访少年时问到,在哪儿学的围棋?获奖的少年回答,启智棋校。自创办以来,这是启智棋校最值得骄傲的事情,也让棋校名声大噪。但结果来学棋的孩子并没有因此增加多少,多的时候三四十个,少的时候二三十人。

迁就迁,又不是没迁过,此处不留爷,自有留爷处。许一帆像是打了鸡血。

车窗外的脸谱一张张晃晃悠悠挪动,像是熟悉又像是很陌生。这符合小城人们的生活节奏,一切都是慢慢悠悠的,想快一些也不可能,你快人家不快,再说那么快又能奔到哪里去,还不是在老地方转着圈。放松点,别苦着脸。许一帆溜一眼胡细楠,后者的脸仍旧绷得紧紧的,好像铆紧的螺丝,一时半会松懈不下来。汽车在慢慢悠悠的人流中转来转去,滴滴打着喇叭,一头钻进了小城东南角的一片老房子中。这儿原来是化肥仓库,多年不放化肥,中间租给人家堆放货物,现在多半都已闲置了。守仓库的是个老头,佝偻着脊背,脸颊聚着两团酒精红,拿钥匙的手有些哆嗦。月租才五百元,可划算啦。老头抖抖颤颤打开仓库的门,一股潮湿的霉味迎面扑了出来。仓库空空荡荡的,地板上到处都是垃圾，破碎的编织袋，空纸箱，踏扁的易拉罐，装方便面的空盒子，一些小木棍——估计是扔下的一次性筷子，老鼠的尸体已经干枯，一个墙角倒悬着几只蝙蝠，在几块摊开的硬纸板旁边有两只可疑的安全套。墙上抹的白灰开始剥落，不少地方改变了颜色，变黄，发黑，靠近地板的地方还长着巨大的霉斑，就像蒙天蒙地的阴霾。

胡细楠皱了皱眉头，仓库内的气味让人有些反胃，差一点就要干呕了。许一帆倒是比他有兴致，盯着那两只使用过的安全套，好长一会儿都没挪开目光，似乎要在它们身上有所发现。该死的，真够浪漫。他嘟囔着，抬头去看胡细楠，可仓库内空无一人，胡细楠不知什么时候退了出去。

就这儿了。许一帆作主给老头交了两个月租金，并嘱托老头，找个人帮忙把仓库打扫了，敞开让它吹几天风，把霉气吹掉。

打扫卫生得另付工钱。老头的声音懒洋洋的，有些不真实。

要不，换个地方吧。那只死老鼠好像就躺在胡细楠的脚边。

暂且对付几个月，没准这儿也要拆了。许一帆朝仓库内回望了一眼，有些憧憬似的说，这里可以摆多少张桌子啊，翻一倍不成问题，过两年，咱们就有自己的教室了。

胡细楠不再坚持自己的意见。在很多事情上，他都没有许一帆乐观，许一帆的乐观是习惯性的，有几次事实证明那完全是盲目乐观。棋校刚刚创办那会儿，他们都相信过个三年五载就会有自己的教室，现在七八年过去，他们仍旧被撵得东奔西走，没有一个固定的场地。但乐观并没有什么不好，有时乐观一些，对未来至少有信心一些。

我家又要添宝贝了。许一帆忽然侧脸对坐在副驾驶座上的胡细楠说。

什么宝贝？许一帆的眼睛中有着某种光亮，胡细楠一时没明白他说的宝贝是什么，是某种宠物，还是别的什么喜欢的小玩意儿。

许一帆斜睨了一眼他，很诧异他怎么不明白他的意思。之后，他抛出了一个令胡细楠短时间难以回答的问题，你们什么时候生二胎？

三

启智棋校搬到仓库后的某天，许一帆相约胡细楠进山，进山是他们惯用的暗语，进山就是去捡石头。收藏奇石不是个事业，顶多算个爱好，往深处追究，还不能说是爱好，而是一种治疗方式，放松自己的方式。许一帆在残疾人联合会上班，工作重心就是关心和帮助残疾人，为他们解决各种实际困难，必要时还得充当心理医生。但那是工作，教孩子下围棋也是工作，为了生活而进行的工作都让人紧张，疲惫，久而久之，就会厌烦，就会滋生恐惧，甚至会滋生看不到终点的绝望。收藏奇石会让人放松，会让人愉悦，是对工作病的治疗，是对郁闷情绪的排泄。他们没有钱来购买奇石，只有自己进山去捡，捡到与没捡到都是过程，他们要的就是捡石头的过程，如果捡到了，就会多一份惊喜。有时不去捡石头，看看之前意外的收获，心情也会莫名其妙地兴奋。这种感觉是微妙的，许一帆喜欢，胡细楠也喜欢。

胡细楠答应了许一帆的邀请，小城有个奇石协会，但他们俩同协会半毛钱关系也没有，如果他不答应去，许一帆要么独自进山，要么取消进山的行动。接连几天，胡细楠都被那个二胎的问题困扰着，干脆将它抛到一边，去他个屁，进趟山再说。会合的地点在仓库——启智棋校的新址。他对许一帆的安排有些纳闷，进山之前没必要绕个弯子跑到棋校来。待赶到目的地才发现，原来进山的除他俩之外，还有一个颜值不低的女人。他以为是哪个孩子的家长，或者是棋校潜在的家长，睃过一两眼之后就没再多留意了。许一帆陪着她在仓库里转了一圈，嘴里还嘀咕着什么，女人捂着嘴在笑，仓库的空洞将她的笑声放大得更为模糊。他猜测，或许她不是个家长，而是许一帆无数女人中的一个。

我表妹，马萧萧。许一帆介绍说。

欢迎啊，咱们棋校从来就没来过大美女，蓬荜生辉。胡细楠的嘴有些油滑，说话的间隙朝许一帆挤了挤眼睛。

人家是高级化妆师，哪天你二婚，可请她来给你化妆。许一帆没有体会他的眼神，嬉笑着说。

你成天想着二婚，就不怕嫂子哪天把你给阉了？！胡细楠反击说。

猫有九条命，我有九条根，不怕她阉了我，就怕她不给我生个女儿。许一帆一脸坏笑。

胡细楠又被许一帆突然冒出来的女儿给刺了个正着。侧脸马萧萧，后者脸上正掠过一丝狡黠的笑意。

马萧萧长了一张娃娃脸，眼睛堪比演员赵薇。电视剧《还珠格格》播出时，胡细楠听到馆里不少女同事议论，以为有多精彩，看过一两集之后才知有多么拙劣。剧中小燕子那故作天真的声音，夸张的动作，虚假的表情，令人作呕。他原本就不喜欢看电视，更别说追剧。目睹赵薇的表演之后，好长一段时间他都没有在电视机前坐过，除了给女儿看动画片之外，电视机也没有了别的用途。马萧萧的这种脸相带给他一种虚假的感觉，仿佛她刻意戴了一张他不喜欢的面具，逼迫他去注视她。藏在面具背后的真实的脸，他却看不到。

出发时，他想都没想，就钻进了许一帆的那辆皮卡车中。那边，马萧萧在叫屈，你们太不男人了吧？让我一个小女人单独开一辆车？

胡细楠瞧瞧许一帆，许一帆偏了一下脑袋，示意他去坐她的车。他扛不过许一帆，只得下了车，正要走开时，许一帆又叫住他说，马妹妹现在可是单身，你要是不想离婚另娶，就别招惹她。

她是你的备用胎吧？他的口吻有些嘲弄，但还是老老实实上了她的车。

你们男人也说悄悄话？马萧萧给了个调皮的笑容欢迎他。

他的脸蓦地有些发烫，同许一帆的玩笑话是不是太痞子了？太低俗了？如此想着，就噤了口，不敢多话。

他们的目的地在一处峡谷中，距离小城有两个多小时的路程。进山的道路虽然都铺设了水泥路，但狭窄，多弯道，每次进出都得赔着一份小心。他们刚开始捡拾奇石时漫无目标，开着车到处乱窜，哪儿偏僻就往哪儿走，总以为在人迹罕至的地方会有意外的发现。他们或多或少有过收获，后来在那个峡谷中捡到了一种石头，石头上结满了一颗颗果实，像杨梅又像荔枝，用草酸洗了，石头比白珊瑚还洁净，特别是那一颗颗果实，更是纯洁得让人不忍触摸。许一帆给它起名杨梅石，胡细楠叫它白荔枝。发现石头的那一刻，他们像小孩子一样拉钩，起誓，一定要保守秘密，不能让外人知道。他们捡回来的石头不向任何人展示，都收藏在只属于他们的隐秘之地。胡细楠有些不快，甚至有些恼怒，许一帆未经他的允许，甚至之前都未告诉他，就如此贸然地让马萧萧进入了他们的秘密。但他又不能将不快流露出来，只能藏在有些油滑的脸皮之下。

马萧萧几次转过脸，见胡细楠一脸沉默，嘬了一下嘴，打开了车载音响。车辆在沉闷中行驶了一个多小时，一半的路程去掉了。在快要进入峡谷时，许一帆的皮卡车突然掉转头，抛下他们往回走。许一帆的妻子突然不舒服，让他赶紧回去，他让马萧萧不要担心，只管前行，下午他会来同他们会合。许一帆给马萧萧的电话大意说的就是这些。后来，胡细楠回想，许一帆的回撤或许就是个阴谋，但没法同他对质，真要对质，他肯定也不会承认。事实上不可能对质，阴谋论只是胡细楠的臆测，是他为自己寻求开脱的托辞。

还走吗？马萧萧看了一眼胡细楠，眼眶内不只有挑衅，似乎还有挑逗。

他做了个肯定的手势，车子低吼一声，猛然朝前飞奔过去。或许因为少了许一帆的监视，他的内心忽然轻松了下来，走过两个岔路口之后，车厢内的气氛缓和了不少，同马萧萧之间的对话慢慢涨了起来。他们从即将抵达的峡谷，说到收藏的奇石，启智棋校，再回忆他同许一帆交往的一些细节。他们在许一帆的身上纠缠了一会儿，但谁也没有说起他为什么丢下他们独自返回，也许许一帆的理由是虚构的。

你喜欢什么颜色的石头？当她提出这个问题时，他们已经深入峡谷中的溪流，在乱石堆中找寻有可能遇见的一个惊喜。

胡细楠对此没有过思考，一时难以作答，沉静了一会儿才说，白色。

白色？

应该是白色。

很纯洁的颜色，难以想象。

你呢？

没想过，还没遇见过。

像秋天的森林色彩斑斓？

你像个诗人。

她挺诧异地觑了他一眼，好像不敢相信他会说出如此文绉绉的玩笑话。而这些话，只不过是他编辑那本内刊时受到恶劣影响而留下的后遗症之一。她并没有因此生气,也没有感觉被冒犯。

我想我喜欢……绿色的,绿色的石头。她朝山谷的幽暗处张望了一下,她的嘴角挂着一抹难以琢磨的笑意。

翡翠还是孔雀石?他好奇地追问。

好像……还不是它们。她很迟疑,她喜欢的绿色应该有些妖冶,有些诡异,还有深藏的欲望。它们该是怎样的石头,她想象不到。

他们没有胡细楠之前那么好的运气,大半个上午一无所获。他们在河滩上吃了面包,马萧萧从汽车的后备厢中翻出一瓶红酒,用一次性纸杯倒了两杯。峡谷里原先是有人居住的,后来整体移民,全都搬空了。房子都被拆除,留下的废墟也被荒草掩埋。阳光洒在峡谷里,有一种让人感动的温暖。没有人来打搅他们,他们忘记了许一帆的承诺,甚至不再想到许一帆这个人。吃过午餐后,他们的重心不再放在闲聊上,而是急于找到某块石头,这样才不至于空手而归。他们溯流而上,山谷越来越狭窄,刚刚还直射的阳光很快就退缩到半山腰了。胡细楠小有发现,收获了两块小石头,洗净了,拿给马萧萧看。这正好激发了她的斗志,比之前更加投入到寻找之中。

她是个有些倔强的女人。他对自己嘀咕。

峡谷里的光线渐渐暗淡了下来,雾岚在若有若无地流动。马萧萧还在寻找,胡细楠放弃了有可能得到的新发现,不紧不慢跟随在女人身后。在暮色快要四合时,她终于有了惊人的收获,是块大石头,被白荔枝包裹着。他们费尽力气将它从藏身处弄出来,洗净了泥土,虽然不是冰清玉洁,但它的纯净已让他们惊讶。她甚至跳起来,扭了一下脚踝,之后又抱住了他,就差没在他脸上打上唇印。

现在,摆在他们面前的难题是如何将石头弄上车。他们试着滚动石头,又担心会把白荔枝碰坏了。后来,他想了个主意,找来两根树枝做了副担架,将石头放在担架上拉着走。这样并不节省多少力气,没走几步,担架就给扯散了。待回到稍微开阔一些的河滩上时,他们的气力几乎枯竭了,她做了个大胆的举动,试着将车开到河滩上。她真的做到了,但在返回的路上出了问题,因为石头的重量,油箱被硌破了。当他们发现问题时,峡谷里已经混混沌沌,无法看清楚对方脸上的表情。

他掏出手机,才发觉峡谷里没有信号。他一步三摇朝山坡上爬去。他想打个电话给许一帆,又不确定是否要打给他。也许山坡上没有信号,那就由不得他愿不愿意联系。万一有信号呢,他照样可以谎称没有。上不上山是个态度问题。一条小径掩藏在野草和低矮的灌木丛中，往上走，灌木越来越密集，脚下的小径不见了踪影。他在一丛高大的灌木下蹲了下来，透过枝叶的缝隙可以模模糊糊看见马萧萧的影子。

发生这个意外让他有种压抑不住的骚动，仿佛期待了它不知多久。

他回想整个一天，她就在他的身边，穿着紧身的牛仔裤，上身是草绿色Ｔ恤，Ｔ恤也是紧身的。他毋须刻意去关注她，偶尔一瞥，那牛仔裤包裹的臀部便触手可摸，那弧形的线条让他联想到电视纪录片中的海豚，在蓝色的海水中灵巧自如，带着诱惑的炫耀，欢快地转动它们的身体。从什么时候开始对女人的身体抱有如此炽热的欲望？他在灌木丛的遮掩下自问，准确的答案是没有的。他的自问不是反思，更多像自嘲，也就不在意有没有答案。

四

蒋文静信奉，要让孩子赢在起跑线上。只要她认为对女儿将来发展有利的，不问青红皂白，能上的一股脑儿都上，一脚将油门踩到底。比如，要给胡小小订最好的牛奶，给她买开发智力的玩具，送她学拉丁舞，让她跟随潘乐乐练习钢琴。又比如，潘乐乐建议，找个机会将文艺汇演海选节目的评委请过来，先入为主，让他们亲自指导一下胡小小的表演。如果胡小小能登上小学生文艺汇演的舞台，对她练习钢琴是个很有力的促进，也能让她更自信。这种事儿蒋文静不糊涂，让评委们现场指导女儿是个过场，设个饭局，联系一下感情倒是迫在眉睫。当即，蒋文静同潘乐乐就拟定了一个名单，哪些人会成为评委，就两种人：一种是音乐老师，平日里在教育界就有些声望，往年在类似活动中担任过评委；另一种是音乐舞蹈协会的正副会长，加上几位经常在大型活动中露脸的名媛大咖。

　　蒋文静郑重其事将名单交给胡细楠，并且叮嘱，饭局无小事，一双筷子，一只酒杯，都事关女儿的前途，半点马虎不得。若是发生了什么意外，闹出了什么不好的事端，让他吃不了兜着走。后果如何，胡细楠懂的。他认真地过了一遍宴请的名单，很是后悔当初将潘乐乐介绍给蒋文静认识。潘乐乐还真会来事，就这么个小事，居然搅动这么多人。这一套潘乐乐其实也是照葫芦画瓢，她的老师还是胡细楠，想当初，他的一位高中同学将他介绍给潘乐乐，潘乐乐为了登上当年小城春晚的舞台也设过一次饭局，参加饭局的人同蒋文静交给他的名单有一半是相同的。饭局之前，客人们现场指导了一番潘乐乐的钢琴演奏，结果无疑是成功的，潘乐乐登上了小城春晚的舞台，后来还成为了音乐舞蹈协会的副秘书长，很显然协会并不需要一个副秘书长，但这个职位为她增设了。

潘乐乐的小成功离不开胡细楠的导演，在文化馆他不是个重要角色，对馆长也产生不了任何影响，但多少还能影响其他同事，包括两位副馆长。文化馆一直承办小城的春晚，春晚节目质量的好坏关系着馆长的位置坐不坐得牢靠，这种时候馆长也会委曲求全，对排练节目有求必应。胡细楠身处其间的是个粉墨江湖，他知道如何在这个江湖中生存，甚至如鱼得水，关键在于他自己愿不愿意那样干。后来，他将潘乐乐介绍给蒋文静认识，无非表明自己的态度，女儿的成长不只蒋文静关心，同样是他这个做爸爸的头等大事。

胡细楠并不认同蒋文静的理论，孩子怎么会赢在起跑线上？每个人的起跑线都在不同的位置，没有一根在同一水平线上，还没出发就已决定了输赢。那种在体育竞技中人为划定的起跑线，不过是一种假想状态，是臆想中的公平较量。这种公平对胡小小就是不公平。从胡细楠同蒋文静认识的那个下午开始，胡小小就已经输了，她不是输在她爸是个在文化馆打杂的普通干部，也不是输在她妈是个普普通通的小学教师，而是输在她爸她妈的基因缺陷上。刚出生那会，女儿不见什么异常，长到两三岁，别的孩子早就咿呀学语时，她依旧闭口不开，像尊安安静静的玉菩萨。胡细楠有些担忧，蒋文静着了慌，夫妻俩带着女儿东奔西走，去广州，走上海，检查没少做，最后得出的结论是声带有缺陷，可能一辈子都无法发声。十哑九聋，所幸的是，女儿的听力正常。

好长的时间内，他们都无法接受女儿是个哑女的现实。他们甚至寄希望于奇迹，某一天女儿突然说话了，叫喊爸爸或妈妈。而最终，他比她早一步相信了命运的残酷，就是华佗再世也无法让女儿开口说话。他接受了在残联工作的许一帆的建议，去给女儿办个残疾证，趁早再生个孩子。当他将想法告诉蒋文静时，后者的脸瞬间扭曲，眼睛里的光芒就像蛇信子那样，无声地发射着愤怒。他静静地等待着她的怒火平息。愤怒过后，她像根柔软的面条一样歪坐在地上，双手捂着脸，脖子上暴突的青筋显示她仍在激动当中。他用一只手抚住她的肩膀，试图将她从地上搀扶起来。

Fuck you!

Dogshit!

她将他的手从肩膀上击落，像根弹簧那样蹦跳了起来，嘴里同时冒出他从未听见过的陌生的声音。

几天之后,他以为她平静了,再次试图向她解释。

你在歧视她,抛弃她。她冷冷地说,你是冷血动物,刽子手。

他的内心痉挛了一下,他没有这个念头,可从他的行为来理解,正好泄露了内心的扭曲。后来,他做了一件更为愚蠢的事情,在她的枕头下塞了一张纸条:拒绝不以生二胎为目的的性行为。他以为自己开了一个聪明的玩笑,结果正是这张纸条,将蒋文静从他们曾经制造胡小小的婚床上赶走了。她搬进了女儿的卧室,他试图拥抱她一下的机会都没有了,他的手碰到她的身体就会立刻遭遇她的横眉冷对,似乎他是个病毒,只要碰到就会被传染上。

蒋文静像只守护幼崽的母兽,不只对胡细楠,凡是对女儿有异样态度的,一概被她视为敌人。她为实践神圣而伟大的母爱做出了许多改变,放弃了有可能得到的实验中学副校长的位置,调到特教学校做了一名普通老师,还是为了女儿,利用了一切可能利用的手段,包括她自己的努力,打败多名竞争对手,最终赢得了特教学校副校长的位子。在这些问题上,胡细楠自忖并不是个称职的父亲,因此怀上了某种愧疚。而最终,在蒋文静跟前,他就像个不得志的异己分子,深藏异见却不敢有半点表露,完全无条件执行她安排的同女儿有关的任何事情。

潘乐乐建议的饭局让胡细楠如临大敌，众口难调，生怕有丁点不满意就会重新点燃蒋文静的愤怒。他不想再听到那种中文夹杂英文的辱骂和诅咒。他将需要筹办的事项详详细细列了一个清单，又反复检查了几遍，唯恐有疏忽的地方。要给潘乐乐的琴室备些茶叶，吃饭之前，客人们肯定会在那里集中，并指导胡小小练习钢琴。买好香烟，红酒，白酒，饮料，香烟有三种，有两位客人对香烟有些挑剔，只抽各自认定品牌的香烟，红酒也有两种，让参加饭局的女士有所选择，饮料预备了四种，有一种是专门为胡小小准备的，另三种是平常饭局惯常喝的，白酒就一种，是托了人才搞到的，绝对正宗，据说市面上多有假货，不能不以防万一。

饭局进行得很顺利，让胡细楠有种端坐在高铁上的感觉，将近二十人的聚会沿着事先铺设的轨道，不偏不倚，盛大而浩荡。女人们环绕在胡小小的钢琴周边，先是静听演奏，之后是雨点般的掌声，夸张但又不觉喧哗的欢呼声。男人们在旁边微笑，小声说着话，后来转到室外吸烟，说些跟女人有关的话题，虽然不太严肃，但正是这种不严肃拉近了彼此的距离。而室内，在一个权威的女人表态后，最终确定了胡小小表演的曲目——《外婆的澎湖湾》，同时为活跃舞台气氛，增加几名伴舞，并现场指定人员编排舞蹈。小小的节目肯定会招观众喜欢，说不定还能获大奖呢。对于这种不虞之誉，胡小小的反应很平静，甚至可以说是平淡。她低着头，俯身在钢琴上，那神情倒像个犯了错的孩子。但权威女人的肯定让蒋文静容光焕发，她向着权威女人的微笑胡细楠从未见过，他的喉咙里咕噜了两声，有种反胃的呕吐感。饭前这一幕的成功离不开潘乐乐的斡旋，一个三十岁的女人，不乏姿色，能歌善舞，对这些荷尔蒙旺盛的男人无疑具有致命的杀伤力。何况，她总会在恰当的时候使用她的眼睛和眉毛说话，或者配合带有挑逗性而又得体的肢体语言。当初，他也有过上她的想法，她似乎也有暗示，但后来不知何故，他放走了她。这种放生的结果，让潘乐乐对他有了一种敬重，不然对胡小小也不会如此尽力。潘乐乐的表演并没有引起女人们的嫉妒，她是个聪明的女人，知道在她们面前该放低身段，以一个晚辈的身份猎取她们的好感。

宴席间，潘乐乐突然说起，钢琴王子理查德·克莱德曼将来北京举办音乐会，言语间有着说不出的仰慕和激动。就有人接话说，去听听呀，现场感受肯定同平常听电脑不一样。接话的人随嘴转口，蒋老师，让胡小小去听听更受启发，艺术感觉就是从小培养的。花说柳说，席间立刻有人附和，值得去，真要去，绝对震撼。蒋文静当下就心动了，也不等同胡细楠商量，当场就决定到时由她和潘乐乐陪同胡小小去北京观看理查德·克莱德曼的表演。后来，酒宴上的话题由音乐会的票价转移到演员的年收入，再由演员的年收入转移到女人的服装上，再扯到北京的房子。到最后，大家伙都尽兴了，散场时出了点小状况，胡细楠没有考虑到酒店的代驾会忙不过来，一时间找不到人来代驾。蒋文静的脸当即就黑了，情急之下，胡细楠赶忙给许一帆打了个电话，许一帆好像也喝高了，嘟嘟囔囔的，让他不要着急。过了半个多钟头，终于来了一男两女，两女穿着有些妖艳，但顾不得许多了，送走客人才是当务之急。蒋文静却一万个不放心，客人散后又板着脸吩咐胡细楠，一一打过平安电话，这才算完事了。

五

接到马萧萧电话时，胡细楠正在同孩子们讲解围棋中的劫争，化肥仓库虽然闲置了很久，但依旧闻得到一股混杂的可疑气味。他患有轻微的鼻炎，嗅觉的灵敏度有所减弱，这种到处流窜的无所不在的气味却难逃他的捕捉。他打过两次喷嚏，慢慢就适应了。他讲解的是当年聂卫平同日本棋手小林光一的对局，中盘遇上了劫争。为什么不能直接回提而要寻找劫材呢？一个大眼睛的男孩似乎对劫争抱有浓厚的兴趣，带着迷惑询问。围棋禁止同形重复。胡细楠解释。为什么禁止同形重复，没有这规定多好玩。大眼睛男孩明显有些失望，却有掩饰不住的兴奋。如果不需要寻找劫材，劫争就会无限反复循环无解。胡细楠也解释不清楚，为什么要如此规定，如果取消它，一盘棋就会成为永恒的对弈。这类似于西西弗斯的故事，把石头推上山顶，又落下来，又推上去。不是谁都能成为西西弗斯的，换成别人，推过两三个来回也许就放弃了，要么在山顶上看风景，要么躺倒在山沟里睡大觉。如果换上他呢，会不会永久地推下去？他没法回答自己。

胡细楠的手机恰逢其时地响了，将他从大眼睛男孩带来的困惑中拯救出来。

方便吗？我想看看咱们的宝贝。马萧萧的声音里好像藏有某种东西，特别是她说到咱们的宝贝，就像在说她同他的孩子似的，带着甜度的柔软。她的声音又挟带些许怯意，似乎很怕打扰了他。

从峡谷回来之后，她同他好多天没联系了，他想过打电话给她，但几次都放弃了，说不上什么原因。他突然怀疑自己，是不是将她当成了一个劫材，仅仅使用一次。为此他有了些心虚。

现在吗？他小心翼翼地反问，问过后又立刻告诉了她实情，我在棋校上课呢。

哦！她在那头重重哦了一声，声音里全是失望。

我五点钟下课。他给了她希望，也给自己松了根弦。之后的课程他不再给孩子讲解了，安排他们对弈。这是让孩子们特别兴奋的时刻，很快他们就一对一组局了。他正好利用这个空闲给蒋文静发了个微信，问她晚上回不回家。蒋文静调到特教学校后，只有周末才空闲，后来胡小小也被带进了特教学校，母女多半时间都以校为家，完全将他弃置在一旁。蒋文静可能正忙着，好长时间都没回复，临到下课时他才收到微信，不回，文字之后还加上一个白眼的表情。

胡细楠将学棋的孩子打发走后，正要给马萧萧打电话，可不想她早已等候在仓库外。她戴着墨镜——那墨镜确实大得过分，遮去了她大半张脸——倚靠着那辆在推进他们的关系朝更亲密的方向发展的过程中充当过助燃剂的车辆。他看不清晰她脸上的表情，有一小会儿就站立在原地不动。她摘下墨镜，一只手朝他扬了起来，夕阳抹了她半张脸，她的鼻梁一侧有一小块阴影，让她的表情多了个层次，有些叫他无法窥测的潜在情绪。当他坐上汽车，她忽然捉住他的手紧握了一下，又立刻松开了。他对她这个动作的理解有些迷糊，像亲昵，又像挑逗，如果发生在恋人间，好像存在某种内在的默契。他只有佯装什么事情也没有发生。朝哪儿走呢？她问。他给她指明了方向，汽车很快就朝预定的目的地驶去。

马萧萧说的宝贝存放在胡细楠和许一帆合租的两间车库里。最初，他们只租赁一间车库，随着时间的推移，车库有限的空间很快被挤占了，不得不再租赁一间。这两间车库成了他们的私密空间，许一帆不搬石头回去，胡细楠搬过两块，仅仅就两块，一块摆在书房，一块摆在客厅的一角。蒋文静看见后没有过多表示，后来的一天突然皱着眉头质问，这鬼东西会不会有辐射？他慌忙解释，肯定没有，都是河里的石头，有辐射也早被风吹雨打弄干净了。发生这一幕后，他再不敢朝家里搬石头了，搬回去的两块，因为女儿有些喜欢，也就没再搬回车库。石头逐渐增多，每隔一段时间，他们就会清洗一次，有些残次的，就扔掉它们，特别漂亮的，有看点的，耐人咀嚼的，就配个座架，摆到棋校的角角落落，给孩子们增添一些趣味。

他溜了一眼马萧萧，要不要给许一帆打个电话，万一碰巧他在车库，不知该怎么解释。他拿起手机，想一想又放下了，打电话纯粹是此地无银三百两。汽车三转两转，很快就到达目的地。给他们带来某种机缘的石头拉回来之后,他将它放在了那只常用来清洗石头的塑料桶里,灌上水,倒进草酸,就一直放着没去清理。车库里有些凌乱,没来得及清洗的石头码成一堆,清洗了的都用木板垫着,大多数都是那种白荔枝。他和许一帆曾偷偷参观过小城奇石协会举办的奇石展,展出的奇石有不少精美的,标价也不菲。他们因此有过幻想,如果把白荔枝拿去展览,该标怎样的价码呢。如果按照理想的价码将石头转让出去,收益该是不少,可他们没有付诸行动的打算,甚至谁都没有提起过。

啊呀!太美了!她照例放大了她的反应,用一只手捂住胸口,似乎她的小心脏被白荔枝电到了,不摁住它就会蹦出来,但转脸她又给胡细楠开了个玩笑,我能吃一颗吗?

别客气。他做了个请便的手势,这手势带着骄傲。

口是心非吧?我把它吃了,你还不把我给吃了。她的眉毛闪了闪,眉尾间的那种妩媚很能俘获人的。

你吃了我还差不多。他的回复脱离不了一个油腻的中年男人的身份,言语间还窝藏着或多或少下流的想法和回味。

那是偶然事件……不当真。她显然听出了话里深藏的意思,脸上闪现了一抹红晕,稍纵即逝,转眼又消褪了。

对不起。他也觉得自己过分了,赶忙道歉。

我还要谢谢你呢,那种黑暗的鬼地方……如果不是有你,还真不知道该怎么办。她的话语里透着真诚,似乎有什么仍让她心有余悸。

他们被许一帆放鸽子的那个晚上,不得不露宿在峡谷中。附近的村庄已是空寂一片,朝哪个方向看都是黑暗之地,见不到任何光亮。胡细楠摸索着拾来一些柴草,在一堆废墟前的空地上点燃了篝火,这是驱散黑暗唯一有效的办法。这块空地以前是废墟主人家的场地,长满了野草,幸好还不是很茂盛,否则他们就无法安身了。隔着火堆,他都能感觉她的恐惧和不安,她像个小女孩一样双手抱肩,瑟缩着趴在自己膝头上。柴火燃烧的哔剥声中,她似乎在不停地小声说着话,他支起耳朵才听出其中的意思,她在诅咒许一帆,该死的许骗子,喂鲨鱼的许骗子!他想绕过火堆,去她身边安慰她,可又不知该如何安慰她。他觉得自己好像丧失了安慰别人的能力。

会不会有狼?她低声老半天后突然抬头问。

不会。他试图安抚她的情绪。

会有老虎吗?她又惊恐着问。

不会。但后来他似乎控制不住自己,说出了另外两种让她惧怕的动物,有可能会有豺,或者豹子。

她刚开始没反应，迷茫的眼看着他，表情很是无辜。他后悔不该这么恶作剧，要说之前，这地方豺和豹都可能存在过，现在怕是绝迹了。就算有，有火光的地方它们也不敢靠近。她的迟钝只是延迟了反应的时间，突然她尖叫一声，跳过火堆一头扑进了他的怀抱。他搂着她，这具战栗而温热的胴体让他的体温慢慢上升，变得灼热，膨胀，几乎要爆裂开来。

来吧，咱们的宝贝在哪儿？我要给它美容上妆。她没有让他继续走神下去，将他从那个夜晚的火光中拽了回来。

倒干净塑料桶的草酸和水，就着水龙头给石头洗了个淋浴，白荔枝的纯净和洁白就焕发出来了，灯光照耀着，像是镀了一层莹光。

我的新娘哎，你真真是美煞了！她的赞美方式也很特别，好像真的面对即将洞房花烛的美人。

他受到了她的感染，脸上不由自主挂上了笑。这女人，真像个孩子。他在内心滋长了某种念头。后来，当她问到有没有时间一块吃晚饭时，他带着没让她察觉的念想答应了，晚饭之后，那阴暗而又猥亵的想法再次得逞。在他的潜意识里，她不过是占用他一小块时间的一粒尘埃，反之他也是她的一粒卑微的尘埃，这种相互依存的卑微的尘埃关系，是他想象得到的幸存的高尚，仅此而已。

六

潘乐乐建议的饭局到底发挥了作用，一个月后的海选，胡小小毫无悬念地通过了。很多事情就是这样令人费解，还没开始结局就被人决定了。这对别人也许是不公平的，但对于胡小小，对于蒋文静，对于潘乐乐，对于那天晚上参加饭局的客人，对于特教学校，都是意义重大的事件。某些重大事件，或者意义重大的日子，蒋文静一贯都会搞个庆祝仪式，或吃个蛋糕，或邀请几个同事件有关的人聚个餐，总之要闹出点动静，不闹出点动静事件好像就失去了意义，好像原本存在的事情都不存在了。这种习惯让胡细楠感到很是乏味，又不能不参加，还得抱着热情参加。要是能像下围棋一样制定规则多好，比如劫争，如果不需要寻找劫材，那就陷入没完没了的无意义的重复中。蒋文静的习惯就在不停的重复中，可惜制订规则的不是胡细楠。他不觉得女儿通过海选有多大意义，何况结局早就被确定，更不值得那么郑重其事。一个早已将谜底揭开的谜语，能引起多少人的兴奋。但在蒋文静眼里，女儿能登上汇演舞台就是天大的事情，这也不能完全责怪她，哪个父母不像蒋文静呢，有了孩子之后，父母们唯一的理想就是为了子女的前途去奋斗，而他们自己的理想呢，早抛到九霄云外了。像女儿这么大时，他的理想是什么，想破脑袋也想不到答案了，肯定不是收藏奇石，也肯定不是在文化馆编一本没人看的破烂内刊。

上哪里去庆祝，决定权在女儿手中，只要不是特别出格，蒋文静都会顺从她。胡小小看看胡细楠，又看看蒋文静，蒋文静的脸上带着绵软而暄乎乎的微笑，只有在女儿跟前她才会出现如此的笑容。女儿很乖巧，长期被蒋文静惯养着，并没有惯出公主病。胡小小最终选择了去炸鸡店，也只是要了一只鸡腿，然后就依照她妈妈的提议，一家人去喝一个从厦门来的厨师弄的花生汤。

庆祝过后，胡小小投入了紧张的排练阶段，这时候可不只是蒋文静在督促她练习，同蒋文静站在同一队列的还有潘乐乐，那天参加晚宴的嘉宾，蒋文静在特教学校的同事们，都寄希望于胡小小在汇演的舞台上有出色表现，替她们争取荣誉。胡小小的时间比胡细楠划分得还要严密，除了上课，吃饭，必要的睡眠外，课余时间几乎全被练琴占据了。女儿紧张，胡细楠就跟着紧张，女儿早上六点半到七点半练琴一小时，他就开车送她们母女俩去潘乐乐的琴房，之后买好早点，练琴结束后送她们去特教学校。下午五点，准时将她们接回琴房，晚饭就在附近的小餐馆应付，饭后胡小小接着练习，到十点结束。这样的安排持续了一周，胡小小明显就体力不支，一双眼睛成了熊猫眼，走出琴房时不住地打着呵欠。胡细楠萌生过给女儿买一架钢琴的念头，但立刻遭到了蒋文静的反对，要买也不是现在买，她的理由很简单，不是吝啬，而是无人指导她练习，没有老师指导就是瞎练。在指导胡小小的问题上，潘乐乐比谁都积极，从早到晚，只要胡小小坐在了钢琴前，她就寸步不移守在她身边，反复示范，纠正胡小小的一些细微的错误。她还表示，这段时间的辅导不收取任何费用，让她有机会指导这么有潜力的学生本身就是一种荣誉。她甚至预言，胡小小的演奏肯定会震惊四座，肯定会拿金奖。

真的吗？潘老师，我可是相信您的眼光的。蒋文静的脸上漾起了波光闪闪的笑容，好像此刻女儿就站在领奖台上，向她擎起了奖杯。

从胡细楠站立的角度，透过蒋文静和潘乐乐之间的空隙，刚好可以看见胡小小端坐在钢琴前的背影，相比钢琴这只庞然大物，她显得极为瘦小、单薄，力不从心。那一瞬间，他的内心忽然颤抖了一下，蒋文静是残忍的，潘乐乐也是残忍的，让一个这么羸弱的女孩背负起如此重担，好像一点都不担心或者压根就没考虑过会不会压垮她。她不得不按照她们的意志行事。他转而又想，蒋文静在按照谁的意志行事呢？又是谁在指挥潘乐乐？好像每个人的生活中都有一个无形的人，一个隐身的人，在指挥着他和她，在命令着他和她。他和她不想承受，或者无法承受，都不得不承受，因为他和她无法反抗隐形人的意志，稍有不慎，它就会惩罚他和她，要么让反抗者遍体鳞伤，要么将他和她推上不归之路。那个隐形者不可能是替人受罪的上帝，也不可能是慈悲的释迦牟尼，哦，绝对不是。

有一天，蒋文静在特教学校有件特别紧急的事情需要处理，胡细楠单独接送女儿，女儿没见到她妈妈先是东张西望了几眼，确认只有他一人时神情才放轻松些。爸爸，我为什么要练习钢琴？女儿突然用手语问，他一下子僵住了，不知该如何回答。女儿以为他没看明白手语的内容，又重复了一遍。他求救似的看了一眼潘乐乐，每次胡小小离开时她都会将她送到楼下，潘乐乐看出了他的难堪，赶忙走了过来。宝贝，你练习下去，就会成为理查德·克莱德曼那样的钢琴家，到时就能上维也纳金色大厅举办音乐会，让全世界的人都有机会欣赏你的演奏。潘乐乐替胡小小憧憬着虚幻的未来。但胡小小的表情将信将疑，很显然不怎么相信潘乐乐的煽情，他也没有更好的解释去消除她的疑虑。

潘乐乐描绘的前景不能说不美妙，也不能说不会成为现实，但这种现实不过只有亿万分之一的可能，或者根本不存在。命运只会眷顾极少数人，而大多数人会被好运抛弃，那些被好运眷顾的人只有在掠夺的时候，才会想起那原本被好运抛弃的人。其中隐藏的道道没法向胡小小解释，胡细楠从内心很不希望给她一个还没到手就破裂了的泡泡，可又不能阻止。

汇演之前，蒋文静的缺席只发生过这么一次，之后几乎无时无刻不陪伴在女儿身边。令人纳闷的是，相同的问题胡小小从未向她妈妈提起过，似乎她心中本来就不存在那个问题。或许蒋文静更能让她安静，踏实，这么想让胡细楠有些惭愧，但也略略放了些心。汇演的日子很快到来，露天舞台，搭在第一小学的操场，很空旷，容纳得了不下二千名观众。蒋文静在分配给特教学校的位置留下了两个座位，让胡细楠将她的父母接到了现场。两位老人也很卖力，胡小小登台时拼命鼓掌，就差没像小年轻那样嘬着嘴吹口哨。胡小小比预想的要镇定，在舞台的中央向观众鞠了躬，才在钢琴前落座。用潘乐乐的话说，在舞台上表演的这次是胡小小最棒的一次，比排练时的效果都更理想。因为激动，潘乐乐的脸微微发了红，蒋文静受她的影响脸蛋更是赤红一片，眼角都湿润了。如果硬要说瑕疵，那就是舞台太空阔，钢琴声不像在琴房那样饱满，当时还起了风，是逆风，向着舞台的方向刮过去，琴声传播时遇到了风的阻力。表演结束时，有一个男孩子捧了一束花走上舞台，这是蒋文静安排的，特教学校的一个学生，很听话，也很帅气。胡小小接到鲜花时愣怔了一下，脸蛋儿绯红，后来才在满脸笑容的主持人的引导下走下舞台。

演出结束后，蒋文静照例安排了一个庆祝宴席，就他们一大家子，加上潘乐乐。胡小小被蒋文静拉在身边，另一侧就是潘乐乐，但胡小小挣脱了她们的挟持，坐到了她外婆外公中间的座位上。这个举动让两位老人开心不已，做外婆的甚至从口袋里掏出了一个红包，以奖励她的表演。

胡细楠以为汇演就这么打上了句号，该松口气了，谁知主办方推出网上投票，评委评分占比百分之六十，网络得票数占比百分之四十。那天汇演现场的评委十一位，有五位出席了潘乐乐出面邀约的饭局，评委们最终给出的分数胡小小排在了第九位。按规定，表彰的优秀节目金奖一名，银奖三名，铜奖五名，胡小小侥幸挤进了等级奖。这个结果让潘乐乐脸上有些挂不住，蒋文静也难掩沮丧，加上网上投票，孰胜孰败，尚是未知数。投票的那段日子，蒋文静几乎成天握着手机，在微信群中为女儿拉票。胡细楠认为投票就是个游戏，往常有人找他拉票，总是唯恐避之不及，可现在拗不过蒋文静，她像个监工似的盯着他，生怕他懈怠应付。让朋友介绍朋友的微信群，让同学介绍同学的微信群，许一帆当然也逃不脱，被强制拉了好些个群，几天下来，加了两百多个微信群，手机都有些卡了。这期间，有几个节目的得票数飞涨，蒋文静有些坐卧不宁了，刷票了，他们肯定在刷票了，怎么没人制止？她像只苍蝇一样在客厅里叫喊着，围绕茶几转着圈。后来，才了解到那几个都是集体节目，参加表演的学生多，拉票的队伍自然庞大，得票数肯定也非比寻常。到最后，胡小小的得票数不多不少，仍旧排在第九位，算是有惊无险。可胡细楠一统计，为了拉票在各个微信群发出的红包金额超过了五千元。加上蒋文静发出去的，这趟拉票发出去的都超过两万元了。

七

学棋的孩子相继离开，刚才还热热闹闹的仓库瞬间冷寂了下来，变得空空荡荡，胡细楠有些茫然，不知该往哪里去。这种茫然感发生的次数无法计算了,每次都是突然袭击,找不到根治它的良药。以前是这样,他会习惯性地朝四周张望几眼,做个深呼吸,然后埋下头往家的方向走。内心没来由的灰暗让他不想说话,只想一个人像死了那样待着,待够了,慢慢又活过来。发呆的时候是空洞的,虚无的,什么也不存在,包括他自己。他甚至记不起他是谁,待在那儿干什么。他照例做了个深呼吸,抬头望了望天空,正是夕阳西下时,天空是斑斓的云彩,没被云彩覆盖的地方染上了橘红色。他心里有了些异样,能够注意到天空的色彩变化让他情绪上有了些暖意。他拿起手机,想给马萧萧打个电话,前一阵子她曾联系过他,但当时正为胡小小参加汇演的事情忙碌着,没有闲情来理会她。她很知趣,有些暗示又不无遗憾地扯上几句什么,很快就挂了电话。她说的什么,他记不得了,好像当时隐约感觉到她有什么事情要同他说。但他立刻又否认了自己打电话给她的目的,并不是为了弄清楚她要跟他说的事情,而是为了别的,干脆一点,就是肉体,欲望,好像又不是这么简单。他的内心淤积了太多东西,他要将它们驱逐出来,借助她的力量把它们扫除干净。

他不是没有过女人,长期的,除了蒋文静,就记不起有谁了。大多数时候,她们同他有过两三次关系之后就主动不同他联系了，个别女人当面指责过他，说他是个薄情的人，根本不值得同他上床，假如上床还需要一丝温情的话。同女人的关系多数是突然发生的，其中有个女人，他不明白自己为何还能记得她。那一次，文化馆搞了一次活动，他负责接待事宜，有个歌手，半夜里突然打电话给他，声称身体有些不适。他陪同她去医院急诊，返回宾馆后她就将他留在了房间。那个女人体型微胖，虽然在病中，可一样让他亢奋，最后几乎精疲力竭。第二天的演出，歌手的表现赢得了观众无数的掌声，送她离开时，她对他说了句话，是他打开了她的歌喉，让她找到了声音的来处。他对她的话并不理解，直到现在也弄不明白。

那天晚上，他似乎在努力抵达歌手身体的深处，但好像始终未能达到。而那个峡谷的夜晚，和后来的几次幽会，马萧萧带给他的却是另一种决然不同的感受。马萧萧的身体就像块糖，在烈焰的烤炙下迅速变软，熔化，变成滚烫的液体。那种熔化好像会传染，他也跟着慢慢熔化，一半的身体已经化成了沸腾的液体，而且没有停止的意思。他有些迷恋，又有些恐惧，这种感觉蒋文静身上没有，在别的女人那里也没有遇到过。

他在预谋的幻想中拨通了她的电话，却又找不到合适的开场白,就轻轻地喂了一声,你在哪儿?

我在深圳呢。电话那边好像有些嘈杂,她的声音还是清楚地传了过来。

怎么跑到深圳去了?这话说出嘴他就后悔了,去哪里是她的自由,凭什么质问人家。

我来处理些事情,这儿太吵了,回头打给你。她在那端尖着嗓子说。

耳朵边的声音说没就没了,他握着手机一时回不过神来,不相信似的盯了一眼屏幕,的确是挂断了。他发了会儿呆,不甘心就这么逃回去,想来想去,只有给一个人打电话。手机接通时,许一帆的喜悦兜头盖脑泼了过来,祝福我吧,你要做叔叔了!又压低声音说,今天做了B超,是个女儿,哈哈,我正想要个女儿。胡细楠说那出来喝一杯吧,许一帆没感觉到他的情绪低落,依旧沉浸在他自个儿的兴奋中,今天不喝,等同女儿见了面让你喝个够。许一帆的第一胎是个儿子,一直想要个女儿,他则恰恰相反,希望有机会生个儿子。许一帆不过来,他也不好凑上去,只得怏怏回了家。

马萧萧倒没食言,没过几天就给胡细楠打来了电话,在哪儿呢?有空吗?

那会儿,他正在文化馆,被几个年轻的女同事包围着,其中一个小孩还不到两岁，眼见得肚子又隆了起来。她们叽叽喳喳的，一边羡慕地盯着人家的大肚子，一边拿他开涮。他想逃，又没得理由逃，正发窘时马萧萧的电话就打进来了。他从人堆里钻出来，那些女同事还不饶过他，嚷嚷着说，瞧瞧，这电话肯定暧昧，十分地暧昧。

回来了？他一头躲进了洗手间，她却在那头吃吃地笑。你笑啥？他有些摸不着头脑。笑你呗，慌不择路了吧。她继续咯咯地笑。他的脸莫名其妙红了，微微发烫。

他们见面的地点在一家西餐厅，进去之前，她送给他一件礼物，是只有黑白条纹的睡袋，钻个人进去，估计跟一匹卧着的斑马差不多。这件礼物有着特别的纪念意义，她应该动用了不少心思挑选它，除了纪念之外，还可以想象别的潜台词。他也就没有推辞，欣然接受了。她粗看并没有什么变化，但面对面坐下来，他还是发现了一些细微的变化，可能因为刚刚过去的长途奔走，脸上染了些许不易察觉的风霜。

去深圳约会啊？他问。

我将影楼盘出去了。她没有隐瞒此行的目的，集中目光盯着他说，我失业了，有没有想法收留我？

他的内心咯噔响了一下，响声不大，只有他自己感觉得到。才记起许一帆的话，她是个高级化妆师，还是独身。还记得他的警告，不想二婚就别招惹她。他转动了一下手中的水杯，避开了她挑逗性的话题，问，为什么要盘出去呢？

看把你给吓的！她端起水杯，喝了一口水说，没劲，不想在那待了。

后面一截话又说得轻描淡写。

为什么呢？深圳挺好的呀，我在那儿生活过几个月。他说的是实话，曾经去过深圳一次，在罗湖一个朋友处住过两三个月，深圳给他的印象不错，但不知为何又回来了，自己也说不清。

好个鬼呀，伤心之地！是不是还想去深圳？你就不想到别的地方去吗？是不是打算一辈子守在这个地方？她的目光灼灼的，烤得死人。

他笑了一下，滋味肯定不是甜的。他不敢顺着她的思路接话，总觉得她话里有话，不能稀里糊涂让她绕进去。他必须岔开一个话题，找点别的事情来说，但又不能让她有所察觉。

前段时间你是不是有事找我？他找了一个马后炮的话题。从内心，他也想知道她是不是真的有事情找他。可能每个男人都有这种虚荣心，总希望有机会在漂亮的女人面前有所表现。但又担心，她要他帮忙的事情会不会超出他的能力范围。

那个事情……她又捧起水杯，目光从水杯上空飞快地扫了他一下，然后掉过头去看着窗外。

他看着她的侧影,她头部的轮廓很美,下巴一带的曲线特别勾引人。他在等待她继续往下说。

那个事情以后再说,你要是诚心帮忙肯定帮得了。她转过头来,定定地注视着他。

他被她看得有些不自在了,但她吊起了他的胃口,到底什么事情这么躲躲闪闪的。

后来,他们吃过饭后照例找到了属于他俩的秘密空间,再一次有了亲密接触,仍旧让他有种偷吃禁果的喜悦。这不是一般的禁果,它是鲜嫩多汁的浆果。他很奇怪自己会有这种感觉,不就是同一个不是自己妻子的女人做爱嘛,以前又不是没发生过。当她伏在他胸口上时,他试图从她嘴里问到她要他帮忙的事情,但还是没有得到答案。

好吧,我心情好一些的时候就告诉你。她支起胳膊,俯视着他的脸。

现在心情还不好吗?他仰视着她,她的脸仍旧被红云笼罩,还没来得及散去。她的眼睛直瞪瞪看着他,没有说话。她的眼睛很大,并不光亮,像有云翳。

大概过了一个多星期,他正在租用的车库里清洗石头,她的电话突然钻了进来。侍候石头的时候大多是他心情较为轻松的时候。又想我了?他调侃她。你答应帮我忙的,到底算不算数啊？她不在意他的调侃，而是直截了当说明她的目的。算数啊！但要看什么事情。他的态度模棱两可。她在电话那端突然收住了话头，可能是因为他不冷不热的回答。

我想请你做我的模特。一小段停顿后，她说出了要他帮忙的事情。

模特？什么模特？他很奇怪，她怎么需要模特。

你现在拒绝还来得及。她的笑容不像捉弄，反而诡异。

我为什么要拒绝呢？现在吗？他在给自己增添勇气。

现在也可以，不过你要想好了，要给我足够的时间，三到四个小时，不受人打扰，时间由你定，想好了再打电话给我。她的口气就像在筹划某项重大工程。

他想了想，现在的确不是个合适的时间段，蒋文静随时有可能找他，许一帆不可能有时间给他打掩护，她老婆怀胎几个月了，大多数时候他都寸步不离守着她。好吧，你等我电话。他回复说。

八

汇演结束后，不过半个月，蒋文静就带着胡小小踏上了去观看理查德·克莱德曼音乐会的旅程。潘乐乐不像之前那么热情，胡小小仅仅获得铜奖似乎有些让她难为情，但仍旧同她们母女俩一块登上了北去的高铁。出发的前两天，胡细楠试探着问，要不我也一起去？买票还来得及。蒋文静以一个斜视的眼神回答了他，那一刻他被挫败感的阴霾笼罩，同时产生了揍她一顿的冲动。但他很快就抑制了冲动，只在内心扇了她两个耳光。没扇她三个，是因为她们母女俩的短暂离开让他有一种如释重负的轻松和洒脱。平常的日子，她们母女俩虽说大多数时间在特教学校，但他就是轻松不起来，仿佛头顶上悬着一块大石头，随时有可能掉下来砸中自己。每一次留给自己的时间，都是左闪右避，像盗贼似的见不得光亮。

她们出发后的第二天，他给马萧萧打了电话，没有当天联系是因为内心残存着某种恐慌和不安。他说不清楚那是什么，但让他很没有心情。确认蒋文静去了北京，让他有时间从容地去帮马萧萧那个忙，不就四个小时么，给她四天都可以。事实也正如他预想的那样，在同马萧萧度过一个完整的下午之后，他就闲下来了，像个失业者，无所事事，又无所适从。蒋文静可没让他闲散下去，第三天的晚上，突然打给他电话，让他第二天中午到长途汽车站去接她们。他原以为她们至少会在北京待一周，参观天安门，逛逛故宫，爬爬长城，去鸟巢转悠转悠，没想到眨眼就要回来。他莫名有了紧张和沮丧，就像小时候老师突然宣布取消体育课那样。

蒋文静的话很简短，从中捕捉不到什么。胡细楠的内心忐忑着，第二天比预定时间早半个多小时到了长途汽车站，将车停在出口处守着。小城没通火车，得到省城转车，这中间要么自己开车，要么就坐汽车，没有第三项选择。当她们出现在出口处时，蒋文静的脸像惯常那样紧绷绷的，一副拒人于千里之外的冷淡，看不出掩藏其下的悲喜和好恶。他朝胡小小张开手臂，她怯怯地看了他一眼，不见有奔过来的动静。小小。他夸张地叫喊了一声。女儿刚要有动作，结果被她妈妈拽得一个趔趄，擦着他身体冲过去了。她们的后面是潘乐乐，她对他满脸的疑惑和惊愕也没有过多表示，微微笑了笑，算是招呼过了。回来的路上，潘乐乐坐在副驾驶座上，蒋文静带着女儿在后座，胡细楠几次想打破沉默，但话到嘴边又咽了回去。

到家后胡小小很乖巧地进了她和蒋文静住的房间。胡细楠想跟进去，但被蒋文静的眼神阻止了。她死死地盯着他，仿佛他是个凶犯，他若跟进去必然会给她女儿带来生命危险。这没有什么大惊小怪的，以往她就经常这么阻止他同女儿的沟通，她好像是他和女儿之间的一堵墙。有时她会给他打开一道窄门，有时连小窗也不给他开。他只得讪讪地放弃了亲近女儿的想法。当天晚上，半夜里，他被尿憋醒，听到屋子里像有什么声音，像是压抑的哭泣声。等他坐起身，想听仔细些，声音又消失了。或者根本没有什么声音，是他自己疑神疑鬼，听觉出了问题。但还是忍不住朝客厅张望了几眼，窗外的路灯光映进来，沙发上像是有个人影，他的眼睛慢慢适应暗淡的光线后，终于看清楚了，是蒋文静睡在了沙发上。他故意轻声咳嗽了两下，她不知是睡死了，还是假装没听到，没有任何动弹，仍旧保持原来的姿势。他怀疑哭泣声是她发出来的，又不敢轻易朝她走过去，只得悄无声息退回了卧室。

此后，他半睡半醒，始终留意客厅里的动静，除了冰箱的压缩机时断时续的响声外，没有任何响动。后来，可能因为困倦，他也睡着了。待他醒来，屋子里早已人去楼空，母女俩不知什么时候离开了，她们甚至没有叫醒他。沙发上齐整整的，一丝压痕都不见，仿佛昨晚上的所见不过是他的一个错觉。他在沙发跟前愣怔了好久，努力去回想那个情景，蒋文静蜷曲的身体，窗外漏进来的昏黄的光线。他有种感觉，她可能遇上了什么问题，可又证实不了自己的猜测。

往后的几天，他暗地里盯着她们母女俩，希望能发现什么破绽。但她们的表现很镇定，同往常没什么区别，该上学还上学，到了练琴时间就上潘乐乐的琴房。生活又回到了过往的流速，不疾不缓，不拐弯，也不打漩涡，像平原上的河流。

好几次，他试图接近女儿，想从女儿身上找到突破口，有这种机会，但每次都被蒋文静破坏了。她要么及时地出现在他的身后，要么找出一件不要紧的事情支开他。有个周末，不知出于何种原因，蒋文静奖赏了胡细楠，让他陪同她们一块去了公园。在公园游玩时，蒋文静突然接到电话，可能特教学校临时发生了什么事情，着急忙慌离开了。女儿傻傻地站在原地，看看他，又看看她妈妈即将消失的背影，好像有些不知所措。小小，爸爸在这儿呢。在蒋文静的背影彻底消失后，他软声唤着女儿。女儿还在盯着她妈妈离去的方向，他重复一遍之后才回过头来。父女两个对视了一眼，竟不知要说什么，父亲牵上女儿的手，顺着林荫道往前走。

走了没几步，胡小小突然停下了脚步，仰头看着她父亲。她做了一连串手势，他虽然看得很吃力，但还是明白了女儿的意思。她的手语说，爸爸，我不想学钢琴了，您能不能同妈妈说说。他怔住了，瞧着女儿认真的神情，不知该劝说还是要顺从她的意愿。女儿仰着脸，眼睛一眨不眨，等待他的回答。良久，他才反问，你为什么不自己同妈妈说呢？

女儿垂下了眼帘说，我怕妈妈生气。妈妈不会强迫你做不喜欢的事情，爸爸也不会。他边安慰边询问，如果不学钢琴，你想学什么呢？女儿抬头看了他一眼，眼神里藏着疑问，他还以眼神鼓励她说出自己的想法。

我想学习画画。做着手势时女儿的眼眶内明显有着光亮。

他的内心颤了颤，仿佛被女儿眼睛里的光亮拨动了。在他和蒋文静眼里，女儿就是个小不点，一个有点缺陷而且永远长不大的小不点。他们以为自己懂得了她，知道她想要什么，不想要什么。甚至他们根本没朝这方面想过，只是把他们认为必要的东西往她怀里塞，不管她要不要，不管对她有益无益。实际上，她远比他们以为的要复杂得多，他们也不懂得她需要什么，什么是她真正喜欢的。他不懂，蒋文静似乎更不懂。他突然意识到，女儿的问题，加之那个晚上蒋文静的反常表现，她们在北京一定发生了什么。他的内心突然闪过一丝悯恻。

北京好玩么？他矮下身子，将目光降低到与女儿同水平的位置。

女儿点点头，又摇摇头，将目光别向了公园的某个角落。

这孩子也懂得了隐藏。他直起身，没有追问下去。估计蒋文静也不会告诉他什么，只有去找潘乐乐。胡老师，小小可有感觉了,您哪天来听听,都有钢琴大师的范儿了,下次晋级肯定没问题。潘乐乐的声音很爽朗,仍旧称他为胡老师。谢谢乐乐。他一时语塞了,静了一会儿之后才说,乐乐,我想找你问个事,不知有没有空?潘乐乐似乎警觉到了什么,回复说,什么事啊?能不能在电话里说?好像她在拒绝他近距离找她说事。我怕电话里说不清楚。他说。喔喔,我在琴房呢。潘乐乐说。

放下电话,胡细楠的内心滑过一丝不快,潘乐乐好像有意在掩饰什么。当他直截了当将问题提出来时,她发了一下愣,不过很快恢复了笑脸说,没发生什么呀,都好好的呢。他拧了拧眉头,不信任似的瞥了她一眼问,小小呢,没惹她妈不高兴吧?潘乐乐脸上有了些不自然,说,如果说有,可能是小小在音乐会的现场睡着了,我当时太沉浸了,没怎么注意,孩子么,旅途上累着了,这没有什么。他刹那间明白了,蒋文静回来时怎么那种态度,千里迢迢就为了观赏一场音乐会,女儿居然睡着了,这对她的打击可想而知,没有在现场爆发就谢天谢地了。有必要同蒋文静谈谈,不能把孩子弄得这么紧张,但什么时候谈,该怎么谈,他一时拿不定主意。

他犹豫了好几天,几天里蒋文静很平静,同往日没什么不一样。胡小小倒是偷偷觑过他好几次,眼神可怜巴巴的,似乎对他有所期待。他拿定主意了，明天，就明天，不管怎么样，一定得同蒋文静好好谈谈，她是孩子的妈妈不错，可他也是孩子的爸爸，他若不说就没谁来说了。可就在那个晚上，半夜里，他醒来上洗手间时发现蒋文静在客厅的沙发上坐着，也没开灯，像截树茬一样坐在黑暗中。他停顿了一下，但很快就毫不犹豫向她走了过去。嗯，你怎么了？做噩梦了？他不习惯叫她的名字，特别是有了孩子之后，彼此的姓名在对方嘴里大多数时候都省略了，但仍旧听得出自己的声音充满关切。她坐着没动，呼吸声有些粗重，好像还有些鼻塞，有可能刚刚情绪失控过。他伸出手去挽她的肩膀，她一掌将他的手击落了。啪的一声巨响，她下手很重，他的手背火辣辣地痛了起来。他没有离开，而是坐在了她的身边。到底怎么了？你说话呀。他佯装愠怒地催促她。她依旧僵硬地端坐着，好久没作声。

我失败了！她用双手捂住脸埋在自己的膝头上呜咽起来。

九

蒋文静她们出发去北京观看音乐会的第二天，胡细楠就给马萧萧打了电话，约她一块吃午饭，但没想被她拒绝了。

同她的几次约会，除了在峡谷里的那一次，每次都是先吃饭，预热一下情绪，再找个酒店开房，温存一番，说会儿闲话，闲话并不是往常的闲话，作为做爱的延伸自然少不了打情骂俏，之后作鸟兽散。这似乎成了一道程序，是他和她共同认可的。这道程序重复第三遍的时候，他有了些乏味的感觉，前两次的新鲜感在急遽消退，但同她缱绻的渴望还在。这期间，除了马萧萧，他同别的女人也没有接触，虽然有女人向他暗示过，但他没接招。究其原因，可能有二：一是马萧萧对他的吸引力还算持久，另一个原因就是蒋文静带给他的压力与日俱增，让他不敢再多分出一份心思。

马萧萧的拒绝让他有些扫兴，但又不能勉强，只能按她的步调来。下午吧，我发微信给你。她好像在大街上，话音未落就挂了电话。她的语气正常得有些怪异，好像在说一件光明正大的事情，而不是一对男女背光的幽会。接下来等待的时间变得索然无味，他到街边一个小餐馆里点了碗面条，草草对付了午餐，吃面条时一边盯着手机，生怕错过了她的微信。她没有食言，还不到下午两点就给他发来了微信，还发来了位置，在一个叫凤凰酒店的地方。他没有开车，而是叫了辆出租车赶去那里。

他在十楼的一个房间里见到了她。酒店临河而建，落地窗无遮无掩，窗外黛色的山峦，泛绿的流水，一览无遗。房间的空间不小，一张大圆床居中，像一片辽阔的白色草原。你喝红酒还是茶水？她朝他举起一只酒杯，杯子里是小半杯红亮的液体，很显然，红酒是她带进来的。你喝啥我喝啥。他的回答在拉近同她的距离。她给他倒了同先前那只杯子里差不多等量的红酒，旋转了一下身子，将酒杯交给了他。之后她举起另一只酒杯，做了个请的手势，抿了一小口红酒。她又朝他做了个手势，让他靠近她，他依言走了过去，就好像被她那个手势拽过去了一样。她将手按在他的胸口，感受他心跳的快慢，嘴角挂着狡黠的笑。就那么轻轻一按，又闪电似的放开了。

　　屋子里有两张单人沙发，她将自己放置在沙发的凹陷处，他没有跟过去，而是坐到了另一张沙发上。两个人突然无话，她扭头看了一眼窗外，他站起身要去拉窗帘，但她阻止了他。他有些茫然看着她，她没有理会，而是放下酒杯，从手提包翻出一张照片，隔着小几递给他。照片上是个古装美女，长裙曳地，头上挽了个髻，金饰耳环稍显夸张，眉毛细长，眼神忧郁。是个挺标致的美人。他端详着照片上的女人，刚开始以为是马萧萧，瞧到仔细处才发现有异，照片上的女人鼻梁高隆，马萧萧的鼻子则要小巧得多，下巴处也有不同,她的下巴相对圆滑一些。他看一眼照片,又抬眼看一下她,她正平静而又好像带着某种警惕地注视着他。

谁呢?他扬起照片问。

你猜猜。她的眼神让他捉摸不定。

他揣摩不到她给他看照片的意图。同样,他也猜测不到照片上的人是谁,她的姐妹,闺蜜,还是她母亲年轻时的照片。对于最后一个猜测对象,他觉得不太可能,那个时代不会留下这样的照片。或许是她的姐妹,或者闺蜜,她将她展示给他,是不是背后隐藏着某个故事,有可能是带着悲剧色彩的。他再次端详照片上的女人,不敢随便张口接话。

猜不到,到底是谁呢?他尽量让问话抹去某种好奇。

别费那个劲了,以后告诉你。她避而不答。

他假装眼巴巴地期待。

咱们开始吧。她从床的一侧拎出一只袋子,袋子鼓鼓的,像是一个魔术家的魔法袋。

什么开始?他有些发懵。

做我的模特呀,可不许反悔。她用眼神看住他。

就在他发懵的时候,她将化妆用的种种全都从袋子里掏出来了,摆在正对着圆床的桌子上,整个桌面都被占领了。他只认得其中一部分,镊子,眉笔,口红,梳子,小圆镜。

大部分对他来说都是陌生的物件。蒋文静平时不怎么化妆，除了唇膏，梳子之类的，她的身边很少能见到其他化妆品。别的女人中倒是有化过妆的，但他看到的只是她们化妆后的效果，对于化妆的过程全然不知。

　　她让他坐在沙发上别动，他就老老实实坐着。她用一把刮胡子刀给他刮了脸，用洗面乳给他净了脸。接下来给他修理眉毛，用美目贴调整他的眼型，画眼影，佩戴假睫毛，打睫毛膏，画眼线。之后是脸部，腮红，暗影，再上唇妆。做这些的时候，她同他贴得很近，她的体香丝丝缕缕就像轻烟被他吸入了肺腑。这种香味对他是有杀伤力的，内心冒起来的念头迅速被他掐灭了，好像此刻她正在干的是一件非常神圣的事情，不容他亵渎，否则他就是个罪人，一个无耻之徒。他突然觉得有些滑稽，自己怎么会被化上女人的妆容呢，是不是每个人都有一面是男人一面是女人，只不过自己平时看不到罢了。生活中总有许多看不见真相的事情，或者生出意外的事情。他内心又涨起来一波恐惧，她为什么会有这种爱好，将一个男人化妆，不，是伪装，是伪装成一个女人，就为了在他面前显示她高超的化妆技巧？他越来越看不懂她，不知她是个怎样的女人。

　　当一切完成之后，虽然他有些抗拒，但还是被她拽到了穿衣镜前。出现在镜子里的那张脸非常陌生，不同于照片上的女人。他们有某些相似之处，但镜子里的女人丰满，雍容，相对素颜的妆扮下有一丝高贵。还有一些慵懒，倦态，像美人浴后。这后一种状态才是他的，很多时候他都处于这种状态之中。如果镜子里的人真是他，该有多好，他可以尝试一下那种女人的生活，那是新奇的，从来没有体验过的。眼前的这个女人仿佛是个巫女，让他看到了永远看不到的自己，又将现实中的他隐藏到了镜子的另一面。他对她突然有了某种恨意。

给我卸妆吧。他别开脸不看镜子，用手去扯头上的假发。

你别乱动！她捉住他的手，不许他破坏她的作品。

后来，他机械地听从她的安排，任由她摆弄，做出各种女人才有的姿势，冷艳，微笑，沉静，被她用手机一一拍了下来。

你是不是……要去看看心理医生？事情结束的时候，他忍不住抛出了心底的疑问。

你才要看心理医生呢……你们这些臭男人，恶魔！她抓起一只枕头朝他掷了过来，那张牙舞爪的样子好像一只发怒的小兽。

十

周日的下午，胡细楠同许一帆下了一局表演赛，让孩子们观摩。论实力，他们俩半斤对八两，放在往日胜负难定，但这一天胡细楠不在状态，蒋文静的情绪失控，他的天空就没法晴朗。蒋文静竞聘副校长落选了，摆在她面前的只有两条路：要么到别的学校担任副校长，要么继续留在特教学校做一名普通教师。当初来特教学校就是为了胡小小，半途而走非她所愿，丢下女儿怎么办。做一名普通教师面子上很难堪，副校长都干了好几年，被竞争对手打败了，还得忍气吞声待在原地，将来怕是有更多的被动和屈辱。这对她的确是个两难的选择，换了胡细楠，也一样难以取舍。他想不到有效的办法来劝说她，虽然她从未有什么事情听过他的劝说，但劝说与不劝说是个态度问题，不能含糊，得表态。而相反，许一帆诸事顺利，他老婆怀上了梦寐以求的女儿，兴之所至，斗志高涨。棋到中盘，咬住了胡细楠一条大龙，胡细楠左支右撑，在绝处弄出了一个劫争，这劫争对他是生死攸关，而许一帆呢，不杀他的大龙也已是胜券在握。最后，胡细楠赢了劫争，却输了棋。许老师，您损了劫材。偏偏旁边一个孩子眼尖,指出了许一帆的错误。复盘显示,许一帆至少浪费了两个劫材。不错,很有进步,是老师疏忽了。许一帆表扬了说话的孩子,也遮住了胡细楠的脸面。

孩子们一个个离开仓库,头顶上的天空有一抹淡紫色,那是晚霞的末梢。许一帆着急要走,胡细楠将他拽住了,好长一段时间他们都没在一块聊天扯淡。许一帆挣不脱,只好给妻子去了电话,让她自己弄些吃的,他妻子好像有些不高兴,嘟嘟囔囔的,饿着她不要紧,可不能饿着她肚子里的女儿。许一帆好说歹说,才将妻子安抚了。两个人就近找了家小餐馆,炒了几个小菜,要了几瓶啤酒。说吧,有什么解不开的结,是担忧火星撞地球呢,还是被哪个女人给缠住了?两杯酒下肚,许一帆像个神甫那样看着他,仿佛在等待他的忏悔。胡细楠有些反感他嘲弄似的口吻,话到嘴边顿了顿,还是将它说了出来。他从蒋文静的失败,说到女儿在音乐会上睡觉的事,说到蒋文静对女儿的教育方式,女儿不愿意练习钢琴,倒想学习画画。许一帆就嗯嗯听着,不插话,也不阻止他说下去。

你们要是多个孩子,蒋文静哪来那么多时间去惯着小小?她忙都忙不过来呢。待到胡细楠将肚子里的苦水倒得差不多了,许一帆才冷不丁冒出一句。

胡细楠沉浸在自己的心事中，没有在意许一帆的办法有多好。他迷茫地看着对方，好像在琢磨什么。

现在不是生孩子的时候，过段时间再说吧。他叹口气回答。

如果我没记错的话，过两年，蒋文静就四十岁，到时候是高龄产妇，对大人和孩子都没好处。许一帆在替他着急。

该怎么向小小解释？他走不出他的困惑。

这有什么难解释的？都不需要解释。小小多了一个弟弟，姐弟俩将来不像独生子女那么孤单，遇事还能相互帮忙，这是多好的事情。许一帆反驳说。

小小不一样。他坚持他的理由。

小小哪儿不一样？那是你们没将她当正常的孩子来看待，说到底，是你们的心态不正常。许一帆替胡小小鸣不平。

至少不是现在。他固执己见。

神仙也帮不了你！许一帆恼怒了。

两个人说不到一块儿，两瓶啤酒喝完，许一帆就走了，扔下胡细楠傻坐着。胡细楠想打个电话给马萧萧，摸出手机又放回了裤袋，歪歪斜斜出了小店，往回走了。蒋文静嚎啕一次之后，慢慢平静了，接受了有些残酷的现实，继续留在特教学校做了一名普通教师。她的忍辱负重完全是因为女儿，否则以她的性子绝对不会屈从。每天依旧早出晚归，同过去相比，待在家里的时间明显多了。胡细楠留意到她表面上虽然没有什么特别的变化，但她的眼神比往日涣散了，被迷惘笼罩的时候多。有几个晚上，他同她亲近，她也不反对，任由他将她抱到了他的床上。进行的过程中，她有些僵硬，并不迎合他的努力。有一次，他发现她咬紧嘴唇，竭力保持沉默。有个晚上，还没到最后，他就被她掀了下来，被晾到了一边，弄得他兴味索然。

这种日子没有持续多久，蒋文静又紧张了起来，因为胡小小又面临钢琴考级，要抓紧训练。女儿待在琴房的时间多了，胡细楠又当起了车夫，早晚接送。这种考级对小小来说是小菜一碟，你们静候好消息。潘乐乐并不担心胡小小的钢琴考级，甚至很是乐观。蒋文静似乎不是很放心，但又不能流露在外表，只在背地里一再督促女儿要认真练习。胡细楠却是另一种感受，特别是每次看到女儿求救似的目光，不知该怎么做才好，每次都只能报以安慰的眼光，或者干脆别过脸，不去看女儿的眼睛。

潘乐乐乐观的预言被胡小小挫败了，一同参加考级的十几个孩子，多半都过关了，只有三两个拖了后腿，其中就有胡小小。从省城回来，阴着脸的不只蒋文静，潘乐乐脸上也明显挂不住，见了胡细楠招呼都没打，就径自走开了。从长

内流河　　063

途汽车站出来，胡小小孤零零地落在后面，没有人去理会她。胡细楠的内心像被针锥了一下，刺刺地痛。他走过去牵住女儿的手，女儿顺从地将手交给了他。三个人谁也没有说话，在塞满车厢的抑郁中回到了家。刚进家门，蒋文静就躲进了她同女儿睡觉的那个房间，将门关紧了，晚饭也没吃。

我不是有意考砸的，是我不好，不该惹妈妈生气。女儿以手语向胡细楠解释。

小小很乖，很优秀，妈妈是累了，她不会生小小的气。他将她搂在怀里，安慰她说。

晚上，除了上洗手间，蒋文静就将自己单独关在房间。不得已，胡细楠先将女儿安置在自己床上，哄着她入睡。之后，他摸黑进入了蒋文静的房间，屋子里静悄悄的，窗外的灯光映进来，只见蒋文静和衣躺在床上，也不知睡没睡着。他在床边坐下，用手去摸索她，摸着了她的一只手，将它握着。她的手掌冰凉，像一条冬眠的蛇纹丝不动。坐了好久，她也不吭声，她的手渐渐有了些温度。他拽住它，想将她拉得更近一点。她将手抽回去了。他起身摁亮灯光，她的脸上有斑斑泪痕。她别过脸，将泪痕藏到了灯影里。

文静，咱们得好好谈谈。他尽量将语气放得委婉一些。

她就那样侧身躺着，不接他的话。

咱们不能给小小太多压力,她还是个孩子,也不能给自己太大压力,这对谁都不好。许一帆说得对,咱们应该将小小视作一个正常的孩子,她本来就是个正常的孩子。他继续说。

她仍旧不回话。他也就不说话了,默默地守着她。

你好好想想吧,早点休息,别着凉了。他见她再无反应,准备离开房间。

我是不是哪儿错了?当他走到门边时,她忽然坐了起来,用一双带着红肿的眼睛看着他。

他很惊诧她会说出这种话来,她在试探他的反应,还是意识到自己有什么过错,让人琢磨不定。他站在门边没动,内心像有一只手在翻找着什么。对女儿的疼爱不是过错,敬业也不是过错,如果真有过错,那可能就是她用力过猛了。但这话现在他不能对她说,说不定会引起她更深的自责,假如她意识到了自己的错误。别多想了,早点休息吧。他撇开她的话题。

告诉我,我是不是做错了什么?她的神情好像迫切希望得到答案。

他折回去在她身边坐了下来。他原本想对她说,不能对女儿那样,那也是对女儿的歧视。女儿有选择学习的权利,不应该强加给她。想说的话不只是这些,但他不能说,怕他的话会刺激她。他的沉默似乎证实了她的错误,她将脸埋在被子里,压抑的哭泣声一丝丝从被子里渗了出来。一阵时间过去之后,她突然从后面抱住了他,无遮无掩地说,咱们再要个孩子吧!

现在不是时候。这是他一直以来期待的,但还是不假思索否定了她的想法。

为什么不是时候?她放开他,睁大了眼睛。

当初可是你说的,对小小不公平。他很平静。

有什么不公平?哪儿不公平了?她像头母兽那样咆哮起来。

你小点声,别吵醒了小小。他去搂她的肩膀,她挣扎了一下,就没再抗拒了,任由他将她搂在了怀里。

十一

正如胡细楠猜测的那样,照片上的那个女人就是马萧萧的前男友。她有这爱好,肯定不是一天两天的事情,在她的前男友之前,曾经将哪个男人伪装成了女人,那是她和那个被伪装过的男人之间的秘密。她为何会有这种爱好,也许同化妆师的职业有关,有可能拿他们练习化妆的技巧。

后来的一天,马萧萧将她同前男友的细枝末节和盘托出。她的前男友被她伪装成女人之后就决然同她一刀两断了。她的电话不接，她的信息不回，过几天再拨打他的电话，已是空号了。他在她面前失踪了，再也探听不到任何有关他的消息。

我是不是个傻瓜，把这些全告诉你了。她讲述前男友的事情时语速不疾不缓，脸上不见丝毫忧伤。

这不是你的问题。他替她辩护。

说这话时他有些心虚，他的恐惧同她的前男友相比，有可能还要深切一些。他同她的关系不可能发展到那一步，结局早就摆在那里，同别的女人一样，都是短暂的。他不可能为了她抛弃自己的婚姻，抛弃他的女儿。

会再给我当模特吗？她接着问。

他无话作答。

你会不会离开我？不辞而别？她又眼巴巴地问。

不会。他直视她的眼睛说。

这是他同女人们打交道的过程中练习的一项技能，每次撒谎时总是盯着她们的眼睛，以便让她们感受到他是真诚的。她的眼睛里闪过一道光亮，可他不能确认她相信了他的谎言。后来，为了转移她的注意力，也为了消磨同她在一起的时光，他努力搜寻一切可能的话题，掩饰无话可说的悲哀，稀释退潮时的折磨。

你父亲呢？有一天，也许是鬼使神差，他问到了她的父母。

她飞快地扫了他一眼，嘴唇翕动了一下，却没有声音，好像很不情愿回答他的问题。但最后还是淡淡地回答了两个字，死了。

对不起。他表达歉意后陷入了沉默。

没什么对不起的。她冷冷地说。

那么，现在……你母亲呢？他小心翼翼地问。

在精神病医院。

这又是他没有预料到的答案。他张着嘴，不知往下该说些什么，生怕又冒冒失失闯进了她的某个雷区。往后，他干脆闭紧了嘴巴，不再挑起傻话题了。他相信她说的是实话。他曾在她的背部发现过一些疤痕，问及它们产生的原因，当时她只是立刻回转身来面对着他。没什么。她将他阻挡在那些疤痕之外。

他知道她不会像外表看到的这么简单，也不像她自己说的那样云淡风轻。可他不希望听到那些暗黑而残忍的故事，自身的故事尚且沉重得让人无法承受，再增添一些，还不把人给砸死。他因此有过唏嘘，但过后发觉好像给予不了她什么。爱情吗？他在她面前就是个谎言，假如说他能给她爱情，给予的越多，欺骗的后果也就越严重。同情吗？似乎也解决不了什么问题，何况她也不需要他的同情。

往后，他发现她的存在已经是个麻烦，因为他没法将他俩的关系控制在安全距离之外。她几乎天天要给他打电话，有时一天多达十几个，特别要命的是半夜里，都已经入睡了，她的电话又来了。他不得不掐断它，给她发微信，让她有话等天明再说。

我想开一家婚纱影楼。她征询他的意见。

在这儿？他的内心嘎呀一声，好像有根骨头断了，但没有疼感，只有恐慌。

对呀。她说。

不回深圳了？话出嘴边他才发觉问了个不该问的问题。

你很失望？她的话里带着刺。

不是不是，我求之不得呢。他违背心愿说瞎话。

但不管他是怎样的态度，她拉着他，为她即将开始的婚纱影楼寻找安身之所。每到一处，她征求意见的时候，他总要委婉地表达一些不理想的言辞。找了好些个地方，不是铺租太高让她无法接受，就是街道有些偏僻怕影响生意，都未能谈成。这个结果是让他有些欣喜的。好些天过去，她的想法慢慢变淡了，见面不再提及租店面的事，而是说些

内流河　069

七七八八的不咸不淡的话题，有时扯服装，有时把某个女星的风流韵事当噱头。他跟着也自然了些，有时恢复到同别个女人调情一般，说些逗她开心的话。是那种说过之后无关痛痒，不会留下后遗症的囫囵话。

这是个过渡阶段，果然，她打给他的电话慢慢少了，约他见面的次数也越来越少。他有种预感和信心，他俩见面的机会必将终至于无。接下来的一段时间，他有些失落，好多次拿起手机想联系她，但最后还是放弃了。他俩的关系在无人察觉的时候开始，就让它在无人知晓的隐秘下结束，谁都不受影响，这未尝不是解脱，未尝不是最理想的结局。或许在未来，他会遇见别的女人，再次萌发类似的恋情，也会再次以同样的方式结束。

你有没有空？我有件事情想请你帮忙。静默的时间并不长久，他就接到了她的电话，电话中的声音有些微弱，好像气力不足。

什么事？他的内心抽搐了一下，像被猫爪抓挠了，不痛，但有种死亡的恐惧感。

放心，不是让你当模特。她消除他的顾虑，可他的恐惧感驱之不散。

他还是如约前去了。她躺在妇幼保健医院的病床上，脸色有几分苍白,手臂上扎着针管,正在输液。怎么了?他的关切是真实的。没什么,一点小事。她笑笑,笑容有些惨淡。原来不打算告诉你,想一想,你还是有权知道。她看了一眼窗外,窗外的阳光正明媚。他怔怔地盯着她,不知啥事。我怀孕了。她的话语里好像包含了某种歉疚,往下的声音低了许多,对不起,我知道你想再要个孩子,但我不能生下他。顿了顿,她仰起脸直视他问,一会儿做手术,你能不能在手术单上签个字?

他的肚子里咕呱一声响,有东西爆裂了。他的手掌心在冒汗,脊背上却是凉飕飕的,冷风把那里当作了跑道。他的耳朵也像是被堵住了,无数个声音在耳腔里打着圈,就是出不来。他张了张嘴,连他自己都没有听到声音散发。喉咙倒是咕噜了一下,那是他吞咽了一口唾沫。

瞧你紧张的。她有些鄙夷地说。

他垂着手立在她的床前。

对不起,我还没来得及告诉你就把他做掉了。她哽咽着说,她的眼角有泪水渗了出来,顺着她的脸庞往下滚落。

难为你了。他捉住她的另一只手,拿脸去蹭她的脸颊,她别了一下脸,没让他蹭着。

我要下地狱的。她在诅咒自己。

他的内心颤抖了一下,他比她更应该受到诅咒,可是没有人来诅咒他,连他自己都放过了自己。他不能安慰她,他的安慰完全是虚情假意,再说也不具备安慰她的能力和资格。她能够审判自己,他仍然没有这个资格。

时间过去了好长一会儿,她止住了自己的情绪,他用纸巾替她拭去了脸上的泪痕,并亲吻了一下她的额头。

我要谢谢你。她说得很坚定,可他一脸茫然。

我的情绪一直不怎么稳定……就像那个晚上,峡谷那么黑暗,如果不是你在,我不知怎么走出来。谢谢你,你带我走出了那段黑暗,那段漫长的……仿佛一辈子的黑暗。阳光斜射进室内,白色被单上形成的漫反射让她的脸更加白皙,纯洁。请原谅,我不想再回到那样的峡谷中。

这是她第二次说到峡谷里的那个晚上,她的话在他的内心激起了一个浪头,他觉得自己好像就站在浪头的最顶端,有一种腾空感。很多种感受交错在一块儿,他被鼓舞了,被抚慰了,被温暖了,究竟有多少,他把握不准。他点了点头,似乎在赞同她的说法,其实是在掩盖内心的惶恐和慌乱。

那块石头能不能送给我?她像是在向他乞讨。

那原本就是你发现的呀。这一回,他十分爽快地回答了她的问话,同时吐了一口气,仿佛刚刚从幽深的峡谷中走出来。

谢谢你的慷慨！她的脸上露出了感激似的微笑，喃喃说，我想我更喜欢白荔枝……那种纯粹的白色我真的好喜欢。

十二

胡细楠很清楚，蒋文静那么随嘴一说，内心十之八九打定了主意，再想扳回来几乎没有可能。当他开车送女儿去学校时，她都不下车，干脆在副驾驶座上目送女儿走进校门。她的脸紧绷绷的，没有一丝笑容。返回来时，她撇了撇嘴，去妇幼保健医院。他的内心咯噔了一下，以为她听到了什么风声。去那干吗？他试探着问。你说干吗？！她瞪了他一眼说，去还是不去？！他只有听从她的指挥，将车开往妇幼保健医院。到了那里，他才明白她是下环来了，她说的再要个孩子不是玩笑话，立马就付诸行动了。挂号，找医生问诊，医生给开了几天点滴，第三天才给她做了那个不能称之为手术的小手术。整个过程进行得很顺利，他却被一种犯罪感攫住了，这是不是对女儿的抛弃和背叛，他给不了自己答案。

蒋文静从医院回来后在家静养了几天，照旧上班了。但明显窝在家里的时间比以前更多，饮食规律，睡眠充足，她在为即将到来的生育做准备。她对女儿的监管也松懈了许多，

内流河　　073

更多时候由胡细楠陪同她去潘乐乐那里练琴。有时候女儿不愿意去练琴，就躲在房间里玩，她也假装没看见。她的气色渐渐好转，脸上有了红润的色彩。她同胡细楠睡到了同一张床上，将女儿孤零零地关在另一个房间里。

我不想练习钢琴了，想学习画画。有一天胡小小用手语在胡细楠跟前恳求，胡细楠看了一眼蒋文静，她正在翻看一本孕妇保健方面的书，连头都没抬一下。他不知她的想法，所以也没有当即回答女儿。

小小说她想去学画画。有个晚上他靠在枕头上问她。

她爱怎么着怎么着，别问我。她的回答挺冷淡的，好像说的不是她女儿的学业。

后来，他就做主，给女儿找了一个绘画方面的老师，让她跟着他一块学画画，从工笔开始，慢慢转向写意。适当接触一下水彩和油画，培养她绘画的兴趣，开拓她的审美视野。怎么同潘乐乐解释此事，他费了一些脑筋，丑媳妇总归要见公婆的，最后还是当面同她说明了。小小的钢琴一直练得好好的呀。潘乐乐一时转不过弯来。孩子的爱好不在这方面。他拿女儿做挡箭牌。这个也是勉强不了的，以后如果她还想练习钢琴，随时欢迎她来。潘乐乐给自己找了个台阶下。

两三个月过去，蒋文静的肚子毫无动静，许一帆的妻子临盆了，果真是个女儿，按照小城的习惯请了满月宴。胡细楠夫妇带着女儿前去道贺，凑份子。许一帆正处在亢奋之中，喧喧嚷嚷的，分贝比平时高了七八成。许一帆的妻子抱着刚出生的小人儿被一帮女人包围着，透过人群的缝隙能见到她一脸慈爱而幸福的笑容。蒋文静没有靠近她们，而是站在不远处，她的神情不乏羡慕，好像又有些黯淡。胡小小挤进了女人堆里，很快又钻了出来，在她带来的画纸上快速画着什么。画完之后，她又钻进了女人们的中心地带，将画作交给了许一帆的妻子，很快又传到了其他女人手中。美极了，小小真棒！哎呀呀，真漂亮！画作所过之处惊起一串串女人故作的赞美声。最后传到了胡细楠手中，是幅速写，线条有些稚嫩，但是一个婴儿之美跃然纸上，或许女儿真有绘画方面的天赋。他向女儿微微笑了笑，以示赞许。

满月宴后，许一帆似乎有了空闲，硬拉着胡细楠去峡谷里捡石头，他妻子怀孕的这段时间差不多把他给憋疯了。这一回就他们俩，运气却不像往日那么好，折腾一整天收获寥寥。阳光西斜时，胡细楠捡到一块石头，颜色很纯净，却没有那种白荔枝似的圆形突起。左看右看，终于看出点名堂，那块石头的形状似乎像个舞者。他想好了一个名字，白色天使，当他将石头展示给许一帆时，后者左瞧右瞧横竖没瞧出什么，沮丧的许一帆拿鼻子哼哼两声说，什么白色天使，我看就是个巫婆。胡细楠并没有因此扫兴，而是将石头带了回来。他想将它当作一件特殊的礼物送给女儿，送给他的折翼天使。

胡小小接到礼物果然很喜欢，捉住胡细楠的手让他佝下腰，在他脸上亲了一口。作为回报，她把白色天使画到了纸上，当礼物回赠给她爸爸。

又是几个月过去，蒋文静让胡细楠陪同又去了一趟妇幼保健医院，医生建议她做个卵泡监测。一段时间过后，监测结果显示卵泡发育不全。问医生，回复要么养一阵子再说，要么去大医院检查一下。医生又说到环境污染，雾霾，食品安全，工作压力大等等，都有可能导致卵泡发育不全，导致越来越多的妇女丧失生育能力。

蒋文静的脸当即就蜡黄了，原先滋养起来的那层红润倏忽不见。着什么慌呀，就算真的不能生了，咱们不是还有小小么。胡细楠安慰她。乌鸦嘴！她的嘴唇哆嗦着，声音不像往常暴怒时那么尖锐。

这段时间，胡小小很乖觉，按时上学，遇上周末有时也会去潘乐乐那里练习钢琴。那是她取悦她妈妈的一种方式。你不用这么做。胡细楠接送她时提醒说。我还是有些喜欢钢琴的。女儿挺懂事地打着手语，她的脸被阳光笼罩，像一朵正在盛开的向日葵。

从上海检查回来后大半年过去，蒋文静的身子依旧毫无动静，卵泡监测照旧发育不全。某一天，胡细楠从特教学校接女儿回来，蒋文静正坐在沙发上暗自垂泪。她的双手像两根无力的藤条软绵绵地吊落着，肩膀在一抖一抖地动，眼泪顺着她的脸颊毫无顾忌地流淌。那一刻，胡细楠呆住了，从未见过她有如此悲伤的时候。他想问问她怎么了，但还是没问出嘴，径直走过去搂住了她。她一动不动任由他搂着。

对不起，我很想再要个孩子。她在他的怀里哽咽说。

他只有死死地搂着她。他想安慰她，却找不到一句恰当的话，他的脑海里甚至一个温暖的词语也想不起来。他身体的某个地方好像空洞了，呼呼地漏着风。那风在他的体内翻滚着，旋转着，慢慢地，在最中心的位置形成了一块真空地带。

02 **后遗症生活**

一

安一城在本城最热闹的时候开始巡视他管辖的区域。他的职业给了他充分的自由,但抛头露面也令他紧张不安。他对自己职业的认识好像存在着分裂,有时觉得很适合自己,有时又恰恰相反,觉得自己不够格干它,或者是它把他钉死在这儿,让他焦虑和窒息。每天爬上面包车都是这种心情,这成了困扰他的职业病。

不远处的红灯像熬过夜的眼睛。天色阴沉,半空里像有雾霾,抹也抹不开。

帅帅呱会跑到哪儿去呢？他在猜测中搜寻，同前一天相比，他的焦虑又增加了一重。

一个身材像海象似的女人从车前挤过，她的大块头让驾驶室瞬间被幽暗淹没。有人摁了声喇叭，提出了抗议。老城区的街道就像细细窄窄的羊肠，每天都在重复着肠梗阻，但这是他必经的固定的路线。

帅帅呱是他女儿安吉乐的宠物，她的狗自然由她命名，作为她的父母，他们不能剥夺她的命名权。当初，汤荔红的母亲说要送条宠物狗给安吉乐时，安一城就反对，理由很简单，玩物丧志，况且不能让女儿对宠物养成某种心理依赖。他见不得那类牵着宠物狗，或者抱着宠物猫，穿个超短裙，头发染成一绺儿红或一绺儿绿的，在街头丢人现眼的女孩。那类女孩本身就是宠物，是某些老男人豢养的宠物。这后面的意思他是藏着的，没敢对汤荔红说。汤荔红之前就养过猫，一只俄罗斯蓝猫，身体细长，尖耳朵，脚掌小，走起路来像是踮着脚尖。一身银蓝色的短毛。汤荔红说它是贵族猫，可在他眼里显得有些鬼魅，好像来自外星球的不明生物。他曾产生过谋害它的念头，但未敢付诸行动。让他放弃残暴念头的原因有二：第一，害怕汤荔红会发觉；第二，他是个有怜悯之心的男人。他在内心希望它快一点消失，后来真的如他所愿，不过结局却有着让人不敢直视的悲凉。有一天，那个号称来自北极熊国度的小家伙不知怎么偷跑出去了，当汤荔红在一簇映山红的枝丫下找到它时，已成了一具冰冷的尸体，半个耳朵都不知被什么咬去了。

安一城不能把反对的态度放肆地表现出来，毕竟俄罗斯蓝猫惨遭不测的阴影还没有完全消散。曾经一度影响了汤荔红的欲望，好像她的荷尔蒙分泌系统连接着俄罗斯蓝猫，猫死了，她的系统也因此出现了故障，不能正常分泌。果真，汤荔红的反应很激烈，这叫什么理由？谁依赖谁了？他没有坚持，赶忙举起双手，作投降状。往深里追究，汤荔红的母亲之所以提出送宠物狗给安吉乐，并不是单纯地表达对外孙女的疼爱，而更多出于内心的愧疚，想极力弥补什么。安一城的阻挠无疑有些残忍，似乎不愿意原谅老人无意犯下的过失。由此递推，这有可能会对安吉乐再度造成伤害。

征得女儿和女婿的同意之后，汤荔红的母亲给安吉乐送来了一条阿拉斯加雪橇犬。后来，安一城才意识到，老人选择阿拉斯加雪橇犬给外孙女做宠物，这本身就是个错误。她不该选择这种狗。刚送来时，阿拉斯加雪橇犬还不大，毛茸茸的一团，很招人喜爱。随着慢慢长大，狗越来越魁梧，越来越帅气，但却是个胆小鬼，遛狗时遇到一条凶巴巴的小狗也能吓坏它。安吉乐的胆子本来就小,由这么个胆小鬼陪伴她,让安一城觉得越发没有了安全感。当初就应该坚决一点,拒绝汤荔红的母亲把狗送给安吉乐的要求。后来,他的战友易志文第一次见到帅帅呱时就说,这狗有个绰号,听说过吗?安一城问,啥绰号?易志文说,招手没。他没听明白,问,啥叫招手没?易志文说,你傻呀,这也不懂,谁招手它就跟谁走,谁有吃的它就跟谁走。安一城瞪圆了眼睛,嗔怒说,你找死呀。我说的可是实话。易志文耸了耸肩膀,做了个怪无辜的表情。

　　果然被易志文的乌鸦嘴言中了。前天周末,他们夫妻俩陪同女儿在本城中心公园游玩时,安一城刚找借口独自去买了几张体育彩票,返回同她们母女会合时,帅帅呱就不见了。他以为狗留在了她们母女身边,而她们以为它跟随他走了。他们几个在公园找遍了,询问了许多人,查看了几处摄像头,都没有见到狗的踪影。安一城后来开车围绕公园转了好几圈,也没有找到同狗有关的线索。已经三岁的雪橇犬好像长了翅膀,从他们的眼皮底下悄然飞走了。

　　是让人拐跑了?还是狗贪玩迷路了?没有人给出答案。

　　安一城被车流裹挟着,一步一挪。他的目光忍不住溜向街道两侧,总希望有突然的发现。人行道上都是赶早的人,脚步匆匆，没有谁愿意停留。一个中年男人弓着背推着一辆三轮车，车厢里小山似的废塑料瓶将人行道挡去了一大截。安一城偏过脑袋，想要察看被三轮车遮挡的那部分，但始终有那么一块他的视线所不能及的地方。街边有占道经营的早餐店，那种可折叠的四方小桌摆在了人行道的中央。这不是他的责任范围，放在以往，他会停下车，让店主将早餐桌收起来。早餐店也很配合，只要发现城管的车驶过来，就会赶紧撤去摆在人行道上的餐桌，不过第二天又会一切照旧，彼此心照不宣，重复类似猫捉老鼠的游戏。

这种游戏曾让安一城产生过些许优越感，但今天他仅仅扫视了那里一眼，无意多管闲事。走走停停，停停走走，耗去了平常两倍的时间才驶出老城区。之后，他驱车直奔他的辖区，例行公事在大街小巷转了一圈，碰见乱摆乱放的摊点，象征性地打了几下喇叭。这一圈倒是看见两条流浪犬，腌腌臜臜的，像在垃圾堆里滚爬过，没一块干净的毛色。一条贵宾犬，一条狮毛犬，同帅帅呱不是一个品种。这种分辨能力是他在网上恶补一晚上犬类知识的结果。

这两条流浪犬的状况让安一城在内心哆嗦了一下，如果让安吉乐看见，不知会做怎样的联想。或许帅帅呱已经堕落成了这副模样，这让他更为纠结和愧疚。狗失踪的当天，他从女儿的眼神中就读到了对他的质疑和谴责,当时他跑去哪儿了,好像是他把狗弄丢了。他不能对女儿说去买彩票了,那是他的幻想,总盼着能中笔巨奖,说不定就能摆脱现在这种生活了。他掂量得出帅帅呱在女儿心中的份量,从某个角度来理解,狗的存在似乎比他这个做父亲的重要得多。汤荔红的母亲也许早就预感到自己时日无多,才有送宠物狗给外孙女的想法。帅帅呱一岁单八个月时,汤荔红的母亲病倒了,住院检查后被诊断为癌症晚期,不出三个月就离开了人世。帅帅呱的存在无疑成了外婆的存在,这是汤荔红的母亲留给安吉乐仅有的念想。

安一城被一种负罪感攫住了,不知该去哪儿。犹豫过后,他离开了辖区,往公园的方向走,好像除了那里也没有别的地方可去。他将公园的角角落落重新找了一遍,又围绕公园转了一圈,没有找到任何线索。当他重新回到公园入口时,彻底茫然了,到底该去哪儿找寻帅帅呱呢。抽过一支烟后,他给易志文打了个电话,把狗失踪的事告诉了他,让他快点过来帮忙。

我也在找个东西呢。易志文喘着粗气说,你傻呀,把狗的照片发给你的同事,让他们留意一下。

安一城如梦初醒,要挂电话给同事发照片,但又被易志文叫住了。

易志文说，你干吗不去宠物医院，宠物收养中心，还有啊……屠宰场，去这些地方找找？

二

汤荔红的母亲去世后，汤荔红给安一城讲过帅帅呱的来历，它之前的主人是个女孩，女孩在南方打工，年底回家时带回一条狗，就是帅帅呱。汤荔红的母亲居住在距离本城五十公里外的小镇上，女孩是她邻居家的女儿。帅帅呱是条被人丢弃的流浪犬，被女孩收养了，年后女孩返工时将它留在了家里。邻居嫌侍候狗烦，想把它扔了又怕女儿过问，也有些舍不得，听人说值好几百元呢。真要卖给人吧，又没人舍得掏腰包。后来，汤荔红的母亲给了邻居三百元，将狗买下了，并且向邻居保证不会亏待它。

安一城听说这故事后内心咯噔了一下，像是掉进去一个什么东西。暗地里也埋怨过，汤荔红的母亲居然把这样一条狗送给外孙女，老人家真是糊涂，但最后他的怜悯心占了上风，毕竟狗是无辜的，何况它已是他家里重要的一员。可是，现在，狗被弄丢了，有可能再次沦为了流浪者。

得尽快把它找回来。他给自己下命令。

但他没有立刻按照易志文的建议去做，而是在大街上兜着圈子，希望有意外的遭遇。他觉得那样一条狗不可能会去宠物医院，更不可能被送进宠物收养中心。至于屠宰场，他不敢朝那个方向去想。他将车速放得很慢，跟在他车后的司机因此很不满，要么打喇叭，要么从他身边飙过时扔给他几声咒骂。他忍受了这些，但却没有得到想要的回报，遇到不少人在遛狗，也有独自嗅嗅走走的家伙，都不是帅帅呱。

安一城带着沮丧去往宠物医院。本城面积不是很宽阔，宠物医院也只有三家，一家在老城区，另两家在新城区，都不在他的辖区内。他根据同事们的指点找到了一家，就两间临街的铺面，一间摆放药品器械，一间做治疗室。铺面的纵深比较长，后面的部分被间隔成康复室，不少的猫啊狗啊被它们的主人寄养在这里。接待他的是个穿白大褂的中年女人，安一城说明来意后女人没做过多询问，打开康复室让他自己去查看。最终，他自然没有找到帅帅呱。就算找到了，也不可能立即带走它。他不死心，将手机里的照片翻给女人看。好帅的家伙！中年女人赞叹了一声就没话了。他给女人留下电话，恳求她如果看到帅帅呱给他打个电话。谁愿意给别人家的狗花钱啊？中年女人答应了，但很不屑地瞥了他一眼，

后遗症生活　　085

以为他哪儿有问题。

过后，他又找到了另两家宠物医院，见到的场景同第一家没什么区别。在第三家，他倒是看见了一条阿拉斯加雪橇犬，同帅帅呱长得极为相似。他不得不翻开手机里的照片做一番比对，才发觉狗身上的花纹同帅帅呱明显不同。

找到没有？从宠物医院出来时汤荔红打来了电话。

还在找。他回答。

找不到别回来！汤荔红尖着嗓子下达了死命令。

他将最后的希望转移到了宠物收养中心。宠物收养中心的位置很偏僻，他走错了好几次，最后才在一个没来得及拆迁的角落里找到。那儿原是化肥仓库，早已闲置不用。宠物收养中心是对年轻的夫妻开设的，资金大多自掏腰包，也接受社会的捐赠。他们这么干的原因据说是出于感恩，这对夫妻在洗鸳鸯浴时发生煤气中毒，是他们养的狗救了他们。他们租下一间仓库，将它改造成猫舍狗舍。年轻的女主人还自学了兽医，学会了怎么给那些失宠的家伙看病，又怎么安慰它们失宠的心灵。安一城进入仓库时，年轻的女主人正在给收养的宠物分配食物，每只碟子里一小勺，谁也不多谁也不少。仓库内有限的空间全被占领了，收养的宠物之多超过了局外人的想象。安一城说明来意后，年轻的女主人浅浅地笑了笑，然后做了个手势让他自己随便查看。他突然有了些惶恐，一间间狗舍看过去，不是瘸腿的，就是瞎眼的，还有缺了耳朵的，身体上疤痕累累的，几乎没有一条健康的狗。后来，女主人的解释恰好印证了本城的流言，那些恢复了自信的宠物会让人有偿领养，所得用来填补资金缺口。没人领养的动物便留在了宠物收养中心，成了甩不掉的包袱。总之，安一城没在那里找到帅帅呱，只见到一条阿拉斯加雪橇犬，那个可怜的家伙虽然断了条腿，但仍旧如帅帅呱一般魁梧雄壮。

返回的路上，安一城被两个迫在眉睫的问题困扰着：该怎么回复汤荔红，又该怎么安慰安吉乐。事实上，他还没来得及仔细考虑，就被单位上的电话给叫走了，有人举报他的辖区内有人在规划区外张贴广告。事发地点在一个小区门口。那里聚集了一大群人，呈扇形包围着什么。扇形的正对面是堵墙，墙上有个广告栏，但现在广告栏旁边的空白处好大一块被张贴的纸张覆盖了。安一城才打开车门，就猜测到那被包围的肇事者是谁，因为刚刚有人吼叫了一声，你这个老妖婆，还不快点滚蛋！人群散开一道口子，给安一城让出道路。果然是个老婆婆，正张开双手护着身后刚刚张贴上墙的那一大块。她经常挎在肩膀上的一只黑色布袋落在她的脚边，一只编织袋歪倒在她的右侧。

安城管，你来得正好，瞧瞧这老太婆张贴的什么呀。小区的保安朝安一城嚷嚷着说，你念念，多么晦气的东西。

张开双臂的老婆婆就像只张开翅膀的孤鸟，倔强地仰着脸，眼睛里丝毫没有惧色。安一城称她为彩虹婆婆，这名字是他第一次遇见她时给取的。后来多次遇见她，也没再问过她的姓名，她似乎默认了他给她取的名字。那一次，他从一条巷子里经过，刚巧发现她正踮着脚往墙上张贴广告，那种A4大的复印纸有几张上墙了。刚开始，彩虹婆婆也像现在一样很是警惕，他去揭她贴上墙的纸张时，她像只老鹰似的扑过来，抓伤了他的手臂，将他的脖子挠出几根血痕。围观的人掏出了手机，准备抓拍他粗暴的镜头。他有几分窝火，但很快抑制了自己的情绪，不让自己有失态的表现。这也是单位经常派他处理一些突发事件的原因。后来，彩虹婆婆有可能被她自己的冲动吓着了，僵持了好长一会儿，最后还是听从了他的劝说，将纸张一一揭了下来。安一城在广告栏的一角划定一块地方，让她张贴到指定位置。处理完这一切后，天空突然下了阵细雨，雨过后本城的上空竟然奇迹似的出现了一道彩虹。安一城因此将眼前的老婆婆称作彩虹婆婆了。但彩虹婆婆的记性似乎不怎么好，时不时仍像原来那样，把那些复印过的A4纸在广告栏外像糊墙那样糊上半堵墙。每逢遇到这种情况，他也无可奈何，只好通知清洁工把它们清洗掉。

后来遇见的几次，他还帮忙张贴过彩虹婆婆随身携带的那些报纸复印件。那些复印件复印的效果不怎么清晰，黑一团白一团，他也没仔细看过复印件的内容，好像同一次沉船事故有关。有两次彩虹婆婆在街边坐着时，他搀扶她上了车，将她送回了家。

几次接触之后，安一城确认了彩虹婆婆的精神有点问题，只是不清楚她的问题出在哪儿。彩虹婆婆见到安一城时像是盼见了救星，眼睛突然亮了一下，神情也没有了刚才的紧张。过来！过来！我有话对你说。她露出讨好的笑容，招手让他到她身边去，我没贴错地方吧？你看，多齐整，多漂亮！他摇了摇头，表示不赞同她的说法。他想向她解释，但又感觉解释不清楚，就直接从墙上揭下一张纸说，我帮您转移到广告栏去。他暗暗警惕着彩虹婆婆，怕被她突然袭击，但她只是讪讪地笑着，呆立在原地。围观的人群可能觉得无趣，不少人散去了，也有个别人好奇心重，凑到广告栏前一看究竟，甚至大声朗读了起来：韩国客轮沉没事故……

还有呢？他没有搭理那个多事者，转身询问彩虹婆婆。

她弯腰拾起黑布袋说，在这儿。

安一城接过黑布袋，将它挎在肩膀上，然后拎起那只不知被什么撑得有些臃肿的编织袋，对彩虹婆婆说，上车吧。

三

帅帅呱失踪的当天晚上，安吉乐一个晚上没合眼，不哭也不闹，就安安静静地流泪。汤荔红不停地用纸巾给她拭擦眼泪，拭干净了，很快又流了出来。她的泪腺好像成了自来水管，泪水哗啦哗啦往外流。流到后面，汤荔红也忍不住了，娘儿俩就抱在一起，两个人的眼泪流到了一块儿。第二天，安吉乐没吃早饭，也没有去上学，汤荔红让她躺在床上，她就躺在床上，眼睛睁得圆溜溜的，好像要把眼球都睁出来。汤荔红被女儿的神情吓坏了，可又不敢在她跟前有所表示，将满腔的愤怒都发泄到了安一城身上。她像条疯狗似的抱住他又撕又咬，他的手臂、胸口、脖子上，好几个地方都挂了彩。汤荔红掐断了一枚指甲，指头都抠出了血。这让她更为恼火，脱掉脚上的拖鞋朝他掷了过来。后来，也许是闹腾得累了，才收住手，只把一双喷火的眼睛向着他。再往后，她眼睛里的火焰慢慢暗淡了，像花朵一般枯萎了。咋办呢？她泪眼婆娑地问。他无言以答，找不到帅帅呱真不知该咋办。

要不要送她去医院？汤荔红抹了一把眼泪，压低嗓子问，送她去看心理医生？安一城的内心像被什么野蛮的动物刨了一爪，有一种被撕裂的疼痛。他没有迎接汤荔红的目光，而是将脸转向了别处，转向某个幽暗的角落。

安吉乐曾经看过一次心理医生。那次事出有因。从一岁开始，安吉乐就被交给她外婆照管，汤荔红开了家美甲店，夫妻俩都没时间照顾孩子。安吉乐四岁时发生过一次意外。某天下午汤荔红的母亲突然打电话给汤荔红，说安吉乐不见了。安一城的第一反应就是报警，后来的事实证明，幸好第一时间报警了。他们夫妻俩，加上帮忙的亲戚朋友，以及同学同事，找遍了小镇上的每个角落，都没有找到安吉乐。当天晚上，本城的警察在对宾馆酒店及一些人口流动相对密集的场所进行排查时，接到一个举报电话，说有两个可疑男人带着一个小女孩住在一家小旅馆里。警方在第一时间赶到了现场，那个女孩就是失踪的安吉乐。

那两个男人被绳之以法。可安吉乐受过惊吓之后好像患了自闭症似的，不愿意同人说话，整天待在屋子里，哪儿也不愿意去。那段时间汤荔红将美甲店委托给同事管理，专门守在家陪伴女儿。但安吉乐的情况不见好转，后来夫妻俩陪同女儿去省城看了心理医生，经过短暂的治疗后安吉乐才慢慢好转，到上小学时那种阴影才完全从她身上消除。安吉乐恢复为一个活泼可爱的女孩。汤荔红的母亲之所以将阿拉斯加雪橇犬送给外孙女，多半是为了弥补自己的过失，安一城没有坚持反对也是出于相同的原因。在这个问题上，他同汤荔红的母亲一样都没有尽到自己的责任。

或许他们低估了安吉乐对伤害的自我修复能力。第三天，安吉乐很早就起床了，坐在客厅里等候安一城送她去学校。汤荔红可能太疲倦了，虽然整晚守着女儿，但丝毫没有察觉，还蜷缩在睡梦中。安一城溜一眼女儿，发觉她很平静，脸上没有任何异样的表情。一家人上街吃了早点，出发去学校时，汤荔红找了个借口也挤上了车。我一定会把狗狗找回来的。安一城在校门口对安吉乐表态说。他努力想将自己的许诺装扮得像誓言那样郑重其事，但内心终究有些发虚，他的承诺有可能最终会沦为安慰女儿的一句谎言。

不是狗狗，是帅帅呱。安吉乐回头纠正他的说法。

对，不是狗狗，是帅帅呱。他重复着女儿的话。

但汤荔红还是不放心，待女儿进去后，也跟着进了校园。她偷偷找到女儿的班主任，把帅帅呱丢失的事情和这事对女儿的影响实情相告，请班主任多关照一下安吉乐。

汤荔红的做法并非多此一举，其实安一城比她更为紧张，但又不能随便表露出来，至少在她们母女跟前必须保持镇定。该咋办啊？汤荔红盯着安一城问。还能咋办，继续找啊。他习惯性地打了一下喇叭，启动了车辆。如果找不见呢？她问。他没回话，只拿眼睛盯着她看。她突然意识到自己说了不该说的话，呸呸呸！你这乌鸦嘴！呸过之后她朝自己的嘴巴扇了一巴掌，声音响亮得像有什么东西爆裂了。

安一城不再说话，将汤荔红送去了美甲店。离开时，汤荔红把他叫住了，等等，打印些寻狗启事去张贴吧。他觉得没必要，也不会有什么作用，但还是沉下心来一块琢磨寻狗启事该怎么写。汤荔红倒比他有主见，不假思索就写上了：

寻狗启事

求助！寻找爱犬！本月3号在中心公园走失。狗狗名叫帅帅呱，3岁，阿拉斯加雪橇犬，公犬。帅帅呱对我真的很重要，它已成为我家庭中重要的一员。如有捡到或有它消息的，恳请帮忙与我联系。

必有重谢！！！

联系电话：XXXXXXXXXX（汤女士）

看过汤荔红写的草稿后安一城觉得没什么不妥，如果换成他来写，恐怕不会这么煽情，而且还绕开了安吉乐。拿去打印时，在启事的下面附上了帅帅呱的照片。在打印数量上他们的意见不一，汤荔红要求打印五百份，他认为一百份足够了，最后折中打印了两百份。她将寻狗启事交给他，但转手又索回去一摞，两个人分头去张贴。

　　安一城此前从没想过自己会张贴寻狗启事，对广告栏里的东西也没有关注过。他觉得自己在这方面有些冷漠，对别人张贴广告什么的，只是履行一个管理者的职责，别让他们制造牛皮癣，破坏城市的美观，只要他们遵规守矩，至于张贴的内容就没必要了解那么多。当他站在广告栏前时才发觉，这里张贴的东西实在太多了，多到让他张贴一份寻狗启事的空隙都没有。寻人启事，寻狗启事，寻猫启事，出租房屋，空铺转让……一个患有老年痴呆症的老头走失了……塑料衣模转让，熏制腊肉，讣告，演唱会的海报，给宠物找对象……千奇百怪，什么内容都有。他有那么一会儿呆住了，不知该怎么办。广告栏里的东西都像是刚才张贴上去的，好像哪一个对它的主人来说都很重要。如果这些东西张贴在广告栏外，按照他以往的做法，早把它们清理得一干二净了。就这么张贴上去？还是撕掉哪个开扇天窗出来？他扫视了一圈四周，看看有没有人注意他。他最终相中了那个牺牲品——一份超市周年庆典特价活动的海报,手忙脚乱把它干掉了,尔后迅速用寻狗启事填补了空出来的位置。干完这一切,他赶紧离开了,生怕有人察觉他的举动,由此指责他。

第一份寻狗启事张贴出去后,他重新上了车,一路巡视,驶往下一个目的地。街道两侧同往常的日子没有什么两样,工作时间除了极少数急匆匆赶路的人,大多数都是懒散的女人,步履蹒跚的老人。一个女孩拽着一辆宠物车,车上站着一条毛色洁白的贵宾犬。一个秃顶的老男人在一条导盲犬的引导下横穿马路。一个胳膊上文了蝎子的男孩牵着一条高加索犬,它的出现让很多人避而远之。看不见帅帅呱。哪儿都没有帅帅呱的影子。在大街上找到帅帅呱的希望正在一点点淡去,他的信心正在被消耗,也许用不了多久就会放弃这种纯粹浪费时间的寻找。

他第二次站到广告栏前时就没那么紧张了,但还是有些心虚地瞧了瞧四周。当他打算动手时,发现广告栏有好大一块被彩虹婆婆张贴的报纸复印件给占据了。他绕开了它们,拿一份房屋出租的广告开刀了,三下两下,将它撕扯干净了,然后把寻狗启事张贴上去,广告栏又回到了之前的模样,不剩任何空隙。第三次,他没有挑选什么内容的广告,随手就将广告栏扫荡出了一块空间。第四次,他不再在意有没有人看着，撕扯和张贴都很理直气壮。他不在乎别人寻找什么，只想着尽快把寻狗启事脱手。

安一城跑了一大圈之后，寻狗启事已经不多，内心却莫名其妙空落了。就剩下几张了，再转一个小圈子就完成汤荔红交办的任务了。接下来该去干些什么，是继续在大街上转悠还是回单位去上班，他不能若无其事闲着，否则怎么都说不过去。这发呆的瞬息，有同事发了张照片给他，是条阿拉斯加雪橇犬，正目不转睛看着他。像吗？同事问。他仔细端详了一番，同帅帅呱很相像，几乎就要确认是帅帅呱。他将照片转发给汤荔红，却招来了她的白眼，什么眼神？！看看它的腿！他再看看照片，果真那狗的腿上多了一绺花纹，同帅帅呱的照片一比对，可不是，真多了那么一小绺花纹。

不是。他回复了同事一个难过的表情。

再看看同事们所在的微信群，七嘴八舌的，有可惜的，安慰的，也有拿自己现身说法的。有个同事说他家养的一条沙皮狗丢了好几个月，后来又找了回来。另一个同事说丢了就丢了，再也找不回来了，他家的蝴蝶犬就再也没能找回来。第三个同事的说法叫安一城很是不安，那个同事幸灾乐祸地说，这么肥？不会被偷狗的给宰了吧？前天刚好吃了顿狗肉火锅，莫不就是安队家的狗狗？话语后打了一长串阴险加坏笑的表情符号。

正无限沮丧时，易志文打来了电话，问安一城在哪儿。他嗯啊了几声，没说自己在哪儿。你先别管那狗狗好不好？我这事十万火急，你一定要帮忙把东西找到。易志文火急火燎地在电话里吼叫。安一城不知对方出了什么状况，忙问，啥事？易志文说，一封情书，我老婆写给我的一封情书。情书？你老婆写给你的情书？安一城摸不着头脑。易志文接着嘟嘟囔囔说了好一阵子，才说明白，原来易志文同他老婆谈恋爱时，他老婆写过十几封情书给他，前几天他老婆心血来潮突然将易志文收藏的情书翻找出来，硬说他弄丢了一封情书，逼着他赶紧拿出来，不然就离婚。刚开始易志文没把情书的事当回事，不想他老婆动真格的了，给易志文两条路，要么拿出情书，要么去民政局办理离婚手续。他老婆的理由很简单，连情书都弄丢了，说不定哪天把她也给弄丢了。易志文这才慌张了，翻箱倒柜，可是上哪里找情书去。易志文没辙了，才想起谈恋爱那会儿他正好同安一城合租在一块，说不定情书落在了安一城的什么东西里头，如果那封情书真的存在的话。

安一城听后哑然失笑，易志文的老婆也太奇葩，孩子都上六年级了，还在找什么情书，当揩屁股纸都嫌粗糙了。找不到不更好么？正好符合了你的心愿。安一城开玩笑说。我不怕离婚，就怕折腾。易志文好像很疲倦，声音带着哭腔。这让他于心不忍，勉强答应说，我去找找看，不一定能找到啊。电话那端在千恩万谢，安一城皱起了眉头，威胁说，你先过来帮我把狗找到，要不然找到了情书也不给你。易志文说，求求你，别这样！安一城的口气越发坚硬，咬着腮帮子说，没得商量！别讨价还价！

四

安一城编了个理由搪塞汤荔红，说晚上有人请客，不回家吃饭。都什么人啊，挑这种时候请客。汤荔红嘀咕着，继而扬声叮嘱说，吃完饭早点回来。安一城偏就不想回去太早，帅帅呱没找到，没法面对女儿。接连几天，只要他出现在女儿跟前，她的眼睛就死死地盯着他。她不说话，她的眼睛中像有把刀子，又不像刀子，反正足以把他杀死，或者将他捅出无数个窟窿来。这一招不知是谁教会她的，用眼睛说话，鬼见了都会胆寒。好像经历那件事情之后她就变成这样了。

他在中心公园附近找了家小餐馆，点了几个小菜，准备喝上一杯。可又觉得一个人喝着无味，就给易志文挂了个电话，让他快点赶过来。易志文推脱说走不开，安一城不知从哪里冒出来的怒火，近乎咆哮着说，来不来？不来我把情书给烧了！易志文着了慌，一个劲儿地说，你别吓唬我，马上到！马上到！又问，真找到了？不会诓我吧？安一城说了一句爱来不来，然后挂了电话。

果真，不过十几分钟，易志文就赶到了，见面第一句话就问，情书呢？安一城说，先喝酒。易志文知道受骗了，又不能退回去。两个人边喝边聊，安一城说的是狗，易志文回答的是情书。易志文说，我那死女人是不是神经了？安一城回答，不好说。易志文又说，我还就信了她，头破血流地满世界去找情书。安一城噗嗤一声笑了说，她没神经，是你神经了。易志文一愣，沉默了好半天才说，对，是我神经了，找她妈的什么情书啊。安一城的内心忽然紧缩了一下，不由自主想到了安吉乐，如果帅帅呱当真找不见了，不知她会怎样。她的头顶始终有块阴影在盘旋，说不定哪天就落下来把她淹没了。

酒后，两个人进了中心公园。昏黄的灯光，暗黑的树影，两个人的脸一忽儿光亮，一忽儿暗淡。走了好长一会儿，都无话，可能酒桌上说得太多了，再说也是重复。

上哪找狗去？安一城像是问自己。

不就一条狗么？找得到与找不到有什么关系？易志文不

理解他的忧心忡忡。

去你妈的蛋！安一城爆出了粗口，抛下易志文，转身出了公园。

安一城回到家时安吉乐已经睡了，屋子里静悄悄的。摁亮玄关处的吊灯，汤荔红居然一动不动坐在沙发上。他以为她会发火，她却没有丁点动作，只是默然看着他。待他洗完澡进了卧室，两个人躺到了床上，她突然发问，帅帅呱真要是找不见了，该咋办啊？他明白她担心的不是狗，而是安吉乐。这也正是他担忧的问题，让他束手无策。

给她买条狗吧。汤荔红似乎鼓足了勇气才提出这个建议。

她会接受么？他反问。

汤荔红的想法很简单，偷梁换柱，如果买条新狗，说不定安吉乐的注意力就会转移到新的宠物身上。这是个冒险的主意，万一安吉乐不接受呢，到时又多出了一条狗的麻烦。依照汤荔红的设想，女儿不接受不要紧，只要不排斥，天长日久，最终总会接受的。如何名正言顺把狗领进门，不至于让女儿反感，这才是要动脑筋的地方，也可算是生活的艺术。

就说捡的。汤荔红灵机一动说，流浪狗。

你不长脑子啊？他瞪了她一眼。

她才意识到自己出了馊主意，静寂了一下说，就说在宠物收养中心领养的。

这有区别么？他不想搭理她了。

就说我闺蜜出去旅游，暂时寄养在我们家的。她总算找到了一个可行的办法，拿手去扳他的肩膀，但没有扳动他。

先找找吧。他叹了口气说，找不着了再说，睡觉吧。

安一城做了个梦，梦见了彩虹婆婆。彩虹婆婆对他说，你家的狗狗丢了吧？我带你去找它。彩虹婆婆在前面走，他在后面跟着，她不时回头看看，好像怕他跟丢了。她像往常那样挎着黑布袋，身材仿佛高大了一些，走路比平常快了许多。他跟着她在大街小巷绕来转去，拐弯，又拐弯。有几次她忽然不见了，等他追过去，她就在另一条街道的入口处等着。不知转了多少条街道，她终于收住脚步说，就这儿。他看了看四周，不像在街道上，没有灯光，只能凭借稀薄的天光看个大概。有几棵叶子稀疏的树，好多个小土包，土包上长了茂盛的草，好像是个荒芜的坟场。彩虹婆婆说，奇怪，它明明在这儿，我看见的，怎么不见了呢。然后，他就醒了。

安一城醒来时安吉乐就站在他的床边，正安安静静地注视着他。他向她微笑，她不笑。他伸过手去揽她的腰，她闪了一下身子避开了。等他从床上坐起来时，她就向房间外跑去，到门边时回头看了他一眼，她的眼神是陌生的，是不信任他的。她同他之间好像隔了一条河,而且河面越来越宽,河水越来越深,越来越难以渡过。

是那条该死的狗让她变成这样的。他恨恨地想。

早餐之后,他们夫妻俩一同送安吉乐去学校,汤荔红不放心又要跟进去,被安一城拦住了。他们不能太过紧张,否则会适得其反,对女儿造成的心理压力会更大。他没把这内里的原因说明给汤荔红,送她去美甲店后就离开了。

他照例去他的辖区巡视了一圈,同时也顺带查看一下广告栏,寻狗启事大多看不见了,被覆盖的速度令人咋舌。有两张还是被彩虹婆婆张贴的报纸复印件给遮蔽的。他无可奈何地笑了笑,这老婆子也许没日没夜地在张贴她的那些东西。他对寻狗启事没寄予什么希望,但还是把剩下的几张补贴上墙了。他漫无目的地转悠着,广告栏没必要再看了,也没有了多余的寻狗启事。他去了两处农贸市场,有卖狗肉的摊贩,但没见卖活狗的。有个地方没有去,就是屠宰场。有人会把狗送去那里吗?他觉得不可能,即便送去了,也会立刻给宰了,清理了,不会留下蛛丝马迹。狗变成了狗肉,只有上帝才能把它们分清楚,换成人谁有那个本事?

进了屠宰场之后他才发现自己错了。屠宰场分为两块,一块屠猪的,建成了封闭的车间,杀狗宰羊的在另一块,铁皮苫盖的大棚，羊被关在栏圈，狗被锁在铁笼子里。他一只一只笼子看过去，都是些土狗，或者是外地运来的用饲料喂养的肉食狗。他早知道不会有什么结果，之所以来这儿，是为了消灭一块空白，不能让这块地方空着，或许日后它会成为他愧疚和自责的源头。他会因此而看不起自己。当查看过所有的铁笼子之后，他觉得自己有可能犯了致命的错误，他来晚了，这种念头只是一刹那的事情。

五

几天过去，帅帅呱仍旧没有任何消息，朋友同事反馈过来的照片经过比对，同帅帅呱总有或多或少的差别，根本就不是帅帅呱。倒是有卖宠物的商店嗅觉灵敏，接二连三打电话给汤荔红，询问要不要买条宠物狗，把他们在售的宠物狗天花乱坠地夸了一顿。买你妹。汤荔红脸都变绿了，把手机对着墙掷出去，手机落在地上摔成了好几块。安一城虽然每天仍旧兜上几圈，但对找到帅帅呱已经不抱希望了。本城看着空间有限，但找条狗无疑大海捞针，何况帅帅呱生死不明，说不定像那个同事说的，已经被炖了狗肉火锅也未可知。他这种绝望的想法不能说破，也不能让汤荔红察觉，更不能叫安吉乐知道。他早上依旧带着信心出门，让她们以为他会带着狗回来。他不得不因此逃避，尽可能晚一些回去。汤荔红比他要坚定许多，每天在微信群朋友圈不停地发照片，有帅帅呱单独的，也有女儿同帅帅呱在一块玩耍的。她再次打印一大摞寻狗启事，一半交给安一城，一半留给她自己。她几乎每天都要去查看那些启事在不在，如果被遮盖了，就赶紧补贴上去。反复几次之后，她冲安一城发牢骚说，你不是城管么？连个广告栏都管不了？安一城不知道她同彩虹婆婆较上劲了，不解地看着她。你去看看，刚刚张贴上去的，眨眼就被……就被那个……遮掉了。她的情绪有向上冲的趋势，一只手朝窗外比划着，仿佛正瞄准了某个广告栏。什么那个？他想知道她没说出来的内容。那个……好像是哪儿沉船了，死了好多人。她勾了一下脑袋，回想好像让她感觉很吃力。他才猜测到她说的有可能就是彩虹婆婆张贴的那些报纸复印件。你就让着她，毕竟死人了么。他劝说她。人都死了，张贴那些还有什么意义！她说过之后就默不作声了，有可能联想到了什么。

汤荔红的话似乎有几分道理，估计不少人抱有这种虚无的态度，可是甭管消极不消极，也甭管有没有意义，安一城听到这话总觉得有些扎耳，有些不是滋味。他和汤荔红何尝不是做着同彩虹婆婆一样的事情？在别人看来，肯定也会像汤荔红说的那样，狗有可能早就死掉了，他们还傻瓜似的到处张贴寻狗启事。

安一城将车速放得很慢，边走边左顾右盼，这是这些天不知不觉形成的条件反射，其实什么都没注意，别说那条叫帅帅呱的阿拉斯加雪橇犬了。这种心不在焉的状态让他漠视了彩虹婆婆的存在，她就在街边坐着，他走过去好远后才意识到看见了谁，便找个地方将车停住了。他下了车，朝车辆行驶相反的方向走，果真是彩虹婆婆，她身边膨胀的编织袋差点将她遮没了。

年轻人，要赶我走吗？我累了，就想歇一会儿。彩虹婆婆用无辜的眼神看了他一眼，她的脸上蒙着很厚的尘垢，似乎用什么东西就能刮下一层。

您要去哪儿呢？安一城问。

我不去哪儿。她摇了摇头，眼神很空洞。

来吧，我送您回去。他一手提起编织袋，另一只手去搀扶彩虹婆婆。此前他送过她一回，知道她的家在哪里。

我不回去，我的事情还没干完呢。她拍打了两下背着的黑布袋囔囔着说，虽然她竭力想让声音提高一点儿，但还是被过往的汽车声给盖住了。

交给我吧。他向她讨要那些将要张贴的纸张。

她眯缝着眼睛看了他一眼，从黑布袋里摸出几张复印纸交给了他。但她丝毫没有要走的意思，仍旧坐在原地。走吧。他催促说。她犹豫了一会儿才站起来，蹒跚地跟在他的身后。他将编织袋扔上车，再搀扶她上了车。当他在驾驶室坐下时，脑子里突然冒出个想法，彩虹婆婆成天在大街上逛来逛去，极有可能遇见过帅帅呱呢。他拿了张寻狗启事给彩虹婆婆，她一脸疑惑地接过启事，盯着纸页看了好半天才说，好靓的家伙，你家的？走丢了？安一城点了点头说，你见过么？她凝视着他，她的眼睛有些混浊，目光不怎么清晰。我老眼昏花的，看见了也认不出来。她叹口气，好像在责怪自己的眼睛不争气，之后带着不容置疑的语气说，能跑到哪儿去！会回来的！他回复她一个感激的笑容，她的坚定似乎助长了他的信心，让他的内心增添了某种踏实感。但他很清醒，不能指望她帮忙找到帅帅呱。

彩虹婆婆住在老城区的一栋旧水泥房的四楼。那栋房子的外墙斑驳不堪，楼顶上长了几簇茂盛的芒草。从车里钻出来时，安一城看见一位短头发的中年女人站在楼道的入口处，正朝这边看着。他朝她笑了笑，她咧了一下嘴算是回应。他以为她会过来帮忙，结果她只是站在那里冷眼旁观，仿佛一个监视者那样。他将编织袋拿到车外，又照顾彩虹婆婆下了车。原本打算就送到这，可那个编织袋有些重量，彩虹婆婆的力气似乎不够把它弄上楼。他将编织袋扛上肩，让彩虹婆婆走在前头。彩虹婆婆的屋子有些凌乱，客厅的大半空间被硬纸板、塑料废品占领了，两张单人硬木沙发被挤到了一个角落。另一个角落刚好容纳一只旧橱柜，橱柜顶上摆着两个相框，一个相框里是个叼着烟斗的老男人，另一个相框是个穿韩版修身T恤的年轻人。安一城将编织袋紧靠那摞硬纸板放着，彩虹婆婆问他要不要喝水，他谢绝了。

安一城下到楼道口时，被那个短头发的中年女人叫住了，估计她一直站在那里等他。

你是她什么人？短头发的中年女人直勾勾地盯着问。

我不是她什么人。他回答。

哦，我还以为你是她什么人，如果是，你们也太不把她当回事了。中年妇人倒是心直口快，转而又肯定说，如果不是她什么人，你肯定是个好人，积阴德了。

他皱了皱眉头，不知她什么意思。中年女人堵住了他的去路，好像还有话要对他说。这让他有些尴尬，可又不能离去，况且还有些好奇，一个中年女人堵着一个陌生人到底想说什么。

后遗症生活　　107

中年女人后来的话都是围绕着彩虹婆婆说的。说彩虹婆婆是个孤老婆子，好像没什么亲戚，也没什么人同她来往。居委会向民政部门给她申请了城市低保，要送她去福利中心，可她不愿去，情愿这样得过且过地活着。她之前有个老伴，还有个儿子。听说儿子好像在哪儿，坐船去哪儿，后来船沉了，她儿子也失踪了，据说尸首都没有找到。她同她老伴去处理后事，保险公司的赔偿都没要，空着双手回来了，什么也没带回来。儿子失踪后，老伴没过两年去世了，就留下她一个人。本来去福利中心多好啊，衣来伸手饭来张口，街坊邻居都劝说过，可谁的话她也不听，非得每天拿着个蛇皮袋，大街小巷地捡垃圾，不知道真相的还不知怎么想呢。

刚开始，中年女人说话还很利索，说到后面就绕来拐去，有些话重复了三四次。安一城听她说到沉船的事，就联想起彩虹婆婆张贴的那些报纸复印件。他编了个委婉的理由，告别了短头发的中年女人。回到车上，他从彩虹婆婆给他的那些纸页中抽出一张，以前的判断没错，是张报纸的复印件，不过只有一小块版面，字迹并不怎么清晰，但阅读起来没有多大障碍。

　　当地时间XXXX年X月X日上午10时23分许，

一艘载有382人的客轮在韩国西南海域发生浸水事故而下沉。船上有127名中学生，9名教师，30名船务人员，以及216名其他乘客。此外还载有156辆汽车和1200多吨货物。中国大使馆证实船上有5男2女中国乘客。据海岸警察厅的说法，一名船上学生的家长直接向警察厅报告称渡轮于10时23分开始下沉。截至第三日，客轮事发时搭载的382人中，258人获救，113人确认遇难，尚有11人下落不明……

报道的时间距离现在都快十年了，安一城猜想彩虹婆婆的儿子就在这艘沉没的客轮上，要不然她没理由张贴这些东西。他不能把这些复印件当废纸扔了，必须把它们张贴出去，不管有没有意义，有多大意义。他很快就按照自己的意愿行动了起来。

六

安一城觉得自己好像掉进了一个漩涡里，被动地旋转着，身不由己，看不到终止的迹象，更没有力量支持他挣脱出来。他被一种无力感缚住了,对帅帅呱的找寻让他慢慢生出了厌倦。他照旧早出晚归,有意回避着一些什么。他的回避又是无效的,他不愿意知道的那些空白汤荔红会主动给他填补。她所能得到的有关帅帅呱的风吹草动,她会不放过任何细节地在他耳边再现。他从中听到的,不是她对于失去帅帅呱的悲伤,相反,她好像完全沉醉于无限讲述的乐趣中,反复,抑扬顿挫,呈现演讲的艺术。她会把安吉乐每天放学后的情景全盘复制,从安吉乐要求步行回家,到她们母女在大街小巷的迂回,转折,到暮色降临,华灯初上,一身疲惫回到家里。在汤荔红的讲述中,安吉乐没有特别的举动,汤荔红给她买冰淇淋,她不要,给她买米迪熊,她也不接受。安吉乐除了情绪比往日稍微有些低沉外,其他方面好像都回到了正常的轨道。

有天晚上,他回来得早一些,进门时汤荔红正在给安吉乐讲述一个宠物狗的故事。汤荔红说她的一个客人养了只波兰低地牧羊犬,不知怎么走失了,找了好长时间都没找到。大概过了一年多时间,她的那个客人去省城出差,居然在一个地铁站口遇见了那只走失的狗。那个小家伙颠儿颠儿向她扑过来,当时还把她吓到了。

后来,安一城同易志文通电话时,把汤荔红给安吉乐讲的故事复述了一遍。有这么戏剧吗？该入选十大奇迹了。易志文的口吻带着戏谑和嘲弄。安一城清楚汤荔红讲述那个故事的原因，她为安吉乐紧张，想用一个虚幻的希望来安慰女儿，或者阻止女儿朝帅帅呱遭受惨遇的方向去臆想。但他没把他的想法告诉易志文，只是淡淡地说，没找到什么鬼情书，你上别的地方去找找吧。他的确没有欺骗易志文，结婚之前的东西有一部分至今还收藏着，装成几个纸箱堆放在储物间。他将纸箱一一拆开了，把收藏的东西全部清理了一遍，除了几本日记，此外也没有什么吸引他眼球的东西。

你找仔细没有？要不我上你家来找找吧！易志文着了慌，好像把找到情书的筹码全都押在了安一城这边。

来吧，你来把我家房子给拆了。安一城挑衅似的掐断了对方的希望。

易志文不吭声，估计被他的话梗住了。他的沉默唤醒了安一城的恻隐之心，他假咳了两声，然后说，你仿照你老婆的笔迹随便编写几句，不就万事大吉了？不想却招来了易志文愤怒的反击，你干吗不给你女儿重新买条狗？！安一城随嘴答应，要买的！说过之后才觉得太冲动了，想要解释，易志文早已挂了电话。

安一城的主意并非什么好主意，更多像是出于戏谑和玩世不恭。易志文如果复制了那样一封情书，就算蒙过了他老婆的眼睛，那也不是她要找到的情书。以此类推，如果没找到帅帅呱，无论买条什么狗，都不可能是帅帅呱。也无法消除安吉乐心中的那块阴影。对于彩虹婆婆更是如此，不可能找个人来替代她的儿子。想到这，安一城的脑海里有东西闪了闪，马航事件突然就蹦了出来。他仿佛看见那架MH370客机，原本在碧水蓝天间飞翔着，眨眼间就被诡谲的云朵吞没了。航班上的旅客好像被外星人掳了去，都不见了影踪。马航事件的背后有多少个彩虹婆婆，这不是他能想象的事情。

　　好长一阵子，安一城都平静不下来，一些奇怪的场景像断片那样杂乱无序地闪现，大段的黑暗和不可聆听的嘈杂，挤占了他脑部的空间。一艘船的残骸被沙石掩埋了一大半，露出来的部分被海底植物覆盖，深海鱼和不明的发光体在残骸的缝隙中穿梭，游弋。有条狗向他吠叫，可是听不到它的声音。飞机的残片像是漂浮在海面上的巨型的藻类，残片浸泡在海水中的部分吸附着寄居生物。一只鞋和一条变了色的纱巾在随波逐流。这些闪现的事物始终无法拼凑成一个整体，让他辨别不了它们的全貌。他的内心被它们分割了，随便哪块都暗黑无边。

　　汤荔红就是这时候打电话过来的。她崩溃的声音就像爆炸的巨响震醒了他。安吉乐不见了！汤荔红在竭力发出自身的悲鸣。安一城想让她冷静一些把话说清楚，但这是徒劳的，她的嚎啕就像倾盆的雨水一时无法终止。他第一时间赶往了学校，校方已经报警了，他到达时两名警察正在查看监控录像，另两名警察在向安吉乐的班主任了解相关情况。听安吉乐的班主任说，上第二节课时，安吉乐还在教室里，到第四节课才有人注意到她不见了，问班上的同学，都不知道她的去向。之后找遍了整个校园，也没有发现安吉乐的身影。警察们很快就发现了线索，原来安吉乐趁保安接待一个快递小哥时，躲过他们的视线溜出了校园。安吉乐到底去了哪里，安一城比警察先一步找到答案。他直接驱车去了中心公园，如果没猜错的话，她一定是去了那里。

果真，安一城在中心公园的银杏林里找到了安吉乐，她倚靠一棵银杏树站着，好像迷路的人茫然无去处。他没有责备她，陪同她静立了一会儿，才向她伸出手。她的眼眶内有泪光闪烁，仍旧乖乖地让他握住了她的手。父女俩就这样手牵着手出了公园。回家的路上，安一城偷偷给汤荔红发了个微信，让她控制情绪，不要在女儿跟前失态。但汤荔红抱住安吉乐的那一刻还是无法自控，眼泪止不住夺眶而出。

安吉乐开的小差着实让安一城夫妇受惊不小，女儿虽然恢复了平静，但在他们看来她已是一件玻璃器皿，生怕她哪天突然就碎裂了。宝贝儿，别着急，妈妈一定会找到帅帅呱的。汤荔红再三向女儿保证。安一城也安慰女儿说，总有一天会找到的，就这么个小地方，能跑到哪儿去呢。而现实却让他们尴尬无比，日子一天天过去，找到帅帅呱的希望越来越渺茫。汤荔红像彩虹婆婆那样坚持每天去张贴寻狗启事，安一城也从未停止在大街小巷寻找。有一天，安一城在大街上逡巡时居然同张贴寻狗启事的汤荔红碰到了一起，惊愕的瞬间，他们从对方的眼神中读到的只有死灰色的绝望。除非真有奇迹发生，否则上哪里去找到帅帅呱，只是他们没有把各自的想法告诉对方，而是把一抹佯装的信心摆在了脸上。

　　但是，安一城伪装的信心并没有能维持多久，就被彩虹婆婆像摘除假面具那样给摘除了。应该是帅帅呱失踪半个月后，安一城照例在本城车辆可行的地段巡视，此时的巡视已经沦为了百无聊赖的闲逛，为的是晚归后向汤荔红汇报一天的找寻行踪时有内容可说，甚至能添加一些旁逸斜出的细节。他期望汤荔红能被那些无关紧要的细节吸引，而不至于对狗的下落穷追猛打。对找到帅帅呱他不抱幻想了，气温居高不下，即使没人加害于它，热也把它给热死了。安一城将车停泊在一棵茂盛的金桂树下，下车透口气，意外遇见了彩虹婆婆。他左顾右盼的当儿,她也看见了他,一瘸一拐走了过来。几天不见,她的腿部好像受伤了,脸上还有擦伤的痕迹,有可能摔过跤。

哎哎,我正要找你呢。彩虹婆婆老远就抬起手来招呼,生怕他没看见她。

他狐疑地看着她,不知找他会有什么事。待她近前,他先接过她手中的编织袋,放到了车上。彩虹婆婆如释重负,长长地吐了口气,才慢慢将气息喘匀了。

我带你去看个地方。她指着一个方向,示意他开车去。

他依言将她扶上了车,朝她指示的方向——正西方向开去。本城的新开发区就在西边,刚刚拉起了路网,许多地方还是泥泞一片。也有在盖楼房的地方,竖着吊机,起重臂伸得老长。在一个岔道口,彩虹婆婆让他将车往河边开,然后沿河溯游前行。经过一个冲积洲时,她让他停下了车。路边有两只丢弃的矿泉水瓶,一只还装了半瓶水,她先捡拾了两只瓶子,将瓶子里的剩水倒干净了,放进了编织袋。她重新回到路边时才指着冲积洲对他说,就在那儿,就在那儿。

他朝冲积洲看过去,冲积洲三面临水,一面紧接着河岸,洲上长满了草,草很茂盛,压得过人。草丛中有人踩出了一条路,弯弯曲曲通向冲积洲。此外,好像没有别的发现。

他扭头看了她一眼，眼睛里装着疑问。

你上去看看，看看就知道了。她朝路的那边靠了过去。

他听信了她的话，不管草洲上有什么都要上去看看。那条小路是踩出来的，杂草被踏入了泥坑里，路面泥泞不堪，一小洼一小洼的积水，一不小心就弄湿了脚。草洲比在河岸上预想的要宽阔许多，上了一小截坡道，脚底下就干爽了。绕过两株倒卧的河柳，就有一股被烧焦的皮毛的味道从河面那边飘过来。他的眼前出现一块平坦的地面，像被火烧出来的一样，到处都是燃烧后留下的痕迹，和无数杂乱的脚印。他在场地上转了一圈，终于有所发现，场地周边没被烧着的植物上粘有动物的毛发，黑的，白的，土黄的，各种颜色的都有，长短不一。他在一株野刺莓的枝丫上找到一绺洁白的毛发，很像是帅帅呱身上的，但又不敢确认，也无法确认。他将那绺毛发攥在手心，转了一圈之后，又摊开手掌，让风把它吹走了。后来，他有了别的发现，也找到了更多证据，一堆蚂蚁正在啃食什么，用树枝将东西拨出来后竟是一只被利器砍断的长仅盈寸的狗爪，狗爪下的肉垫子已经被蚂蚁啃得坑坑洼洼。在草洲临水的那边，他还发现了丢弃的没被水冲走的动物内脏。由此，他确认了这地方是个隐蔽的屠宰场，帅帅呱有可能就葬身在这里。

操你妈的。走下草洲时他忍不住向那些躲藏在暗处的刽子手咒骂。

七

送回彩虹婆婆后,安一城找个地方将车停了,一个人像只没头苍蝇似的在街边走着。他憋了一肚子怒火无处发泄,身体好像随时会炸裂开来。看什么都不顺眼,街边的景观树啊,垃圾箱啊,花坛啊,都恨不得踢上几脚,让它们都滚远点,别妨碍人。彩虹婆婆絮絮叨叨的,说她看见有人在草洲上宰狗,也不先把狗杀了,就用一把长长的铁钳夹住狗的脖子,活活将狗烧死。草洲就像是地狱,狗的惨叫就像鬼哭狼嚎,彩虹婆婆说好些天都睡不着觉,刚躺下那种末日似的呼号声就排山倒海地朝她压了过来。都是些什么人,也不怕遭报应啊。她的嗓子发哑,无法用更高的语调来清晰地表达她的愤怒。

安一城不辨西东地走了大半天,内心稍微平静了点才回去。他不知要不要把彩虹婆婆的发现告诉汤荔红,但她并没有盘问这一天的寻狗经过,而是忧心忡忡地同他说起了女儿的学习状况。最近月考的成绩出来了,安吉乐在本班的排名后退了十几位，全年级排名后退了一百多位。安吉乐的班主任在电话里只是如实相告，汤荔红觉得她的话语太过冷淡，好像外交辞令。如果这样下去……到了高中咋办？她揪心地瞅了安一城一眼，好像她正捧着一颗浑身长满利刺的仙人球。还早着呢。他瓮声瓮气地回答。你就这态度！她不满地白了他一眼。他假装没看见，不再理睬。

汤荔红却没有完，沉默一会儿后又说起了另外一件事情。她帮女儿收拾房间时，顺带想把帅帅呱的一些用具收藏起来，那些东西摆在那里很容易勾起女儿的联想。有张垫子就铺在安吉乐的床前，帅帅呱在的日子，安吉乐睡床上，帅帅呱就睡在垫子上守着她。那会儿安吉乐端坐在书桌前，汤荔红的手碰到狗垫子时她只是看了她一眼，没有别的反应，当垫子卷到一半时，安吉乐突然尖叫一声扑了过来，抱住汤荔红的手臂猛咬了一口。你瞧瞧。汤荔红的手臂上留着两排深深的牙印，那些牙印刚好构成一个完整的椭圆。汤荔红放下狗垫子，安吉乐像个没事人似的回到了书桌前，对她刚才的鲁莽和暴力没有任何道歉的表示。

安吉乐好像有些神经质了。这是汤荔红没有说出来的意思，安一城想，如果继续发展下去，女儿会不会真的精神出问题？当汤荔红放下袖子遮住牙印的时候，他做出了决定，那些在草洲上宰狗的人如果真是偷狗贼，绝不能放过他们，要让他们受到应有的惩罚。

安一城本想拉上几个同事，想想又作罢，毕竟是件私事，不应大肆声张，就打电话给易志文，让他过来帮忙。易志文先是拒绝，但听过安一城诉说的真相之后低声咒骂了一句，这些狗日的。傍晚时分，他们俩带上必要的防身工具，找个地点提前埋伏了。半夜过去，草洲上都安安静静的，只有潮水声若有若无地传过来。第一夜，就这么过去了。第二夜，也没守到什么人。我那婆娘还在与我冷战呢。第三夜，易志文沉不下心了，想溜号，但安一城没有撤退的意思。凌晨时分，终于从远处射来了几道光亮，草洲很快被照亮了，两辆摩托车和一辆三轮车停在了河岸边。有人从三轮车上抬起铁笼子往草洲上走，也有人扛着编织袋，落在后面的人打着手电，肩头还挑着宰狗的用具。安一城抓起防身的木棍就要冲出去，但被易志文拽住了。对方人多势众，如果真的是偷狗贼，他们俩不是他们的对手。黑暗里，易志文摸到远处打了个报警电话，然后返身偕同安一城一起监视着草洲上的动静。

果真是一伙偷狗贼。警察们逮到了其中的三个，有一个跳进河里逃跑了。他们是帮狡猾的家伙，面对警察的讯问，矢口否认是惯犯，坚持声称他们是第一次。问及狗的来源，先是说在乡下买来的,在警察们的一再追问下,才供认是在乡下诱捕的。至于草洲上之前发生的事情,与他们无关,他们也是第一次上这儿来。安一城想过让彩虹婆婆来对质,但又担心这些盗狗贼日后会报复她,再说她也不一定看清楚他们的相貌。其中有个眼熟,好像在哪儿见过,有可能是菜市场的狗肉摊贩。安一城翻出手机里的照片,让警察拿给那几个人看,他们的反应很漠然,好像那不是条活生生的狗,而是一堆司空见惯的狗肉。安一城终于沉不住气,冲过去,朝其中一个人的脸上扇了一巴掌,这一掌有点狠,对方的嘴角被扇出了血。那个人要还手,但被警察们拦住了,安一城也被拉到了一旁。

三个偷狗贼被警察带走了。安一城也舒畅了一些,好像身体内某个郁结的地方被打通了。他只是发泄了一口恶气,仍旧没有得到同帅帅呱有关的信息。那些偷狗贼绝对是惯犯,他看得出,警察们更应该看得出,可他们对这类案子并不怎么上心。在草洲那儿,他把帅帅呱的来历包括安吉乐之前被拐未遂的遭遇,同领头的那个警察说了。警察头头很同情,但又摊开手表示爱莫能助,偷狗贼不招认,他们也没有办法。如果有什么线索,或者什么证据,他可以提供给他们。

偷狗贼不承认,安一城也不能将帅帅呱的失踪强摁到他们头上。这些家伙的确可恶，可帅帅呱不一定就是在他们手上遇害的。安一城没把这件事告诉汤荔红，让易志文也不要说漏了嘴。安一城回到家，同汤荔红商量要不要给安吉乐再弄条狗来。这原本是汤荔红的主意，可经他的嘴说出来，她反倒没主意了。你觉得可行么？她好像疑虑重重。有啥不行的？他反问。乐乐会接受么？她说出了她的担忧。试试吧，不试试怎能知道？他也不敢肯定女儿的态度。夫妻俩商量后决定，由安一城到宠物收养中心领养狗，再由汤荔红谎称是她的客户外出旅游，让她帮忙照顾。这理由并不显得唐突，估计安吉乐也能接受，万一发现她有排斥的倾向，也能及时将狗送走，总之可进可退，不至于不好收拾。

　　安一城第二次去了宠物收养中心，接待他的仍旧是那个年轻的女主人。他把领养的想法说出来后，年轻的女主人不失时机地褒扬他说，要是多几个像您这样的爱心人士该有多好！在她的引领下，他在仓库的一个角落见到了几条小狗，一条吉娃娃，两条贵宾犬，还有两条他认不出品种。在贵宾犬和吉娃娃之间他犹豫了一下，吉娃娃同安吉乐的名字虽都有个共同的"吉"字，可安一城不喜欢吉娃娃的大眼睛，最终选择了一条贵宾犬。付过领养费后，年轻的女主人问他需不需要狗具什么的，他又买了狗碗狗窝胸背带牵引绳等。

汤荔红将贵宾犬取名小公主，狗窝就安置在客厅的一角。小公主很是乖巧，一双眼睛晶亮晶亮的，比水晶还纯净，很是招人喜欢。汤荔红将它梳妆打扮了一番，编了狗发，给它戴上两朵小花儿，小家伙越发像个小公主了。汤荔红将安吉乐接回家时，故意让她走在前头，没想到小公主居然就守在门边。安吉乐怔住了，有一会儿站着没动。汤荔红慌忙解释说，朋友家的，他们出去旅游了，让我照顾一段时间。安吉乐也没答话，从狗的身边绕过去，径直进了自己卧室，砰地一声把门从里面关上了。小公主看看安吉乐的背影，又看看汤荔红，不明白她们怎么一回事。

八

草洲的发现和偷狗贼的被抓，拉近了安一城同彩虹婆婆的距离。到底拉近了多少，他说不清，只是觉得他同她有了某些共同之处，有了一条通道，从内心更愿意接近她，更想多了解她一些，或许还能帮得上她什么忙。他搜索了一遍那个沉船事件，网络上也没有更详尽的记录，只有简单的经过。事发一个月后，施救方停止了搜寻和打捞，那十一个失踪者永远下落不明了。彩虹婆婆的儿子肯定是失踪者之一。

安一城从女儿卧室搬出地球仪，查看沉船的位置，但地球仪的比例尺太小了，只能大概判断船只失事的方位。他突然意识到了彩虹婆婆的荒诞，沉船事故发生在韩国西南海域，而她却在本城张贴那些刊登船只出事消息的报纸复印件。他转动了一下地球仪，那架 MH370 航班又飞向了哪儿呢？这都是无解的谜团，在地球仪上找不到答案。他渴望自己有种神奇的力量来纠正其中的错位，可这种愿望是妄想，是多么苍白无力。

后来，安一城送彩虹婆婆回家时，她挽留他坐下来喝杯水，他就在一张单人沙发上落座了。他要自己去倒水，她不肯，在屋子里蹒跚着来回了两趟才给他端来了一杯水。之后又给他端来了干果盘，一撮花生，一把瓜子，几粒红枣，还有几块小包装的饼干。你喝酒吗？她问。他摇了摇头，装作讨厌喝酒的样子。我也没酒给你喝，自从把老头子留下的半瓶酒喝完后就没再买酒了。她好像有些羞愧，但看着他的目光是真诚的。我不能依赖酒来进入睡眠。她解释说。我开车，不能喝酒。他再次强调不喝酒的原因。那就吃点干果吧。果盘摆在小杌子上，她移动小杌子，让果盘靠他更近一些。

您一个人住么？他觉得自己问了个愚蠢的问题。

她好像被打开了一道闸门，不是激流汹涌，她的话就像缓慢的流水，波澜不惊地朝他漫溻过来。她是在一家食品厂认识她老公的，他比她年长了将近十岁，结婚后她多年未孕，去医院检查没有结果，换过一家医院检查，医生说她怀不了孕。她老公没有因此遗弃她。四十岁那年，她突然怀孕了，生下来是个儿子。夫妻俩很疼爱他，儿子也很争气，学业非常优秀，考上了理想的大学。大学毕业后留在了上海工作。那一次，他说出国去旅游，听他说找了个韩国的女朋友……就那一次，他再也没有回来。

她的声音里像含有一种暗物质，这种暗物质慢慢沉积，让他有了沉重的负重感，压抑得他喘不过气来。他不能叫她停止，只能任由她的叙述随着原有的速度慢慢流淌。

接到电话，我和老头子立刻动身去了那里……他们要我相信，可什么也没有，除了海水还是海水……我不相信他在那艘船上，有他上船的信息能证明什么，有可能他临时改变了想法，下船去了别的地方。这种事不是没有可能。我坚信他在别的地方，哪怕在一个荒岛上，那里只有他一个人。我相信他会回来的，就算世上所有人都不相信，可我不能不信，就算所有人都放弃了寻找，可我不能放弃。我坚信有一天，他突然回来了，站在我面前，向我笑，叫我妈，还带着他的媳妇，带着他的儿子。

安一城听得出来，这后面的话像是对他一个人说的，不能放弃寻找，就算所有人都放弃，唯独他不能。假如真有上帝，这个上帝没有将放弃寻找的权力交给他。虽然它只是一条狗，同样有被找到的权利。他对它，有着不放弃的责任和义务。即使它不是汤荔红的母亲送给安吉乐的，即使安吉乐没有那次特殊的经历，它也应该获得被找寻的待遇和尊重。

但有另一个声音在抵制他的这种想法，无论彩虹婆婆怎么坚持，她的儿子都不会再回来。他能把这个残忍的真相告诉她吗？让一个充盈着母爱而又年迈的老太婆去直面儿子的死亡？他回想起看过的一部叫《隧道》的韩国电影，如果不是那个叫金大庆的搜救队长一再坚持，被隧道崩塌阻隔在地下的男主角李正洙还能重见天日吗？而现在，彩虹婆婆面对的那条隧道是那片浩瀚的海域，安一城面对的是本城这条辽阔而深远的隧道，他和她都得从各自的隧道中走出来。

安一城很后悔不该接近彩虹婆婆，这种相悖而又无法得到确切答案的想法让他痛苦不堪。有一次，他对易志文说，我得帮帮她。但立刻招致易志文的反对，易志文瞪圆了眼睛质问他，你帮她？咋帮她？是帮她把儿子找回来？还是告诉她——她儿子已经死了？安一城像条死鱼那样张开嘴，被易志文的反问逼迫得无言以对。醒醒吧，你什么也帮不了，还是管好你自己的事情吧。易志文没给他留任何情面。是啊，他能帮她什么呢，最多帮她张贴几张报纸复印件，她累的时候送她一程。安一城想从易志文这里得到明确答案，或者找到出路的幻想完全被粉碎了。

打个比方，你都看到的，我那死女人要死要活的，就要那封情书，我上哪里去找那样一封情书给她？我就不搭理她，由着她吵，由着她闹，她还能折腾一辈子？！鬼知道有没有那封情书，找不到情书世界又不会崩塌了，谁能保证苦撑一辈子世界他妈的就不会累？不能说世界早晚得崩塌，咱们就不过日子了吧？咱们还是得努力活着！

易志文的话听着像有几分道理，但经不住仔细琢磨，一封情书怎能同彩虹婆婆的儿子相提并论？又怎能同安吉乐的帅帅呱相提并论？

我该怎么同乐乐说？安一城自言自语。

该怎么说就怎么说。易志文回答，最终还是要让她相信事实的。

我给她买了条贵宾犬。安一城接着说，叫小公主。

你们也太……操之过急了吧？易志文诧异地瞅了他一眼，好像不相信他说的事实。

安一城没有解释是怎么把狗领进门的，但他想到了一个解决问题的办法，必要时把彩虹婆婆请到家里去，让她同安吉乐见上一面。总之要试一试，这或许有些残酷，但说不定对安吉乐能有些帮助。

九

汤荔红的担心变成了事实，安吉乐没有接纳小公主的迹象。小公主进门的第二天，早餐时分，安吉乐突然发问，什么时候能找到帅帅呱啊？她的声音哽咽着，嘴唇都变了颜色，泪水在眼眶里打转。正在找呢，安一城没敢跟女儿对视，嘴巴里咀嚼着食物，混沌着说。安吉乐没有听到肯定的答复，眼泪就奔涌了出来，吧嗒吧嗒坠在盛面包片的瓷盘里。汤荔红赶忙撕了餐巾纸，要替她擦眼泪，但安吉乐别过脸，不让她妈碰她。小公主倒是很乖觉，跑得远远的，不给他们添乱子。

汤荔红朝安一城挤了下眼睛，但他在专心吃早餐，什么也没回应。或许正像易志文说的，他们操之过急了，欲速则不达，可是小公主已经进门了，不能轻易退回去。最重要的是，不能让安吉乐察觉他们有意想让小公主来替代帅帅呱。为此，他们不得不做出种种伪装，汤荔红继续打印寻狗启事，交给安一城去张贴。安一城依旧早出晚归，佯装尽职尽责的样子，如果碰巧发现了帅帅呱的蛛丝马迹，或者找到了它，那是再好不过的事情。汤荔红甚至有意当着女儿的面盘问找寻的情况，好像在监督安一城谨防他偷懒，他也很配合，一五一十把去过哪些地方，找过哪些人，都一丝不漏地回告她。他们暗暗留意女儿的举动，她好像在听，又好像不在听，脸上见不到任何波澜。经过几次这种场面后，安吉乐有些反感了，只要他们再在她面前谈及帅帅呱，她就会丢下手中正在做的任何事情，躲进她的卧室。

安一城觉得没必要再伪装了，干脆告诉女儿，小公主不是朋友寄养的，而是从宠物收养中心领回来的。

就你会生事！汤荔红的眉毛竖了起来，做了个要狠狠削他的手势。

他缄口了，直接告诉女儿无法预料她会怎样，让汤荔红做个缓冲也许更稳妥一些。那么赤裸裸地宣告似乎太残忍了，有可能会引发安吉乐的多种联想，如果当初他们夫妻没有及时找到她，会不会领养一个孩子来取代她的位置？这个冷酷而大胆的想法将他吓了一大跳。

小公主的到来无形中给这个家庭带来了新的麻烦。帅帅呱没有找到，安吉乐的情绪明显还没有转过来，以往帅帅呱在时，都是安吉乐去遛它的。而现在，汤荔红的事情一下子增多了，要看店，要提防女儿的情绪变化，要照顾小公主。每天放学时，还得陪着女儿在大街小巷辗转一大圈。汤荔红觉得自己像是一头栽进了一片沼泽中，越挣扎身体越沉重，越挣扎越往下陷，随时面临着灭顶之灾。

转眼间，小公主领回来一周了。这段时间，安吉乐从不主动靠近小公主，始终同它保持一定距离。她对它抱有警惕。小公主却不理会她的眼神，要不站在门口迎接她，要么追着她的脚后跟跑，甚至同她对面相视，可怜巴巴地讨好她。有一次，她伸出手去摩挲它的头发，你这可怜的小家伙。她发觉这个动作被汤荔红注意到时，迅速撤回了手，又紧张地朝她的卧室张望了一眼。汤荔红判断，安吉乐有接纳小公主的迹象了。有时，忙不过来的时候，汤荔红会试探着吩咐女儿，给狗放点食。或者说，乐乐，给小公主梳一下头发，它的头发都乱成什么样了。大多数时候，安吉乐都会照办，从她的动作中能看到当时她照看帅帅呱的影子，但她只是默然做着这些事情，没有过分亲近的表现。适当的时候要让她独自去遛遛小公主，汤荔红暗暗盘算。

周末出了个小意外，汤荔红怀疑自己是不是判断错了。那天早上她去买菜，安一城照常出去转悠，家里就剩下安吉乐和小公主。当汤荔红回来时,竟然发现小公主独自站在楼梯的拐角处,眼巴巴地盯着自家那道门。很显然它被驱逐了。开门时,安吉乐就一声不吭地站在门背后,不能确定她脸上的表情是不是有些古怪,但多少让汤荔红对女儿产生了怀疑。

最终,汤荔红让安吉乐去遛狗时,安吉乐把小公主给丢了。汤荔红追问小公主去哪儿了,安吉乐拗着脸,沉默以对。后来,汤荔红在小区的保安那了解到事情的经过,安吉乐拽着小公主出了小区,没过多久就一个人回来了。随后,保安发现了被丢弃的小公主,小公主可能是自己找回来的,又不敢贸然进入小区,就在入口处兜来绕去。

安一城弄清楚小公主丢失的经过后,先前萌生的那个念头不由自主又蹦了出来。他同汤荔红商量要把彩虹婆婆请到家里来,汤荔红很诧异,不明白他同她有什么关系,何以走得这么近。他本想把彩虹婆婆的遭遇和发现草洲的事情和盘托出,但话到嘴边又咽回去了。她把我当儿子看。他诓她说,你就好好做顿饭,让她吃得欢喜就行。汤荔红不好再有什么异议,可又觉得事情不像听上去这么简单。

彩虹婆婆却不答应,说什么也不愿意上他们家来。你瞧瞧我这孤老婆子,邋里邋遢的,像个出门做客的人吗?还不丢死人了!彩虹婆婆推辞说,但说着说着,一边就拿手去抹眼泪。后来，在安一城的一再坚持下，她才勉强答应了，并且打听安吉乐的喜好，说要给她买个小礼物。他不想让她破费，又觉得如果不让她买点什么，或许她内心会不安稳。您就给她买个小蛋糕吧，可不能惯着她。他笑着说，但后一句话的语气明显加重了。你不惯着她惯着谁？彩虹婆婆嗔怪说。他也不辩解，报以呵呵的笑。

约定的那天，安一城早早开了车守候在彩虹婆婆住的那幢楼前。彩虹婆婆同往日的穿戴不一样，看得出很郑重其事。进门时，汤荔红领着安吉乐在门口迎接，安吉乐很懂事地叫了声奶奶，可能汤荔红背地里叮嘱过。安一城去接彩虹婆婆手中的礼物袋，却被她挡开了，不是给你的，是给咱们公主的。安吉乐接过了袋子，但还是忍不住噘了一下嘴，八成不喜欢被叫公主。彩虹婆婆进门后，汤荔红去了厨房忙活，安一城端茶倒水，留下安吉乐陪着说话。小公主逮到了机会，仰着头，站在一边听她们说话。

你的狗狗可真漂亮。彩虹婆婆夸赞小公主，小公主的眼睛亮闪闪的，卖弄似的扭动了一下身子。

安吉乐抿着嘴没说话。

它叫什么名字呀？彩虹婆婆追着问。

它叫……它叫小公主。安吉乐挺不情愿地回答。

彩虹婆婆拿手去逗小公主，小公主受了鼓舞，立马就蹦了过来，差点就蹦到了她怀里。

这不是我家的狗。安吉乐从沙发上弹了起来，指着她的卧室说，我家的狗狗在那儿呢。

彩虹婆婆被安吉乐拽去了她的卧室，卧室的墙壁上张贴着一张帅帅呱的照片，照片上的帅帅呱身材魁梧，憨态可掬。

啊！真是个帅小子！彩虹婆婆赞叹说，但就此掐住了话头，没再追问别的什么。

汤荔红料理的饭菜很丰盛，大碗小碟摆了一桌子。安一城开了瓶红酒，给彩虹婆婆斟上了半杯。汤荔红不停地给彩虹婆婆夹菜，将她面前的盘子都堆满了。安吉乐也学着她妈，给彩虹婆婆添菜。都堆到鼻子尖上了，你们让老婆子咋吃呀？彩虹婆婆的声音夹带了些许哽咽，眼眶里又有了泪光。

十

两个多月过去了，没有找到帅帅呱的任何线索，或许它已经遇害了，或许被迫离开了本城。如果它还在本城，不可能一次都遇不见。这是安一城的猜想，他不会随便把这种想法说出嘴，汤荔红更不会，至于安吉乐会不会朝这方面想，没法从表面上看出来。小公主被丢弃过一次后，汤荔红不再单独让女儿去遛狗，要么她亲自陪同，要么让安一城来陪同。站在安吉乐那边来看，这种陪同就有了监视的意味。彩虹婆婆做客的那次，安一城有过极端的想法，但当时的氛围阻止了他那么做。犹豫再三之后，他终于明白自己要干什么。来吧，爸爸有事情要告诉你。他把女儿叫到跟前。安吉乐被他脸上凝重的表情吓着了，乖乖地站到了他面前。汤荔红也觉察了他的异样，流露出了紧张的神色，不知他要干什么。你先看看这个吧。他把彩虹婆婆交给他的报纸复印件转交安吉乐，安吉乐接过后就以立正的姿势站在原地，一动不动把报纸上的那则消息读完了。她看了他一眼，眼神懵懵懂懂的，不明白为何要让她看这个。

还记得那个奶奶么？她的儿子就在这艘船上。他尽量让自己的声音保持水平状态。

我张贴寻狗启事时……就是她？汤荔红睁大了眼睛，好像不敢相信。

安一城把所知道的有关彩虹婆婆的事情，从她的婚姻开始，到婚后不孕，中年得子，到她儿子出事，及出事后她的精神状态，包括没完没了地张贴那些文字的东西，点点滴滴，毫无保留地告诉了她们母女俩。他完成讲述后的好长一段时间，汤荔红和安吉乐都没有说话，安吉乐咬着嘴唇，眼圈红红的，很显然她幼小的心灵承载不了这种悲伤。汤荔红叹口气，将女儿揽过来拥在了怀里。安吉乐也不挣扎，任由她抱着。

三个人散开时，安吉乐像有话要对安一城说，但最后什么也没有说，翕动了一下嘴唇，又低头走开了。第二天早餐时，安吉乐似乎鼓足了勇气对她爸说，咱们不能帮帮她么？她的语气同安一城一模一样，安一城同易志文说话时也是这种口吻。咋帮她？他问。安吉乐放下筷子，腾出一只手来托着腮，思考一阵后才说，把她接到咱们家来住，或者咱们经常去看看她。他瞧着女儿认真的模样，内心忽然感到某种安慰，对一个不谙世事的女孩来说，她的想法足够单纯，但也足够真诚。

咱们试试。他点了点头。

事情从另一天早上开始就有了微妙的变化，在他们不注意的时候，安吉乐将铺在床前的那张狗垫子洗涮干净了，晾干后折叠起来，收藏进她的衣柜里。之后又将小公主的窝挪进她的卧室，安放在床头下的地板上。帅帅呱的那张照片原本是裸贴在墙上的，安吉乐让她妈做了个相框，将照片装进相框里，依旧悬挂在原来的位置。

安一城以为帅帅呱丢失的危机就这么过去了，但事实上远没有结束。某天，他陪同女儿去遛狗，碰巧遇着个人，牵着条阿拉斯加雪橇犬迎面走来。那条狗的模样同帅帅呱极为相似，但肯定不是帅帅呱。安吉乐抿着嘴，眼睛一眨不眨盯着那条狗，差点就冲过去了。遛狗的人同他们擦肩而过，安吉乐也转过身，直到人和狗都消失了，才怏怏而回。回家后，安吉乐一言不发，径自进了她的卧室，紧接着卧室里就传来压抑的哭泣声。汤荔红不知发生了什么事，要进女儿房间去，安一城把她拦住了。

安一城在女儿床前站了许久，安吉乐的哭泣一直没有停止。他也没有劝慰她，就由着她哭泣。慢慢地，她的哭泣声变轻了，最后完全消失。安吉乐从床上爬起来，脸上泪痕斑斑，眼皮都有些浮肿了。他伸出手来要替她擦拭泪水，她偏了一下脑袋躲开了。她仰起那张淌满泪水的脸，冲安一城说，是你把船凿沉了！

是你把船凿沉了！

是你把船凿沉了！

他无数次咀嚼过女儿的这句话，可每一次都找不到理由来辩解。他也不能辩解，辩解意味着推卸责任，意味着替自己开脱，那是在给自己抹黑。他知道，从今往后的岁月，不管走到哪里，他都得背着女儿的这句话。它的重量让他不敢有所懈怠，因为那不仅仅是一条狗的重量。

后来的一天，安一城再次在街头遇见了彩虹婆婆，是晚上，她正踮着脚，想把手头那张纸尽可能张贴到高一些的位置。彩虹婆婆像只年迈的企鹅，笨拙地贴紧墙壁，努力要把自己的身体抻长。她够得着的高度非常有限，是他帮助了她，将那张报纸复印件贴到了广告栏的中央。事情完成后，他像往常那样提出要送她一程，她拒绝了。

不要，我还没干完呢。她拍了拍黑布袋说，再说这是我的事。

她沿着人行道慢慢往前走，摇摇晃晃的，仿佛随时有可能跌倒。她的身影一会儿被黑暗淹没，一会儿又被灯光照亮。安一城伫立在广告栏前目送她远去，晦暗与光明交替变幻，彩虹婆婆的身影慢慢模糊，慢慢变小，最终完全被黑暗吞噬。他的眼前仅剩灯火璀璨光怪陆离的夜色。

03 镜子的禁忌

一

她确认他会跟着她。她先一步出了环湖公园,横过马路,进入步行街时放慢了脚步。这一慢就缩短了彼此的距离,他不能在马路中央停住,相反得抓紧时间穿过斑马线。过了马路他就靠拢了她,几步远,他稍微停顿了一下,可能不希望跟得太紧。她保持惯常的速度往前走,在拐入那条幽暗的通道之前回头笑了笑。她通常都会在那里回眸一笑,让跟随者看见光亮,也给他们些许诱惑,鼓励他们继续跟着她。她不是天使,不是恶魔,跟随者们估计也不会朝这方面去想,顶多将她视作玩物,或者一时的工具。在他们跟前,道德审判仿佛一块真空,什么也不存在。

通道中部连着另一条通道,通向她藏身的院子。她在入口处停住,她的白衬衫和发白的牛仔裤好像幽微的白色焰火,足以照亮每个跟随者的脚步。他们中的极少数有所顾虑,在通道之外收住脚步,仿佛再往前一步就会落入预设的陷阱。有一些跟随者会转过身,慌急慌忙离开。也有一些犹豫片刻后,会忐忑着跟进来。在那些有着丰富偷腥经验的客人眼中,她不像他们的猎物,更像一道色香味俱全的诱饵,难怪会生出疑心。

她斜视跟随的人,嘴角挂着一抹被幽暗遮蔽的嘲弄似的笑。但出乎她的意料,那个戴着礼帽,穿着黑色短风衣的男人无比坚定跟了过来。他的脸绷得紧紧的,原本就清瘦,苍白,内里的紧张让骨骼都凸显了出来,神情有些冷酷。她又向他笑了笑,这一次是对他追随她的赞赏。他们不能在入口处停留太久,她拐进另一条通道,他尾巴似的追了进去。

通道并不深,才十几步远,光亮处是被高墙包围的院子,不,不能算院子,说竖井更确切,井的四面是高墙,中间一小块水泥地,三面墙都是楼的背部,只见窗户,底部有几扇门,关得死死的。第四堵墙是正面,藏着一栋狭小的单元房。她的窝居在底楼，紧靠楼梯口。她开了锁，将门支开一线，让他侧身而进。他同她擦肩而过的刹那，她闻到了一股香味，淡淡的，倏忽而过，再闻，若有若无，让她有了一丝恍惚。但现在不容许她有过多走神，她摆了一下脑袋，习惯性地朝竖井扫视了一圈，没发现什么可疑之处，然后轻轻掩上了门。

室内的光线比通道更为幽暗，好像飘荡着氤氲的暮色，暮色中的一切都模糊不清。他一只手扣住头顶的礼帽，并没有将帽子取下来，手臂弯曲着，好像被固定了一般。他就那样站立在塑料垫子的边缘，好长一会儿都没有再深入半步。

你别理睬他。她提醒他不要惧怕，又像是警告他不要多事。

他终于看清楚了，靠墙的沙发那里有个人影直起了身子，瘦小，佝着背，像是一株发育不良的植物。那佝偻的影子有两点细小的光亮，仿佛两点萤火，那是眼睛所在的位置。

他没有作声，跟随在她身后深入了室内几步。

来啊，过来啊！你打死我啊！杀了我啊！我不怕死！不怕你杀了我！沙发上的暗影突然冲他嚎叫起来，张牙舞爪的，仿佛一头落入困境的野兽。

他被惊住了，在原地收住脚，张着嘴向着那团暗影。

没人敢打你，也没人敢杀你。她指着他极力安抚那团暗影，您看清楚了，他是好人。

他是大恶人！就是他想杀死我！暗影仍在竭力嘶叫。

在她的抚慰下，暗影慢慢安静了。但那两点萤火仍旧亮晶晶的，一眨不眨向着他。

我父亲，就这臭毛病，吵死人。她带着歉意的笑容向他解释说，不会给您添麻烦的。

他将信将疑朝沙发那里投去一眼。他适应了室内的光线，那团暗影不再是暗影，是个老人，穿着一件毛线衣，剪着短发，很干净也很精神。但瞄准他的神情很像猎犬，一种固执的愤怒随时可能爆发。

来吧。她引导他向通往内室的门边走。

他站着没动，内心有了撤退的想法。她轻轻拽了一下他的胳膊，他被她拽动了。她推开一道门，待他进去之后反身闩上了。他们置身于一截短促的过道中，往里仍有一道门，显然是后来增设的，很简陋，裸露着木板的原色。推开木门，是个房间，与刚刚经过的客厅同样幽暗，一张双人床占去了大半空间，床的左右两边各有一只床头柜，靠窗的那边摆着两张单人沙发。窗户上挂着黑色天鹅绒窗帘，窗外的声响被窗帘过滤后很是细微，但似乎并不遥远。他像捞蜘蛛丝似地捞起窗帘一角，窥探到的只是一堵高墙，声音的来源在高墙之外。

她摁亮一盏灯，光线不怎么强烈，房间却因此亮堂了许多。他被突然的光芒吓了一跳，赶紧放下窗帘。他有些吃惊地看着她，似乎她就是那个发光体。她就在他的目光之下解开了自己的上衣。等等。在她的胸部还没有完全袒露之前他阻止她进一步动作。你能不能穿好衣服坐到这儿来？他指了指沙发。她莞尔一笑，走到了他指定的位置。他不是个猴急的客人，或许需要一个前奏，这种慢性子的，她不只一次遇到过。她微微蹙了蹙眉头，像他这种人比猴急的更难伺候。

她用挑逗的目光逼视着他。他似乎不敢同她对视，偏过头又往窗帘那儿溜了一眼。

咱俩说说话，好不好？他收回目光时对她说。

说啥呢？难道我不够性感么？她吃吃地笑着，把她的职业习惯彻底抖露给了他。

啊？不是！你很……性感，很性感！他慌忙否认，又肯定，好像要向她袒露心迹似的说出了内心的想法，只是我想说说话，找个……找个女人说说话。

说啥呢？有啥可说的呢？她的声音变得冷冰冰的，脸上晴转阴，笑容倏忽不见。

她第一次遇到这种人，不干事，只想同她说话。以前她在一家发廊时，曾听一个小姐妹讲过，有记者采访过她，问她什么时候做这个的，为什么做这个，是不是家里有什么困难，诸如此类的问题。小姐妹编了好多谎话来欺骗那个记者，说老妈瘫痪在床，没有医药费，又说弟弟要上大学，凑得齐学费可生活费没着落，实际上小姐妹是独生女，据说家里的条件还很优渥。那个记者居然相信了，还给小姐妹搞过一次募捐，小姐妹用记者交给她的钱请发廊的姐妹们吃了一顿海鲜，余款转给了一个爱心组织。如果换了是她，肯定不会接受记者的采访，那是对她的侮辱，记者似乎不怀好意。她都已经那样了，有什么可说的。而内里，她有她的隐私，不想像明星那样暴露在别人的目光之下。

说什么都可以，挑你感兴趣的说。他鼓励她。

我只对钱感兴趣。她觉得自己的声音就像是从地狱里冒出来的气泡，阴冷，带着吸血鬼的尸臭。

噢，我会给你钱的。他打消她的顾虑说，怎么收费？

一个钟五百，过夜两千。她有意提高了价格。

他犹豫了一下，从上衣的内袋摸出皮夹子，数出五百块钱递给她。她接过钱，塞在自己的裤袋里。有了这个手续，他们的交易就达成了。

你想听啥？她仰头看着他，脸上似有不屑。

你说啥，我听啥。

要是我没得说，你的钱不就白花了？

噢……能不能说说你自己？他没有识破她假意的威胁，更不可能识破她的狡黠。

我有啥可说的……您都看见了，哪儿有稀奇呢。她皱起了眉头，将他视为了窥私癖。

就没有点别的？他追着问。

您贵姓？她盯着他，不容他回避。

你就叫我……Mr.Wu…… Mr.Wu.他的回答有些结巴，之后又反问，你呢？

纱纱，纱巾的纱，纱布的纱。她的语速很快。

纱纱。他念一遍看她一眼，又念了一遍，纱纱，又看了她一眼。他重复了两遍她的名字，她怔怔瞧着他，搞不懂他什么意思，是在叫她，还是要记下这名字。

老人怎么了？他问。

我父亲吗？一个患了妄想被害症的老头。她的瞳孔中有着一闪而过的灰暗，在这种昏黄的光线下，他也不可能察觉，仅仅用一小段沉默陪伴她。

他对这种精神病不只一次听说，还有过一些了解，至于准确的病因，估计医生也难以说清楚。不过可以肯定，病人的心理紧张程度丝毫不亚于他此刻的状态，同这么一个女人暧昧地待在幽暗的房间里。他在内心叹口气，要用手去摩挲女人的头部，但只是臆想了这个动作，没有付诸实际行动。

你怎么入了这一行？没别的可做吗？他问过就后悔了，这不是明摆着的事情么，她都已经说了，他也看见了，这就是她的日常生活。假如背后有所隐藏，他猜不出到底隐藏了什么。

你是警察还是圣人？管得这么宽！她从沙发上蹦起来，两只眼睛像两只烧红的铁炉子，那种红彤彤的液体似乎立刻要兜头盖脑浇到他身上。她不想像那个小姐妹胡乱编一堆谎言来欺骗他，如实相告毕竟不是什么光彩之事，难以启齿。她绕着他转了一圈，他的脑袋跟随她的转动左摇右摆。她转了两圈在他前面收住脚步，从裤袋里摸出那五百块钱朝天花板上撒去，带着你的臭钱滚蛋吧！别在这儿假充圣人！

他愕然了，她的愤怒超出了他的预想，但他随后又说出了一句让她更为愤怒的话，那是你应得的报酬。

你说啥？！她盯着他问，那眼神似乎要把他生吞活剥了。

你应得的报酬。他嗫嚅着说。

应得的报酬？你高尚别来找我这种女人！她气急败坏地向他咆哮，除此之外不知怎么对付他。

他朝门边退缩，眼神里有惶恐，很显然后悔来到这个地方。后来干脆迈开脚步，向门走去，但中途被她截住了。

你想开溜没这么容易，得向我道歉！她挺着胸挡在他前面，仿佛饱满的胸部是一件极具威慑力的武器。

如果我不道歉呢？他收拢一只手在胸前，似乎要阻挡她的进攻。

你别想离开这儿，要不就试试看。她寸步不让。

两个人对峙着，最终男人扛不住了，估摸着想尽快逃离这儿。

对不起！他对视着她的眼睛说。

她回给他一个鄙夷的眼神，横向移动两步，让开了道路。

他迟疑了一下，向门的方向走几步，突然又转过身，回到了刚才的位置。你能不能在这儿装面镜子？他指着床尾正对的墙面说，齐人高的镜子，我出钱。

她被他奇怪的想法给弄晕了，懵懵懂懂看着他。

我还会来找你的。他第一次露出了笑脸。

二

　　Mr.Wu 走后,纱纱就给自己放假了,一单生意完成,按照惯例要奖赏父亲。放在往日,她会如此安排,先给自己洗个澡,将那些陌生男人的气味冲个干干净净,仿佛他们不曾沾染过她的身体。然后换上自己喜欢的衣服,带领父亲去环湖公园散步,这是对父亲的奖赏,也是她清理龌龊记忆的方式。这时的她,同拉生意时判若两人,就算遇到接待过的客人,对方也会以为认错了人,以为恰巧碰见了同她长相相近的人。她有些伪装,戴上了一副墨镜,大半张脸就不真切了。她的父亲也很乖巧,老老实实跟在她的身后,毕竟有了些年纪,脚步很慢,她也就放慢步子配合他。老人对公园的景致百看不厌,公园里的雕塑,湖里的荷花,游荡的小舟,喷泉,假山,路边的垂柳,每次见了都会指指点点,脸上洋溢着孩子似的笑容。她就任由父亲走走停停,让他尽情玩个够。她带他坐过一次泛动的小舟,但没想到父亲会对水有恐惧,幸好有人帮忙,才将父亲弄上岸。打那次以后,她就不再轻易带他游玩什么项目了。

　　刚带父亲出来那会儿,她辗转了好几个地方,都不怎么如意，偶然的一次机会，打环湖公园经过，看到了第一条通道口张贴的一则租赁信息。她正想挪个窝，当即就拨打了招租广告上的联系电话，房东住得距离较远，第二天下午才看到房。当时她没多想，只想快点挪个窝，之前那地方给她太多的不安全感，好像随时有什么不祥会发生。房东是个老太婆，每次收房租都到屋子里左看看右看看，把她当个贼似的提防。隔三差五还在房子周围转悠，似乎担心她会不辞而别，甚至会带走什么。环湖公园这儿幽暗，她干的活至少不那么光明正大，她的生活因此至少有一半不能暴露在阳光里。这正好符合了她的心愿，何况房东离得那么远，房租只需通过银行交给他就行，她当即就签下了合同，除了交付押金之外还预付了三个月的房租。

搬过来后她立刻发觉了这儿的好，进出方便，环境不像车站附近那么复杂，人流不算少，在客人的选择上有她的自由。而且这里的客人有别于车站附近，素质或者修养要高出那么一截，给她带来的收入也多出那么一些。这并不是她认为的好，她的姿色虽然不是十分出众，走在人群里回头率还是挺高的。她不愁没有客人。她认定的好在于周边的环境，在于环湖公园，在于公园中那一汪湖，那湖中心的小岛。她从幽暗中走出来，行走在林荫道上，来自湖上的清凉的风将她的心情吹拂得无比舒畅。她可以像个正常人那样在垂柳下跑步，也可以像老人那样端坐在湖岸边。她曾有过一次，唯一的一次，在湖心小岛的草地上躺了一下午。她居然做了个梦，梦见了小时候的自己，穿着花裙子，在田野上奔来跑去，仿佛一只花蝴蝶。她从来没有做过那样的梦，以往做的都是噩梦，梦醒后往往大汗淋漓，无边的恐惧从黑暗深处像章鱼那样张开触手，将她缠绕，吞噬。她在湖心小岛梦见的，是另一个自己，一个连她父亲都不属于的自己。她需要有那样的时候，特别是接待某个不如意的客人之后，需要那样的湖水清洗自己，祛除那让人恶心的从地狱深处喷涌而来的腐臭。环湖公园是她生命的第二空间，甚至是她生命的一部分。

  环湖公园也是她父亲的需要。老人不能长期处在那种幽暗之中，必须走出来，穿过通道，横过马路，进入环湖公园。最初的时候她忽视了这一点，以为只要将父亲带在身边，早晚有她陪伴就行。她很快发现这是她的自以为是，父亲通过各种方式来提醒她，反抗她，在她接待客人时故意用力撞门，似乎随时有可能将门撞倒。或者疯狂嚎叫，咒骂，那些恶毒的语言闻所未闻。她都不敢相信父亲那瘦小的身躯里，居然能贮藏着那么多邪恶的词汇。父亲怎么能背负那种恐惧，背负那种沉重，就不怕它们刺伤他？她不敢想象。他甚至在她不提防的情况下砸伤了客人的头部，害她失去了生意不算，还赔了客人一笔医药费，所幸没造成更大的伤害。每次父亲发飙后，她都费尽了心机才平静他的愤怒，陪他说话，给他买好吃的。后来，她慢慢掌握了他的性情，每次接待客人之前会陪他说会儿话，客人走后陪他去环湖公园散步。这是她给父亲的奖赏，也是给自己放风。父亲同她一样，将另一个自己安放在环湖公园。

她不能不将父亲带在身边。患病之前，父亲一个人生活在村子里，她则在外面飘荡。听父亲说，她的母亲在她一岁多的时候就抛弃了他们，投入到同村另一个男人的怀抱。那个男人在村里开办了砖瓦窑，父亲还在他的窑上干过活。母亲跟了那个男人之后父亲就被辞退了。父亲几次去找她母亲，都没能找回来，一则她母亲死心塌地跟随那个男人，二则那个男人威胁了她父亲，扬言要打折父亲的腿。她记得有一次，父亲找她母亲回来，一个人躲在门背后的角落里，眼眶部位一大块青紫，泪水淌得满脸都是。她父亲是个窝囊废，村子里的人谁都可以嘲笑他，欺负他。她甚至碰到过那样的场面，几个男人当着她的面将她父亲的裤子扒下来，用竹竿当旗帜一样高高擎起。那不是旗帜，那是她父亲的羞耻，那是她父亲的尊严。她没想到父亲会是这么一个懦弱的男人，换了她，也许会杀了那个男人,或者杀了她的母亲。她想不透当初她母亲为何会嫁给他。她母亲恨不得同他们一刀两断,只要是同她父亲有关的,都不想有半点牵扯,哪怕是女儿她也情愿放弃。五六岁的时候她找过一次母亲,她母亲当时正在地场上晾衣服,见了她先是愣怔了一下,但很快就拿起一件湿衣服,朝她甩过来,甩了她一脸冰凉的水珠子。谁家的野孩子,别在这碍手碍脚的,滚开!她母亲又抖动了两下湿衣服,冰冷的水珠甩在她身上,没给她留下丁点干爽的地方。打那以后,她再没有找过她母亲,在她心里,母亲早已死了,死了不只一百回。

后来,再没有哪个女人愿意嫁给她父亲,也没有人雇请他干活。她父亲只能靠种地,同她一块寡淡过活。十五岁那年,她替代父亲报复过一次那个男人,一个晚上偷偷点燃了那人家的草垛,给父亲的仇敌造成的最大损失,不过紧挨着草垛的猪圈被烧毁,两头猪居然跳过栅栏死里逃生,最终在年关时寿终正寝。这次报复的后遗症是让她彻底绝望了,老天爷都偏向仇敌,叫他们父女怎么在村子里活下去。那把火后,她就辍学逃离了村子,扔下父亲孤零零一人。她的父亲无处可逃,不得不同仇敌生活在同一块狭小的土地上,每天都生活在仇敌对他的羞辱中。现在回想,当初她是残忍的,在父亲饱受欺凌而又孤单的时候,她没有陪伴他。可她不想像父亲那样苟活着,她向往更美好的生活,应该有更美好的生活,也配得上更美好的生活,老天爷不能昧着良心,该弥补她,该给她像别人那样的生活。她并没有想象中的那么幸运,在餐馆做服务员,在发廊给客人洗头,给人当过保姆,甚至到殡仪馆帮过忙,每样工作都是累死累活,得到的报酬并不理想,不能给她父亲更多。而更为不幸的是,第一个成为朋友的男孩在得到她的身体后,就像黑夜中的老鼠不知躲进了哪个角落,再也寻不见他。后来又认识另外一个男孩,在得知她怀孕之后男孩便不再理睬她。她去男孩上班的地方找他,结果被保安拒之门外,在那守了一个多星期后依旧不见男孩现身,只得自己解决身孕问题。似乎她还不如她的父亲,他至少养活了她,而她的孩子看一眼这个世界的机会都没有。

再往后,她就不知怎么成了现在这种女人,随便哪个男人都可以骑在她的身体上,都可以凌驾于她女性的尊严之上。她沦为了她父亲一样的人,表面上好像不同,但内里的屈辱是一样的。她的牺牲或者付出,换来了另一种回报,她可以用出卖肉体得来的钱让父亲更好地生活,让父亲在村里人眼里不再那么窝囊。她觉得她的自毁有所值,每一次透过客人扭曲的脸庞隐约都能看到父亲光鲜的笑容。可事实上这是她的一厢情愿，父亲并不如她想象的生活得那么美好。她父亲的精神出了问题，其实早有迹象，只不过她没有注意，或者说没有机会去留意。她绝大部分时间漂泊在外，同父亲相处的时间越来越少。回到村子时，她父亲反反复复向她述说的，差不多都是同一类性质的事情。父亲疑心重重，对谁都充满了怀疑。

他说是我放的火，是我烧了他的猪圈。

那个家伙说是我偷了他家的羊。

隔壁的，说我把他碾草药的碾子砸烂了，说我往他的茶水里吐了痰。

村主任说是我把过河的木桥拆了，说我砍了河堤上的白杨树，警察要来抓我。

她父亲诉说的种种，归结起来，就是天下所有的坏事都是他做的，即便不是他做的，别人也会把罪责归结到他头上。他们诬陷他，把所有的脏水都泼到他身上。无论他怎么辩解，都没人听他的，更没有人相信。刚开始，她以为父亲说的都是事实，村里人的恶劣行径让她无比气愤，在她眼里所有人几乎都成了她的敌人。但她的敌视无济于事，父亲仍旧有种种担心和害怕。她试图安慰父亲，不要理会别人说什么，只要问心无愧，嘴长在他人身上，咱们管他不着。她的和颜悦色让父亲的情绪渐渐稳定下来，但她不知道这只是暂时的，在她走后，她父亲又回到了之前的状态，甚至更为糟糕。

后一次回到村子时，父亲不再向她诉说类似上一次的委屈，而是彻底坠入了恐惧和不安之中。他不敢喝水，不敢吃饭，夜晚不敢睡觉。他消瘦得变了形，几乎都认不出。可父亲认得她，见到她的第一眼就喊出了她的名字。那一刻，她的眼泪夺眶而出，恣意奔涌。她给父亲泡茶，父亲不喝，说是茶水被人吐了痰。她给父亲做饭，父亲不吃，说是饭菜被人暗暗投放了农药。她给他吃药，他更不愿意吃，说那是毒药，要毒死他。后来，在她的一再解释和安抚之下，父亲才勉强吃下她给做的饭菜。往后，他就养成了一种习惯，只有她和他自己做的饭菜才会入口，换了谁都不行。

后来，她渐渐意识到父亲精神出问题了，他的猜测和怀疑，战栗和恐惧，都是没有来由的，都是往日被歧视被侮辱积压下来的阴影。就像一个肺癌病人，他的肺里会有阴影，并且慢慢扩展。她陪同父亲去了一趟精神病医院，医生给她的结论是她父亲患了妄想被害症，建议住院治疗。当她陪同父亲进入病区时立刻就反悔了，不能将父亲一个人丢在这

镜子的禁忌　　153

里。她让医生开了一些药,就离开了医院。她不得不做出一个艰难的决定,将父亲带在身边,无论去往哪里,都不能丢下他。在这世界上,她和他都只有对方这么一个亲人。

三

那次之后,Mr.Wu好久没有露面,她同父亲一块在环湖公园散步,或者同那些潜在的客人嬉笑,给他们暗示,如此的场合都没有碰见他。他销声匿迹了,同那些一次性的客人一样,同她厮混一回之后不会有下文。她已经习惯了一闪而逝的过客,他们是流星,原本同他们就是露水关系,一时之欢,不可能有后续,也不能有后续。回头客是有的,还不只一两个,这也是她能长时间待在这地方的原因,他们的存在让她有了较为稳定的收入来源,而且报酬还不少。他们可能不方便去其他场合找女人,这里比较隐蔽,不容易被人发觉。或许她给他们的印象也不同于其他场合的女人,外表上不像是个风尘女。她很知趣,那些同她打过交道的客人无论在哪里遇见,他们不主动说话,她绝对不会主动相认,有时还会假装他们是陌生人,同他们擦肩而过。

如果碰巧再遇见Mr.Wu呢,要不要同他打招呼,同他相认，她好像有些犹豫不决，但最后还是理顺了，以前怎么对待认识的客人就怎么对待他，不能因此破例，违反自己的原则。

  Mr.Wu 没来找她之前，她曾在环湖公园多次遭遇过他。有时在晨跑的途中同他迎头相遇，有时发现他一个人枯坐在堤岸边的石凳上。有次晨跑时，她故意跑到他的前面，之后不紧不慢，始终同他保持几步的距离，让他清晰看见她的背影。她还同他平行慢跑过，好像一对情侣惯常有的亲密姿态。然而他目不斜视，仿佛她不存在。她向他媚笑过，给过他多次暗示，他丝毫没有反应。她有些心灰意冷了，由此断定，他不是潜在的客人。直到那天，她坐在离他不远处的花坛边休憩时，偶然回头正好同他的目光相遇。他在偷偷观察她，也有可能在窥视她。那瞬间，她意识到他可能是她的下一位客人。她向他会心一笑，笑容不乏挑逗，怂恿。他别了一下头，很快又转回来了，并且站起身朝她走了过来。这一走就越过马路，潜过通道，进入了她的幽暗中。

  要不要在墙上装面镜子呢，她拿不定主意。如果真在那儿装面镜子，意味着床上的一切都逃不过镜子的眼睛。她突然觉得自己很可笑，怎么就相信了一个陌生人的话，居然想着在墙上装面镜子，也许他只是开了一个玩笑，一个有点淫秒的玩笑，压根就不会再回来。他好像同别的客人不一样，很奇特，很古怪。这不是因为他没有要她的身体，而是别的什么，她说不清楚。

她期望在环湖公园或者哪儿同他再次遇见。她要看看他会怎么样，是不是还会进入她的幽暗中，接着进入她的身体。一个星期很快过去了，她的期望落空了，又一个星期过去，她的期望仍旧没有变为现实。她有些失望。那些回头客就是这样，有时隔个三五天就会来找她，有时一隔就是半年，间隔的时间没有定数，主动权不在她手上，而在于他们乐意不乐意，需要不需要，还有方便不方便。

又过一个星期，她就忘记了装镜子的事，顺带连 Mr.Wu 也忘记了，好像他从来就没出现过。她的生活不曾被 Mr.Wu 打乱，按照往日的节奏在转动。这种生活的尽头会是什么，会有怎样的结局，她从来没有考虑过。

在她完全忽略了 Mr.Wu 的存在时，他忽然又出现在她面前，依旧戴着礼帽，穿着黑色短风衣，不过风衣外罩了一件蓝色长衫，类似的长衫多数时候被搬运工们穿在身上。他蹲在距离环湖公园入口处的一棵丹桂树下，一只半人高的扁平纸箱倚靠丹桂树干立着。那会儿她正从公园出来，脑袋往左一摆，就看见他了。他主动向她笑了笑，并且直起身来。

她朝他走去，他却使眼色暗示她不要过去。她狐疑地盯了他一眼，折身横过马路。当她走到通道口再回头时，他正扛着那只扁平的纸箱走在斑马线的中间，巨大的纸箱挡住了他大半个身体，他的步子迈得很宽，朝她靠近的速度很快。她隐约猜到了纸箱里的东西，但不能确认。他的古怪让她有了担忧和某种不祥的预感，她不想再接待他，往通道内逃去。她有过在那些有怪癖的客人跟前吃苦头的教训，有一次还差点丢掉性命，谁能确保这个扛着纸箱来找她的男人不是个危险人物呢。

当真正要进入出租屋时，她还是不由自主犹豫了一下，这一犹豫给他赢得了时间，很快他就站在了她的身后，那只纸箱几乎将她全部遮没了。她不能再犹豫了，必须尽快将他放进门去，这儿不是久留之地。她关门之前习惯性地扫了一眼周边，没有发现什么异样。他扛着纸箱径直朝那有两扇门的房间走去，她的父亲从沙发上直起了腰，两眼像往日那样警惕地盯着来人。她朝父亲做了个手势，让他保持安静。老人不知没读懂她的手势，还是全然不把她的手势当回事，脸部扭曲着，照例喊叫起来，过来啊，我拿刀给你，你杀了我！我拿毒药给你，你毒死我！她瞪了一眼她父亲，老人还是不肯闭嘴，她不得不走过去安慰他一下。她轻轻拍打了几

镜子的禁忌　　157

下他的脊背，附在他耳边轻声说了几句什么，老人又咕噜了几句，重新坐回沙发上，声音也跟着黯淡下去。

她安顿老人之后进入内室，Mr.Wu 早已将纸箱拆开了，不出所料，果然是面镜子，有她两个身体的宽度，高度也超过了她的脑袋。这面镜子似乎能将房间里的一切都收进去。她的内心像被什么抓挠了一下，有东西纠结成了一团，不知该怎么处理这面镜子，也不知该拿这个男人咋办，赶他走，还是将他当客人留下来。他真的要把镜子装在墙上吗？他就不问问她同意不同意，凭什么就做她的主？她斜觑了一眼男人，正好碰上了男人的目光，幽暗中浮着两点小小的光亮。有锤子吗？男人问。她没有回话，本来这是最好的拒绝时机，结果错失了。得找把锤子来。男人从蓝色长衫的口袋里掏出几枚闪着淡淡银光的钉子。她稀里糊涂就接纳了男人的镜子，墙是人家的墙，镜子也是人家的镜子，好像没有理由拒绝。他们待着的地方是她的工作室，她从不在这里过夜，她的床在另一个房间，那个房间不允许任何客人进去。她是有把铁锤的，之前她父亲用它敲过工作室的门，还用它砸过一个客人的脑袋，后来她就把它藏了起来，以免父亲再拿它生出事端。

镜子镶了边框，几枚钉子钉进墙，眨眼就固定了。但铁锤敲打钉子的声音不小,她父亲被惊动了,吼叫了几声,随着敲击声的消失,老人又恢复了平静。现在,她和他站在镜子面前,他在端详着镜子,好像里面有什么吸引了他。在镜子里,她被他挤到了边缘,窄窄的一条,快要被挤扁了。这是她站立的角度造成的错觉,正如她预想的那样,这面镜子巨大,大半个房间都被它装了进去,当然,占据主要位置的还是那张床。这让她有些不舒服,想到她同那些陌生的身体在床上翻滚时,那样的情景无疑会被镜子全部装进去。在镜子跟前毫无隐私可言。她从男人手中要过铁锤,扬起铁锤作势要砸碎它,但被他给阻挡了。

你要干啥?男人捉住她的手腕,目光凌厉地盯着她。

咱俩说说话,好不好?她模仿他那天的口气,她居然还记得那天他说话的口气,嘲弄似的挑衅着男人的目光。她的手被握痛了,她挣扎了一下,男人才放开它。昏黄的灯光下,她还是看出了手腕上红了一圈。

你想听啥?我说给你听。她不怀好意地讨好他。

男人不予理睬,转过身面对镜子。她只能看见他的背影,有蓝色长衫罩着,他的背影比上次显得宽厚了许多,这让她有种想靠上去的冲动,不过没有付诸行动。男人好久没有动静,后来他的一条胳膊好像抬到了胸前,她偏了一下脑袋,

镜子的禁忌　　159

在镜子里看到男人的一只手正停留在第二粒钮扣上，最上面的那粒钮扣被解开了，或者之前就没有扣上。男人的眼神有些迷离，好像还没确定要解开钮扣。他的这种悬而不决弄得她很紧张，让她觉得他不是个正常的男人，至少不像其他客人那么正常。

　　一段时间之后，他将手放下了，脸上的表情很复杂，腮帮子咬得紧绷绷的，像鼓着一只老鼠在口腔内。手回到裤腿那里的时间短暂，迅即又抬了起来，这一次没再犹豫，而是快捷地解开了蓝色长衫，之后是黑色短风衣，很快他的上身就赤裸了。接着又脱下了他的长裤，只留下一条裤衩。他的身体白皙，超过了她的身体。他的腹部有了赘肉，不是很松垮，但也有些厚度了。他的目光灼灼，可能是紧张的原因，脸部有了轻微的变形。这不奇怪，很多男人在她面前都很紧张，这完全是他们的内心在作祟，是他们残存的道德感在作祟。有个别客人在她身上猎取快感之后，离开时竟然对她表现了某种憎恨。对这种男人，她往往很鄙夷，既然做了，干吗不能豁达一些，不能爽快一些，好像她真的对他们犯下了某种罪过。

　　整个脱衣服的过程，Mr.Wu 都是面对镜子的，在镜子跟前好像完全不畏惧暴露自己的身体。纱纱想，如果叫她在镜子的注视下脱光衣服，能不能做到呢。但他没给她继续想下去的时间，很快他就转过身来，并且将最后的遮羞布也扯掉了，赤身裸体向着她。他的脸不像之前白皙，镀上了一层铁青色，这让他的表情有些狰狞。他的举动让她很是吃惊，超出了她对他的预想，他应该同别的男人有些不同。他不能这么快就裸露在她的眼皮下。

我要同你做爱。他就像吩咐她倒杯水一样直接说出他想要的。

她一时间没反应过来，张着嘴，惊愕地看着他。

他见她没反应，走过来将她掀倒在床上，她被摔疼了，忍着没有作声。他三下两下剥光了她的衣服，动作就像个强奸犯。之后挪动她的身体，让她的头部枕在了床尾这一头。她明白了其中的原因，挣扎着想回到床头，但他的一只手很粗鲁地摁住了她的乳房。他进入她的身体时更为野蛮，她都怀疑有个地方被撕裂了，那种痛让她冷静得无法配合，也让她的脑子更为混乱。进行的过程中，她察觉到他不只一次抬头朝镜子那儿张望，每张望一次都让他的力量暴涨一些，好像镜子成了他的助力器，他的力量全部来源于那里。他的脸扭曲得不成样子，五官都快移位了，眼球似乎下一秒就要爆出眼眶。汗水从他的额头上爆出来，一滴一滴砸到她的脸上，砸到她的胸口上。她的眼眶里有他的汗水流了进去，让她的眼睛都睁不开，这还不是最糟糕的，最糟糕的是他玩命似的撞击让她无法承受，不可抵挡。她很恐惧他再朝镜子那儿张望，不管镜子里有什么，她都不希望他再见到它。

那镜子像个……魔镜，这个叫 Mr.Wu 的男人有几分像个……魔鬼。

结束时他的双手抓住她的双肩，指甲都深入了她的肉里。他濒死的叫声比脸部肌肉的扭曲还要夸张。最终归于沉默，他粗重的呼吸也恢复平静。她想坐起来，他拽住了她的手臂，不让她离开。两个人就平躺在床上，过了那么一会儿，他又要了她一次，这一次接续了上一次的汹涌，到结束时她几乎虚脱了。她希望他快点离开，可他只是从床上爬起来，埋着头，坐在床沿。那样坐了半刻钟，他突然问她，有烟吗？她拉开床头柜的抽屉，那里有半包烟，是某个客人留下的。只有这个。她将烟交给他，言语间有些歉意。他抽出一支烟，点着了，却引发一阵剧烈的咳嗽，可能原本不抽烟的。他将香烟夹在指间，不再去碰它，直到燃烧的烟头烧灼了他的手指，才将它丢在地上，并踩上一脚。

为啥一定要看着镜子？他离开时她好奇地问。她的好奇中有着藏不住的嘲弄。

他瞥了她一眼,那神情好像不屑于回答她的问题。她没得到答案,眼睛就那么亮晶晶地盯着他。

说了你也不懂。他的回答像是在鄙视她。

她哼了一声,算是对他的抗议。

他不理睬她的反应,径直向门走去。门吱呀响了一声,他消失了,仅仅过去了两三秒,他的脑袋重新探了进来,并且说了一句没头没脑的话,我要看见自己的丑陋。

四

她清楚又到了奖赏父亲的时候,可不知为什么突然有了倦意,不想从床上起来。身上和床上都留有那个男人的气味,要在往常,她恨不得一秒钟将气味清除,将弄脏的床单塞进洗衣机,换上另一套床单。她的脑子里回荡着那个男人的一句话,我要看见自己的丑陋。她对他的话好像很理解,又好像不理解,按理解的意思来猜测,他肯定在污辱她,认定她是丑陋的,同她睡在一张床上是丑陋的。那不理解的又是什么呢,她揣摩不到。她磨蹭了几分钟,无法忍受的暧昧气味逼迫着她,不得不尽快离开床铺。她穿好衣服,每次同客人交易完毕后都得穿好衣服,不能赤身裸体从父亲的眼皮下经过。

离开房间之前,她在镜子前站住了,镜子的确够大的,别说一张床,就是两张床它也能收入囊中。衣服遮蔽之下,她真实的胴体不能清晰可见,但外部的曲线泄露了她的窈窕。镜子里的脸带着红润,刚才被动的折腾让她一时无法冷却。她的这副模样肯定会让很多男人垂涎三尺,要不然她的生意也不会这么持久。这是她看到的镜子中的自己,单独的自己。刚才躺在床上呢,怎么没注意看镜子。她重新躺回床上,朝镜子笑了笑。没有男人在跟前,她的笑仍旧带着挑逗,放荡,甚至有些淫邪。她是个荡妇,本来就是个荡妇。她在内心责骂自己。她试着再笑了笑,笑容丝毫没有变化。她找不到以前笑的模样,好像忘记了,或者被她丢失了。她不敢想象自己脱下衣服后的样子。她不敢脱下自己的衣服。那个男人的声音在她耳边卷土重来,迅速将她淹没。她气恼地抓起一只枕头朝镜子扔过去,但枕头奈何不了镜子,被镜子抖落在地。她不想看见镜子中的自己,特别是同男人在一起的时候。必须用什么将镜子遮挡起来,要不就拆了它,或者干脆砸碎它。

当然,她没有砸碎它,Mr.Wu会是个回头客,如果他再来呢,发现镜子不见了,要么他会掉头离开,要么他会再扛一面镜子来。折中的结果,她在镜子前拉起了一块布帘,像窗帘那样，可以收拢，也可以拉开。镜子被悄无声息掩藏了起来。

后来，有客人将布帘子挑开，端详一番之后，不知是好奇还是疑心镜子背后藏着什么，问，这镜子用来干吗？她的嘴一撇，不予解释，不干吗。也有客人与 Mr.Wu 一样有着相同的癖好，要将布帘子收起，让镜子照着床铺。这是极个别的，她忍受了。如果换成 Mr.Wu，她同样得忍受。她选择了做这个，无法去挑剔客人，能做的只有忍耐。幸好这只是极个别的，但在内心她对 Mr.Wu 多了一份怨恨。她不能反抗 Mr.Wu，来找她的客人或多或少都有着不同的怪癖。那些回头客带给她的收入，让她得以在这个地方待下去。她不能同钱过不去，否则就得滚蛋。

当 Mr.Wu 第三次来到时，她先是拒绝了，要求他拆掉镜子，但他没有让步，而是以沉默作答。Mr.Wu 直视着她，直到她别开脸，将视线转移到房间里的其他地方。之后，是她让步了。作为反击的武器，她问了他一个问题，你为啥要看见自己的丑陋？轮到 Mr.Wu 别开脸了，无言以对。

几次之后，纱纱向 Mr.Wu 提出了另一个要求，让她骑到他的身上。他犹豫一下后答应了。他可能从来没有过这种经验，听到她的问话时嘴半张着，好半天都没合上。她在镜

镜子的禁忌　　165

子中看见了自己晃动的乳房,脸就像虚假的面具,没有任何表情,就好像正在进行的事情同她的身体毫无关系。这比淫秽更为可耻,比放荡更为堕落,彻底是一个没有羞耻的女人的嘴脸。在没有见到自己的形象之前,她对她所做的一切,在男人面前表现的一切,丝毫没有觉得丑陋,甚至觉得那都是应该的,必须的。Mr.Wu 说对了,只有在镜子中才能看到自己的丑陋。她同 Mr.Wu 相反,不想看到这个,不愿意面对自己的丑陋。她本来可以选择别的方式来养活父亲,可是竟然走到了这一步,这不是被动的沦落,是她自己主动的选择。她不能面对这些,如果去正视它,有可能现有的生活就无法进行下去。她拿什么去养活自己和她父亲。她已经放弃了别的选择,也不想回到别的选择上。

她讨厌镜子,讨厌 Mr.Wu,是他打乱了她内心原有的步调,有可能让她陷入到混乱之中。她不情愿 Mr.Wu 强行植入她生活的镜子继续保留下去。她可以砸烂镜子,却又不想失去一位回头客,况且他给她的报酬还不菲。她陷入了进退两难中。她觉得自己很不幸,遇到了一位针锋相对的客人,又不想就此妥协。

Mr.Wu 再来时,纱纱同他商量,能不能拆掉镜子?

为啥要拆掉它?他瞪圆了眼睛,好像她的建议是要毁掉什么伟大的建筑，或者公认的历史文化景点一样。

我讨厌它，巴不得它快点完蛋！她带着愤怒的口吻回答。

你为啥要恨一面镜子呢，你想想，有它在，我就能照顾你的生意。它能给你带来稳定的收入，这不好吗？他诧异地瞧着她。

她只有默不作声。她不能拒绝送上门的生意，这次以这个理由拒绝张三，下次就能以别的理由不接受李四，而最终所有的客人都会离她而去。这是她不能接受的现实，也不能流落到那一步。

发明镜子的人真是个了不起的家伙！你看，他发明了镜子，他自己却溜到一边去了，让镜子充当他的眼睛，什么都看见了，可是他什么都不说，不说你对，也不说你不对，不说你道德不道德，不说你是好人还是坏人。Mr.Wu好像演说一样在她面前慷慨激昂，把他内心的想法倾泻出来，我崇拜发明镜子的人！

她很是茫然，不知他说这番话什么意思。

难道你不看镜子就不知道自己丑陋？说这话时她也在问自己。

是的，我知道自己丑陋，但如果不看镜子，就没法把收藏的丑陋释放出来。他顿了顿，看了她一眼，接着说，只有在你这儿,在镜子跟前,我才暂时打消了顾虑,祛除了心理障碍,才有机会把丑陋抖露出来,遛一遛它,就像遛狗遛宠物那样。

她又被他污辱了。哑口无言。谁叫她是这种人。她想扇他一掌,好让他知道,即便像她一样的人也不是随便就受人欺侮的。

对不起,我不能在别的地方抖露它。他可能察觉到对她的伤害,抱歉似的说。

我不要你的道歉,也受不了你的道歉。她冷冷地说,最好……你再别上这儿来。

我还会来的!一定会来!你这儿是我自由的天空,是我信马由缰的草原,是我真实的存在!我不会轻易放弃这儿!他像是在盛赞她,又像是放纵自己,还自己一个真实。

她瞧着他的眼神有些发蒙。眼前侃侃而谈的这个男人就像个外星人,从他嘴里吐出来的词语那么陌生,可他的表情是真诚的,不像在欺骗她。她不知自己到底要相信他,还是把他的话当作一个陌生人的胡说八道。

后来,他可能被她的这种状态给刺激了,或许也觉得自己激情得过了头。他从沙发上站起来,紧挨着她坐在床沿上。床很扎实,当初买床时她就考虑了它的用场。她欠了欠身子,给他让座。这个举动纯属多余，床沿有足够的位置容纳他。他用手挽了一下她的肩膀，很快又松开了，可能觉察到彼此还没有亲近到那种程度。他默然靠着她坐了一会儿之后，又回到她正对面的沙发上。

我说些我的事情给你听吧。他看着她的眼睛，可能做了很大努力才这么说。

嗯。她用点头来示意有兴趣听。

我是个模范。他直截了当说，一个道德模范。

你明白道德模范的意思吗？就是报纸电视上报道的那样，是好人，是敬业的，是见义勇为的，是助人为乐的。可我不是这一类，我是……我是模范丈夫，同事们都说我是好丈夫，小区里的人也这么说。我觉得我也是个好丈夫，真的，是个模范丈夫……你别偷偷发笑，我得到这个称号是名副其实的，没有半点虚假。我没说谎，我说的都是事实。他的目光紧紧盯着她，生怕她对此有半点怀疑。她也看出来了，他不像在说谎，更像在袒露心迹。她就安静听着，充当一个真诚的听众，至少她的外表是这样。在内心，她暗暗嘀咕了几声，他说的这些同她有什么关系，为何要说给她听呢。

刚开始我觉得没什么，后来才慢慢发觉不对劲，我是个模范丈夫，走哪都不敢同女人多说一句话，在单位里不敢同女同事说话，在小区里不敢同女邻居打招呼。有人取笑我，说我只是一个女人的模范。我就像端着一碗水从人缝里穿过，只要哪个人稍有动作，就会招来灭顶之灾。我像个金盆洗手的小偷，生怕被人误以为随时会窃取什么，或者藏有什么企图，被栽赃陷害，被人唾弃，打回原形……你想得到我这种处境吗？他苦笑了一下说，不是我小看你，估计你想不到。我找上你，就是想同你说说话，同一个女人毫无顾忌地说说话。在你这儿，我想说什么就可以说什么，想怎么做就可以怎么做，不必担心谁听见，也不必担心谁看见。你别紧张，我不是个恶魔，除了那事儿，别的事我也不会干。真的，除了那事儿，在你之前，你不知道我多久没干过那事儿。我几乎都忘记了那是怎么一回事。

五

纱纱绝没想到 Mr.Wu 会是这种人。从说话的神情来观察，他说的不像假话，在她的工作室里，男人说的话她从来没有相信过。她清楚到这儿来的人，哪会对她讲真话，除了他们对欲望的贪婪，其他的没有什么可信之处。说得过分一点，他们的灵魂是肮脏的，是丑陋的，这点也不容他们争辩。她同他们有的只是逢场作戏，有的只是短暂的胡闹，就算其中某个人说了什么真心话，她也不会听进去，只当是耳边风，刮过去就刮过去了，什么痕迹也不会留下。她要他们留下的只是金钱，其他的爱留不留。他们的真心话对她丝毫用途也没有，如果真记得，反而是个累赘，是同自己过不去，是自讨麻烦。如果 Mr.Wu 说的是实话，他真的是个模范丈夫，可他来到她这里，同她躺在同一张床上，还会是个模范丈夫吗？恐怕以伪君子来形容他更为恰当。

他就是个伪君子。她真的不在乎他是不是个伪君子。对于每一个来找她的人是不是伪君子，她真的无所谓，是又怎样，不是又怎样。她不是道德法庭的法官，无权审判他们。如果真有那么一个法庭，说不定她早就坐在被告席上，要么被道德的牢笼羁押，要么被道德法庭流放。

她觉得她同 Mr.Wu 有某些共同之处。比方说，她陪同父亲在环湖公园散步时，那会儿是不是同 Mr.Wu 一样是个模范呢？如果是，她同 Mr.Wu 一样有两面性，被劈成了两瓣，一瓣展示在阳光下，一瓣陷身幽暗中。一边脸光彩照人，另一边涂满污秽。她同 Mr.Wu 还有同病相怜之处。Mr.Wu 不敢在公开场合同女人说话，她是无人说话。之前，她同小姐妹们在一起时偶尔还能说点什么，但现在是孤身一人，没有倾诉对象，没人愿意知道她在想些什么。在她父亲跟前，她得保守自己的秘密，不能让他知道。她曾试图同父亲说过一些浅显的想法，但父亲对她的想法无动于衷，完全被疾病笼罩，被疾病囚禁。她有时会对某个客人透露些微想法，但那些想法有如发出微光的萤火虫，很快被黑暗吞灭。而她父亲呢，似乎比她的处境还要恶劣。她从平日里父亲的咒骂，或者无力的争辩中听出，好像有个无形的人缠绕着他，不停地在他耳边说着什么。那个无形人说出的内容不外乎对他的谴责、诬蔑，以及威胁。正是无形人的存在让父亲惶惶不可终日，好像每时每分每秒都有人要剥夺他的生命。他在有如呼啸坠落的陨石一样的恐惧中，做着无效的抵抗和挣扎。除了父女的情感之外，她对父亲还多了一份同情和怜悯，要不然也不会做出如此巨大的牺牲，让父亲尽可能回到正常的生活轨道上。

由此及彼，她对 Mr.Wu 同样多了一份同情和怜悯。她的这种情感没法让 Mr.Wu 知道，也无须他知道。她只是将它存在了心里。她对他流露的，无非就是迎合，让他在她这儿获取更多的快乐，可能还不是快乐，只是快感而已。这种肉体上的快感，放纵欲望的快感，是她仅剩的，只有这一点能给他。而 Mr.Wu 呢，还不止于此，肉体上的欢愉只是其中之一，他还想要找到一个倾诉的对象，一个理想的倾听者，而且必须是个异性。她知道自己不是理想的倾听对象，既然他找到了她，她想就做个安静的倾听者，他说什么她就听什么。如此多的客人当中，并没有哪个曾经对她说过很多话。她是他们的泄欲对象，仅此而已。

她慢慢从他嘴边听到了更多有关他的事情。他说到了他的妻子，用了很多溢美之词，说话的神情让她莫名有些嫉妒，是针对那个没谋过面的女人的。他说他的妻子是个温柔美丽的女人，很有情调，很有东方女人的品味。是个很有才华的公主，令很多男人自惭形秽。她是很高傲，但不是冷冰冰的、不近人情的高傲。相反她待人很热情，很愿意帮助人。Mr.Wu似乎恨不能把天下最美丽的语言都献给他的妻子。他同她是大学时的校友，在一次元旦晚会上认识，这让他觉得他们的开始很有意义。那次晚会上，他的妻子参与了一个节目，节目中间有一段大概三分钟左右的小提琴独奏。她穿着白裙子站立在舞台中央，那么多人的目光都聚焦在她身上。那会儿他是学生会的干部，本来在晚会筹划过程中有很多机会同她认识，但事实上没有，晚会结束后他们举行了一个庆祝活动，他同她终于有了第一次接触。她给他们又演奏了一曲小提琴，这一次在他看来比晚会上更加迷人，更加打动人心。

她就是那样一位公主。Mr.Wu沉醉在对妻子的赞美中。

大学毕业后，Mr.Wu同他的妻子分配在同一个地方，就是现在所在的城市。很快，他们结婚了，有了女儿，女儿也像她妈妈一样是个小公主。妈妈有的好品质，女儿都继承了。有了妻子和女儿，Mr.Wu的眼里不再有其他任何女性的影子，如果真有三千宠爱，那他毫无保留地献给了她们母女。那时的他对未来的憧憬中，绝不可能有一个叫纱纱的风尘女人的存在，哪怕是一闪而过的贪念都不可想象。他没有明说同纱纱在一起，是他的堕落，是他朝污秽的深渊不可救药的沉沦，但纱纱已经听出了话外之音。在他眼里，她就是深渊中淤积的污泥，黑暗的肮脏，把他彻头彻尾给污染了，把这个世界给污染了。她是腐败的一部分，变质的一部分。她必将让健康的那部分最终化为丑陋的乌有。她悲哀地想到了这一些，这能归罪于她么？她得不到答案，也没有人给她答案。在Mr.Wu跟前，她只是个倾听者，一个不怎么忠实且不能解决任何问题的倾听者。或许Mr.Wu需要的不是她，而是一个神父，愿意聆听他的忏悔，愿意解决他的困惑，对他施以某种拯救。恰恰这些，是她不能给予的，或许也正是她所需要的。

这种轨道的改变，其祸根在于一场意外发生的车祸。五年前，Mr.Wu 的妻子在一场演出返回的途中，被一个酒鬼驾驶的汽车撞成了植物人，虽然酒鬼得到了应有的惩罚，可 Mr.Wu 的妻子再也没有醒来。Mr.Wu 险些因此疯了，后来，慢慢接受了事实，成了一个植物人的丈夫。他决定履行婚礼仪式上的誓言，与妻子患难与共，好好照顾处于昏睡中的公主。那时他相信会有奇迹发生。女儿上了大学，毕业后想回来工作，被他驱逐了。他不想女儿受到影响。他的确是个尽职尽责的丈夫，他妻子的身体始终无比洁净，生褥疮的事从未发生过。他知道她爱美，每天给她换上漂亮的衣裙，甚至在一家美甲店做了学徒，为的是学习美甲的技艺给妻子涂上漂亮的指甲油。为妻子所做的一切慢慢消耗着他，让他感觉有些力不从心。后来不得不雇请了保姆，他不在家的时候就由保姆照顾她。他的事迹就是保姆宣扬出去的，首先被小区的人们知道，慢慢地，他单位上的同事也知道了，后来又传到了妻子的同事朋友中。妻子昏睡在床的第三年，Mr.Wu 被社区评为了模范丈夫，往后节节升级，成为了单位里的模范，所在城市的模范。他的事迹被报道在报纸上，电视台也采访了他，那些特写的镜头让本城的无数观众看到他如何无微不至地守护他的妻子。他受到了各种各样的表彰，在无数舞台上面对聚光灯讲述着作为模范丈夫的事迹。

这不是我需要的，你相信吗？Mr.Wu的眼睛中有着抹不去的困扰。

纱纱反问，为啥不推辞呢？

我推辞得掉吗？Mr.Wu的瞳孔中升腾起了迷雾。

Mr.Wu的家里热闹了，不知从何而来的陌生人借口探望他的妻子，一个个登堂入室。他们无所顾忌地深入这位模范丈夫的生活现场。他们在他妻子的卧室不管不顾地大声说话，摆弄他妻子的小提琴。更有甚者，不顾他妻子的尊严，要同她一块玩自拍。对他摆放在妻子床头的花瓶，对花瓶里的鲜花，指指点点，似乎怀疑他这么做，完全是有意摆放给参观的人们看的。他和他妻子的宁静被打碎了。在家之外，一些不经意的场合，有人突然出现在他身边，特意挑明他模范丈夫的身份，他们对他的恭维演变成了别有用心的戏谑。有些女人不知怀着什么目的，有意无意靠近他。对这一切，他只能被动地应付，有时不得不被动地配合。

纱纱的内心因此颤了颤，她明白被动配合的痛苦，就像她在床上被动配合Mr.Wu一样，Mr.Wu全然不知。

五年了，我就是这么走过来的。Mr.Wu长长吐了一口气，向纱纱笑了一下，笑容分明是苦涩的。

纱纱伸出手，握了他一下。此外，没有过多的表示。

你想想，那些日子我是怎么度过的，我不能同一个女人说话，同她说话，她始终沉默着，别说回应，连个听得见的暗示也没有。我只能自说自话，说给电视机听，说给大衣柜听，说给她的小提琴听。除此以外，我的身边没有一个女人，没有一个能够说话的女人，不要说干点别的。好像枯水季节提前来临一样，我提前进了孤独季节。Mr.Wu用手捏了一下自己的鼻梁，声息里带着鼻音说，可我是个正常的男人啊，哪儿都正常，我总不能……总不能同一个植物人做爱吧。

我这是背叛吗？Mr.Wu眼巴巴地问。

这是纱纱回答不了的问题。她转过头，朝向窗户那儿，窗户被窗帘遮蔽着。她又转动了一下脑袋，目光落在镜子那里，镜子里的她两眼迷离，好像有一层薄雾在里面缓缓移动。要说背叛，所有上她这儿来的男人都是背叛，连她自己都在背叛生活。可是，对于Mr.Wu来说，不能轻易给他下个背叛的结论，好像不是如此简单，从对爱情的忠诚而言的确是背叛，但好像又情有可原。

Mr.Wu没有得到回答神情很沮丧，埋下头，一只手揪住了自己半脑头发，那力量够得上将它们连根拔除。

几次谈话之后,纱纱发现 Mr.Wu 越来越力不从心了,他的身体极度虚弱,撞击的力量大打折扣,以往的激情倏忽不见。她极力配合着他,让他面对镜子,可镜子也没能激发他的力量。她同与其他客人在一起时一个样,脑子里没有了羞耻的概念,完全是个风尘女人的情态。而他并没有被她诱发,始终在山脚下徘徊,到达不了顶峰。镜子不再具有魔力,不再是他驱动力的来源,就只是个简单的陈设,目睹了人间的一切,却什么话也不说,一点态度也没有。它本来就是被无辜地镶嵌在人间的。

六

纱纱又去了一趟精神病医院给父亲开药,每隔两三个月都必须跑上一趟。她的父亲被药物控制着,情绪不会那么亢奋。药物只是让他的神经运行慢下来,让他暂时免受那些过去曾欺侮他的人和事的干扰,让他保持在平静状态。药物的作用是有限的,药效过去之后,她父亲照旧会拿起某样东西,向着空荡的房间咆哮,来啊,用锤子砸碎我的脑袋啊!你这个恶贼!恰好那时她父亲手里抓着一只抱枕,就将它当成了被藏匿的铁锤。如果真有一种药物能够彻底让他忘记过去的伤害多好，可是医生告诉她，到目前为止没有更有效的办法。纱纱觉得父亲的感受比她要好一些，至少他还有个短暂的歇息，而她像是踏上了永久传动的履带，两旁都是栏杆，让她无法逾越。她就像履带上的石头或沙子，或者漆黑的煤块，永远在黑暗中，永无宁日。Mr.Wu会不会比她好一些呢？她没法比较她同他之间的差距，或许他也像她一样，在另一条没有尽头的履带上，履带不停止传动，他就无处着地。

纱纱清楚，她同Mr.Wu始终是交易的关系，无论他找她说话，还是寻求肉体上的一时欢愉，或者以肉体上的欢愉取代精神上的欢愉，这对她来说结果都一样。他在肉体上的贪欢，是对她身份的一种实证，是建立在她堕落之上的欲望的伊甸园。而他与她的交谈，导致她尊严上的丧失超过肉体不知多少倍。她为什么要忍受他带给她双重的伤害和污辱呢？仅仅因为他给的报酬多于别人？答案不是这么简单。她同他被一只无形之手拎到了同一条履带之上，身边的事物都在快速位移，而他们依旧站立在原来的地方，前进和倒退都无济于事，都在这条永动的履带上。从这个男人将那面该死的镜子钉到墙上开始，他将他自己当作镜子也镶嵌到了她的生活中。她对镜自鉴，看到的是自己的丑陋。对他而鉴，除了她自身的丑陋，还有给她的伤害，污辱，和无法摆脱厄运的悲叹。

Mr.Wu好像安排了一张日程表，每隔一段时间就要来找她一次，其中的间隔相差不会超过一两天。他照旧乔装打扮，以免被人认出，就像她不想被警察识破她的身份一样。他来这里的目的正像他自己说的那样，肉体的偷欢要次于同她交谈，更多时候是他在诉说，她是个倾听者，适当的时候插话也是为了便于他继续往后说。就像他的喉管里突然被什么卡住了，她顺手帮他疏通一下，让他的话语流得更欢畅，流得更久远。他有一点是符合她的意愿的，就是出手大方，该给的报酬不会少，有时还会带点小礼物给她。她提醒过他没必要那样做，她不是他的什么朋友，从某种意义上说，只是他的一件商品，临时的商品，随时可以丢弃的商品。

Mr.Wu谈话的内容还是围绕着他和他妻子的前前后后在转圈，从他们的相恋，相知，到相爱，说到他们结婚生女，说到他妻子成为植物人后的辛酸和苦痛。他向纱纱详细讲述了追求妻子的过程，有一次为了博得妻子的欢心，爬上树去折一枝玉兰花，结果摔在了臭水沟里，不但没采到花，反而溅了他妻子一身臭泥水。他说起了他同他妻子的第一次，那种恐惧和颤栗，甜蜜和激动，好像就发生在昨日。他说到了后来的一次模范报告会，结束时有个女孩子给他送花，那女孩子靠得太近，他接过花束时手背不巧碰到了她的乳房。如果不是在舞台上，他差点就要把她拽过来，搂入怀中。他说他当时肯定一脸苍白，汗水从额头上迸出来，圆滚滚的，滑过脸庞，吧嗒吧嗒砸在地板上。他也说到过刚开始时相信奇迹的发生，后来慢慢就绝望了，不再相信妻子会从床上站起来。他说奇迹就是一种欺骗。当所有的事情都从他嘴里吐过一遍之后，纱纱发现他又从头开始，重复过往的话题。这些话题形成一个个圆圈，一圈一圈重复，叠加，就像是用圆圈构筑的一座城堡，城堡的中心就是他和他的妻子。纱纱留意到，他说的最多的还是他妻子演奏小提琴的话题，本城有个音乐周的盛典，坚持了很多年，那一周之内音乐会，演唱会，一场接一场，给本城的人们带来一场音乐的狂欢。

后来的一天，Mr.Wu 给纱纱带来一台 CD 机和几张碟片，CD 机是球状，是个旧货，音箱那一块的镀镍有些磨损，有几处指甲大小的地方裸露出锈色。Mr.Wu 打开顶部的盖板，放进去一张碟片，立刻就有音乐声清扬而出。CD 机虽然有了时日，但不影响播放效果，音质依然很不错。

这是《纪念曲》，德国小提琴家德尔德拉的作品。Mr.Wu 介绍说。

纱纱突然有一种滑稽的恍惚，这本是她的工作室，是她将身体出售给陌生男人的场所，这会儿竟成了音乐厅。那些看不见的音符仿佛来自天外的精灵，在房间里翩翩起舞。她完全被它们包围，淹没。有一瞬间，她不知自己置身何处，同这个自称Mr.Wu的男人究竟是什么关系，他为什么给她播放音乐。但Mr.Wu似乎不在乎她的感受，一张碟片放完，立马又换了一张碟片。

这是《圣母颂》。

这是罗马尼亚旦尼库的《云雀》。

《爱之喜悦》，克莱斯勒的作品，她曾经单独给我演奏过。Mr.Wu完全沉浸在乐曲声里，脸上散发着喜悦的光彩，但纱纱注意到他没有说我的妻子，而是用她来代替。到底是他故意这么称呼他妻子，还是无意的疏忽，不管怎样，纱纱觉得这是他犯下的一个不可饶恕的错误，但她没有权利批评他，因此也没有纠正他的错误。

那天下午，纱纱就陪同Mr.Wu聆听那些碟片，一张结束便换过一张，将他带来的碟片全部播放了一遍。后来，纱纱才明白那些碟片是他妻子演奏时录制的，Mr.Wu用刻录机复制了一遍用以珍藏。直到黄昏临近，Mr.Wu才匆匆离去，给纱纱留下了CD机和一张碟片。纱纱记得那张碟片是《圣母颂》。她将碟片放进 CD 机，音乐又重现在她耳边。她并不了解这是一支什么曲子，只觉得内心有些东西慢慢被它撩动，慢慢变得柔软，之后又慢慢回归宁静。她的内心是欢迎它的，是接纳它的。一遍过后又让它从头开始，她也只有这张碟片播放。她不知重复了多少遍，内心那些坚硬的地方好像都被融化了，变成一股温暖的液体在缓缓流淌。有些还溢出了体外，从她的毛孔里，从她的眼眶里，往外奔涌而出，无声的滚烫漫过了她的脸颊。

此后，Mr.Wu 不知不觉产生了某些变化，特别是在床笫之间的变化非常明显。他似乎不再需要镜子给他力量，甚至镜子还妨碍了那个愉悦的过程。有好几次，纱纱以为他需要镜子看着的，在他不注意的时候撩开布帘，将镜子暴露出来。Mr.Wu 发觉镜子的光亮后皱紧了眉头，赶快将布帘盖上，将镜子的光亮遮蔽了。镜子里的丑陋仿佛不再存在。他与纱纱的交易同其他客人方向一致，脚掌心向着镜子。每次开始之前，他们都会放上音乐，Mr.Wu 的妻子演奏的小提琴曲。乐曲声中，他会温柔地挽住她的双肩，或者搂住她的腰肢，像情侣那样亲密地躺在床上。他彻底换了一个人，以前的粗鲁和凶狠不见了，整个过程始终带着足以让纱纱产生错觉的温馨和甜蜜。这让纱纱想起那个热恋过的男孩，他也给过她类似的感觉，虽然那个混蛋后来销声匿迹了。

　　Mr.Wu 每次来时都会带着那些碟片，离开时又把它们一同带走。有一次，纱纱恳求他留下几张碟片，但被他拒绝了，下次放给你听。他留给她的，只有《圣母颂》那一张。Mr.Wu 走后，纱纱将 CD 机搬到她的卧室，有时也会放在客厅。她不想其他客人见到它，更不想在他们面前播放那张碟片。那些空旷的晚上，她就打开 CD 机，将音量放到最低，让那张碟片循环转动，一种永恒的声音在黑暗中破空而来，在她耳边萦绕不绝。她父亲第一次听到乐曲时，莫名其妙咒骂了一声，但抬眼四周并不见有人靠近他，也没有人冲他叫喊。他紧张的情绪慢慢舒缓了，后来好像也受到音乐的影响，每次播放时都出奇地安静，那神情根本不像个病人。她看见好多次，父亲就像个孩子似的坐着，在乐曲进行的过程中，有时会随着音乐的节奏轻轻摆动身体，有时会一动不动凝神谛听，脸上也浮现出极其少见的笑容，好像音乐的作用胜过了那些药物。在纱纱的内心，对 Mr.Wu 暗暗有了一种感激，如果不是他带来 CD 机，不是他带来那些碟片，她可能永远也不会看到父亲听到那些乐曲时的模样。她永远也不可能想象得到父亲会有那样的一面。除此之外，父亲的内心还藏有什么，她暂时还看不到，也有可能永远看不到。

七

纱纱觉得自己陷入了一种有规则有节律的生活。她有了一个相对固定的男人,他叫 Mr.Wu,有可能这不是他的真名实姓,可他是实实在在的一个男人。她有了音乐,夜晚有了永恒之声的陪伴。这样的生活是荒唐的,虚幻的,对她有着某种麻醉,让她丝毫察觉不到其中的怪异。Mr.Wu 会准时出现,给她播放音乐,拥抱她,给她温暖的肉体之欢。有一点同以往不同的是,Mr.Wu 不再将报酬直接交到她手上,而是放在某个地方。他似乎意识到那样做会伤害到她,而其实这种小心翼翼的做法让她更加深刻体会到,他内心对她身份认定的悲凉。她和她父亲是一样的人,冷漠和鄙视是他们早已承受并且产生了抗体的伤害,而同情和怜悯对他们来说是伤口上撒盐,只会加剧他们的痛苦。她的内心对他们目前的复杂状况有一种隐隐的抗拒,与此相反,又暗暗滋生了或浅或深的留恋。如果她不离开这里,这种生活会不会永远继续,会成为她惯常的生活。她想到这一点时,不知自己是期望永远进行,还是尽快同他告别。

受此影响,她接待的客人慢慢减少了,去环湖公园的时候大多数陪父亲散步，给父亲放风。有时她一个人出去，也只是环湖转一圈，或者在湖心小岛的草地上躺一会儿，然后又回到幽暗中，打开CD机，任由小提琴的声音将自己淹没。尔后，暗暗期待Mr.Wu的到来。那样的日子似乎变成了一种节日，至于是什么节日，她很难认定。如果生活就这么运转下去也没有什么不好，她意识到这是她的一厢情愿，然后独自苦笑了一声。

我能去看看她吗？有一天她突然问他。

她的问题让Mr.Wu愣怔了一下，他脸上的表情无疑像是刚刚被一声惊雷炸着了。是啊，她有什么资格去看望他的妻子？她是他的什么人？哪怕是仅仅属于他一个人的情人，又怎么可能去面对他的妻子？

不！不可以！他惊慌失措地回答。

这是她犯错得到的答案，其实早就明摆在那里，只是她不愿意看见。他只是她的一个客人，一个回头客。再往前进，他们的关系也不可能有质的变化，肉体上的亲密接触并不能改变生活已有的秩序。她不能对此心存幻想。

当一年一度的音乐周来临，纱纱的内心再次不可抑制地涌起一股冲动，那个从未涉足过的场所对她有着巨大的吸引力。她再次向Mr.Wu提出了一个请求，能带我去听一场音乐会吗？Mr.Wu默默地看了她一眼，不说愿意，也没说不愿意。几天之后，他交给她一张音乐会的门票，让她独自前去。他向她解释他不适合在那种场合出现，那里有太多熟悉他的人。她接过票，没有表现出那么不理智，他的确不能与她同时出现。如果那样，肯定会引起别人的猜疑。这对她来说没什么，而对他，或许就是一道无底的深渊。

去音乐会的晚上，纱纱刻意对自己进行了一些修饰，还为此买了一套衣裙，以自己的猜想去配合那样的场合。Mr.Wu给她的票在一个角落，在容纳两百多人的音乐厅里毫不显眼，估摸着也是他的有意安排。而事实上晚会带给纱纱的感觉一点也不好，两百多个座位座无虚席，到处都是晃动的石炭一样颜色的人头。她的胸口堵得慌，有一瞬间巴不得立刻逃离这个地方。她忍受了下来，这是职业养成的，无论何种不堪都不能叫她缴械投降。她努力使自己去适应置身的场合，也似乎进入了那样的情境中。可是那骤起的音乐声并没有进入她的耳朵，也全然没有在出租屋守着CD机听碟片时的那种感觉。她的眼前老是有个人影在晃动，她穿着一身洁白的衣裙站立在舞台中央，全场的目光都落在那个虚幻的人影身上。她眨眨眼睛，那白色的人影忽然不见了，等她努力让自己平静时，那洁白的人儿忽然又回到了舞台中央。

而最终，她无法熬到音乐会结束就逃出了音乐厅。她的逃离丝毫没有引起别人注意，本来她就不属于这种场合。

音乐周过后几天，Mr.Wu来过一次，空着手，没带那些碟片来。纱纱的父亲竟然从沙发上站起来，向Mr.Wu咧着嘴笑。Mr.Wu好像没有留意老人的举动，直接进入了纱纱的工作室。他没询问纱纱去音乐会的感受，而是悄无声息落座在沙发里。纱纱打开了CD机，《圣母颂》的乐曲立刻充盈了房间。Mr.Wu先是埋着头，啥也不说，待到碟片播放第二遍才抬起头。他的眼神空洞，有如两口闲置的通风井。他看着她，压根又没看她，而是空洞地向着她所在的方向。她吓了一跳，这是他从未有过的神情。她不知他怎么了，可又不敢问他。那张《圣母颂》的碟片不知放了几遍，末了，他站起身黯然离开了。这一次，他都忘记了要给她报酬，甚至连招呼都没打。

往后，Mr.Wu没再准时出现，一个月过去了，他没有来，两个月过去了，他仍没有现身。就在纱纱以为他不会再来时，他突然敲响了她的门。纱纱听见门响刚开始没理会，连续响了几声之后才走过去，猫眼里的Mr.Wu没有往昔那么苍白，脸上带着些枯干的黑色。室外的气温有些低，Mr.Wu的鼻尖和耳朵都冻红了，进门时还朝掌心呵了口气，不停地搓着手。纱纱的父亲又在嚷嚷，狗日的，来呀！带了刀么？来呀，你来杀了我呀！纱纱看了一眼老人，老人并不退让，瞪着眼回应她。

Mr.Wu 在客厅没有停留，仍像过去那样径直进入那装有两道门的房间。在确认两道门都关上之后，他脱下外套，将它扔在沙发上，然后拥抱了一下纱纱。纱纱抬头看了他一眼，从他的眉宇间看出他并不轻松，神情有些憔悴，好像睡眠不足。他将下巴搁在她的肩膀上，拿他的脸蹭着她的脸。他的脸很是冰凉，蹭着蹭着就有了热度。她的脸也跟着滚热了，润润湿湿的，被他眼角流出来的液体溻湿了。

来点音乐吧。他放开她说。

她打开 CD 机，《圣母颂》的乐曲立刻在房间里漫漶开来。

他的眉头紧了紧，问，没有别的吗？

他竟然将自己带走碟片的事情忘记了。

没有了。纱纱的回答带着歉意，好像没有其他碟片是她准备不周到。

他走过去摆弄了一下 CD 机，原来它还可以当收音机用。他左旋右扭，可能信号不太好，几个电台都喳喳响着，有音乐也不怎么顺耳。就这个吧。他又将 CD 机调回播放碟片，

镜子的禁忌　189

被中断的《圣母颂》又重新开始了,来吧,陪我跳个舞吧。

她曾经陪客人跳过舞,但不怎么熟练,步子有些僵硬。因此她迟疑了一下,有些担心在他面前露丑。Mr.Wu却不在乎她的反应,走过来挽住了她的肩膀,纱纱将手搭在他的腰间,后来慢慢就将他搂住了,死死地搂住了。她感觉自己的指头扎入了他的脊椎,好像她的指头原本就是从那里长出来的一样。他也在回应她,将她搂入了怀里。他们俩就在《圣母颂》的乐曲里慢慢转着圈。他手臂上的力道在逐步加大,到后来十指相扣,将她勒得快要窒息了。她挣扎了一下,他没反应,她又挣扎了一下,他仍旧不松手,她只得任凭他搂着,在窄小的空间里缓缓转着圈,好像两根被固定的指针。

最终他放开了她,背向着她,面对镜子而立。镜子被布帘子笼罩着,不曾露脸。她看见他抬了一下手臂,擤了一下自己的鼻子。他放下手,要去撩那布帘子,碰到布帘子时又止住了。

她走了。他低声嘀咕说。

谁?她一下子没反应过来,但很快明白了怎么回事,什么时候?

65天了。

她听出了准确的数字背后躲藏的悲伤。她没接话,而是从背后搂住了他的腰,他没动,听凭她搂着。窗外不时有嘈杂之声插播进来,但屋子里很安静,听得见彼此的呼吸。他动了动身体,暗示她放开,她顺从地松开了手。他没再看她,拔了CD机的插头,将它拎在手上。

我要走了。他自顾自说。

你能不能把它送给我?她指着他手中的CD机问。

这个不能!这是她用过的,你去买个新的吧。

他放下CD机,掏出皮夹子,将里面的钞票悉数掏了出来。她没有接那些花花绿绿的纸币,她的内心有声音反复说着一句话,他连这个也不肯,他连这个也不肯。他终究是个客人,只是个客人。

这个给你。他从CD机里取出那张《圣母颂》的碟片,将它放在床上。镜子就由你处置吧,想留着就留着,不想留着就拆了它。

还有,将你父亲送去医院吧,别就这么毁了自己。他给她忠告。

说过这些话,他再次拎起CD机朝门外走去,他的步子迈得很快,门吱呀响过两声之后,就听见他的脚步声到了客厅,紧接着通往室外的门砰地震动了一下,眨眼间整个屋子又回到了幽暗里。你这个骗子,你偷走了我的女儿!要了我

镜子的禁忌   191

的命根子！她父亲的嚎啕适时打破了蔓延的寂静。

  好像为了呼应父亲的嚎啕似的，她抓起床头柜上一只茶杯朝镜子掷过去，哗啦一声巨响，玻璃的碎片从布帘子后奔涌而出，倾泻在地板上。房间里多了许多尖锐的幽微的光芒。她萎坐在地板上，捂住脸，晶莹的液体从指缝间慢慢渗了出来。她一个人静悄悄地呆了半天，之后才站起来，抹了一把脸，扯开窗帘，新鲜的阳光从窗户的一角斜射进来，那些尖锐的碎片泛起了更亮的冷光。

  她想她该搬家了。

04 梦游楼

一

当九月向佛宝走去时，果果一眼瞥见季先生脸上滑过一抹不易察觉的笑。

一步，两步，三步，四步。

九月的高跟鞋磕打着青砖铺就的地面，走一步嘎吱一声，走一步又嘎吱一声。果果在内心抗拒着不让九月靠近佛宝，却怎么也阻止不了九月走近佛宝的脚步。九月就是在果果无声的抗拒中走进绣花楼的，走一步小屁股扭一下，走一步小蛮腰摆一下。果果的小心脏随着九月的脚步颤动，九月的小屁股扭一下，果果的小心脏就颤抖一下，九月的小蛮腰摆动一下，果果的小心脏又跟着颤抖一下。颤抖了七八个回合之后，果果就有些气急了，想要有个动作，又不想贸然动作。果果求救似的瞥了季先生一眼，就是这一眼，逮住了他脸上逃亡似的滑过的一抹笑。那抹笑像条四脚蛇，从这一处草丛钻出来，慌慌张张滑进了另一处草丛。在两处草丛之间的空阔地带，果果将它俘获了，可还没来得及仔细察看，那抹笑又倏忽不见了。

果果说，你在笑。

季先生说，哪儿可笑？说罢转动脑袋，假意上下左右寻找，就是不看九月进来的方向。

果果固执地说，你在笑。

果果的目光如影随形，咬住季先生的脸不放。季先生逃无可逃，摘下眼镜，他的眼窝有些深度，像两个小水坑。戴着眼镜时小水坑波光潋滟，摘下眼镜却迷茫得像有雾气从眼窝中溢出来。

季先生说，弹首曲子吧。

果果不动，放在往常，只要季先生有请求，她就不会让他失望。她弹拨的古筝还是季先生送的呢。她之前使用的古筝，他觉得材质不好，音色也不够清亮，特意从上海请了个制筝高手，给她量身订制了一把古筝。据说制筝高手祖上数代制筝，享有盛誉，制筝高手做了几十年的古筝，无一败笔。据说上海某乐器厂多有他的弟子，只要谈到他，那些演奏名家无不翘起大拇指。无论走到哪，她都随身带着季先生送的那把古筝，现在古筝就摆在临时的卧室中央。在绣花楼的这些日子，早晚得空她都会弹拨一曲，毋须季先生恳求。有时她会抱着古筝，上到绣花楼的楼顶，楼顶的东西两侧各有一座小楼，那是古时小姐们绣花的地方。她就在东楼或西楼摆好古筝，弹拨间，整个村庄都在眼皮子底下，要多开阔有多开阔，风景要多美就有多美。

　　窗外，九月被阳光笼罩一身，她的身材高挑，影子却萎缩成一团。她已经无限接近佛宝了，就差那么一小截距离就要跌入佛宝的怀抱。佛宝站在阴影处，全然没有接受九月的打算。只要见了陌生人，他永远都是那种姿势，双手交叉绞在胸前，仰着脸，从头到脚，每个细胞都像打足了气的皮球。果果见他时是这个姿势，季先生见他时也是这个姿势，在九月跟前，他仍旧是这个姿势。仿佛只要有所改变，他立刻就会陷入危险的境地，或者被人取走性命。果果试图同佛宝说话，每次都被这个姿势拒之千里。果果倒想看看，这个不知天高地厚的九月怎么在佛宝跟前丢盔弃甲，灰头土脸。

九月问，你是佛宝？

九月问话时眉毛挑了挑，眼神也是挑逗性的，像是要把某种暧昧的暗示抖露出来。

佛宝抱着膀子，冷冷地回答，是。

九月的眉毛又挑了挑，往北走了两小步，又折回来往南走了两小步，眼睛始终不离佛宝。

九月说，能不能放下你的膀子？没人稀罕你胸口那地方……大概连胸毛都没长几根！

九月收住脚，高傲地挺起胸，她的胸口原本就峰峦突兀，这会儿更是耸入了云端。而脸上的表情依旧笑嘻嘻的，像开玩笑，又像是不满。

果果没想到九月会这么同佛宝说话，一时间忘记了自己。等回过神来时她才下意识地拢了拢胸口的衣衫，她的胸部同九月相比，那是相形见绌，峰峦不见，不过稀树草原，平地风光。

佛宝原本也有些坏坏的，果果早就见识过。如果换了果果，这么站在佛宝跟前，他就该使坏了。果果看见，佛宝似乎被九月的峰峦惊着了，后撤了一小步，讪讪地放下了胳膊。他的警惕和拒人千里瞬间土崩瓦解，他被九月降住了。

九月接着问，你是不是有个姐姐？

果果。

果果。

果果完全忘记了抗拒九月走近佛宝的初衷，更忘记了季先生的存在。季先生唤了两遍，才将果果的神唤回来。

季先生说，别管他们。

季先生要关窗，果果果断阻止了。那两扇窗门，镂了花的，两盆兰草鲜活，很精美，也很雅致。即便关了窗，阳光也会从镂空处漏进来，声音就不必说了，窗外的一切全都自如地收进了耳朵，丁点都不会遗漏。可关了窗，视线就有了阻挡，见不到佛宝，也看不见九月。

果果不是非要见着九月和佛宝，只不过此刻不想弹拨古筝。可季先生亲自跑腿，将古筝从果果的卧室中搬了过来。果果只有让开身，任由季先生将古筝临窗摆下。果果上楼取了假指甲，返身下楼时想着要弹拨什么曲子，左思右想，脑子乱乱的，最后一级楼梯都下了，双脚已落到青砖地面上，仍旧想不出要弹拨的曲子。坐到古筝前，做了个深呼吸，勉强安静自己，待到第一个音符出现，才知自己弹拨的是《秦桑曲》。她不知季先生皱了皱眉头，由着感觉的牵引一路往前走，级进，跳进，委婉中有哀怨，激动中有抒情，跌宕错落，莫辨宫商，令人耳热心酸。一曲弹毕，果果的眼角莫名

梦游楼 197

挂了泪花，窗外九月和佛宝的身影都有些模糊了。

季先生象征性地拍了拍手说，换首曲子吧，《凤求凰》。

有一美人兮，见之不忘。一日不见兮，思之如狂。

乐声响起，季先生随着节律轻声吟唱，而果果呢，似乎还没能从《秦桑曲》的意境中走出来，弹着弹着，突然一个音就弹走调了。季先生被这个意外突袭，吟唱戛然而止。

季先生叹口气说，《渔舟唱晚》吧。

果果说，不弹了，不弹了。

果果从座位上弹起来，有些气恼地瞅着古筝。果果不愿意动弹古筝，季先生也奈何不了。一时静静的，季先生倚在窗口，果果仍旧端坐在古筝前。窗外的阳光下不见了九月，大概同佛宝一块躲进了楼下的阴影里。

二

九月歪着头，斜睨着果果。九月在笑，笑着的九月像个巫婆，行为古怪。九月的笑有几分挑逗，有几分淫荡，还有几分嘲弄，几分玩世不恭。九月的笑果果笑不出来。九月的笑从果果脸上往下滑，滑到果果胸前，一个急刹刹住了。果果戴了海绵胸罩，将胸部撑起了峰峦秀色。果果不敢直视九月的笑，因为海绵胸罩，果果有些心虚。除了巫婆似的笑，九月还裹挟着一身刺鼻的香气，不让它往鼻孔里钻，它偏就钻到鼻孔深处，进了鼻孔还不罢休，要钻进肺里，钻进心脏。果果让开道，让九月过去。九月偏不走，牢牢地把守着果果的去路。果果想逃，却又无路可逃。

九月依旧笑嘻嘻的，像盯着佛宝那样盯着果果。果果被她盯得浑身不自在，好像脸上，胳膊上，胸口，肚皮上，哪儿都有小虫子在爬动。九月笑了半天，大概笑够了，或者果果太无趣，让她没兴致笑下去。九月突然伸出手，在果果胸口捏了一把。九月下手有些重，把果果捏疼了。果果的眼泪险些流了出来，九月却像个没事人，抛下果果，嘻嘻笑着，一转身钻进了佛宝的房间。这绣花楼有些阔绰，大小房间十几间，果果一眨眼，九月就不见了身影，佛宝那房间却传出了九月嘻嘻哈哈的笑声。

没过多久，佛宝就一个人走出了房间，并不见九月跟出来。佛宝见了果果，脸先通红了，像惊慌，又像羞惭，想避开果果已不可能。佛宝镇静了一下自己，假装出往日的粗野，朝果果走来，无奈不敢看果果的眼睛，脚步的慌乱早已泄露了他内心的怯弱。

佛宝不想遇见果果，果果也不想被佛宝注意，见佛宝走过来，先一步转身，朝绣花楼的后园走去。后园不是很宽敞，都让植物占领了，两棵老树，一个人抱不过来，树身被粗大的藤条缠着，藤条会开紫色的花朵，开花时花朵成堆。果果先前并不认识，特意查阅了植物方面的书籍，才知叫禾雀花。这会儿禾雀花花期已过，藤条已经披上了盛大的夏装。加上老树的遮蔽，后园多少有些凉意。果果带学生们在后园写过生，这是必修课，每次进入绣花楼的学生都会对此着迷。果果还避开众人的眼睛，找个别学生在后园谈过心。秋天的时候，果果在老树下弹拨过古筝，那季节黄叶飘落，地上厚厚铺着一层，半空中落叶纷飞，其中的景况毋须多言。不过只要乐声渐起，学生们都朝后园蜂拥，生怕错过一饱耳福，也有人会跳着捉那飘飞的落叶，后园立马变成了另一种景况。情绪不好时，果果还躲在后园，偷偷吸过烟。烟头明明灭灭，心事也跟着明明灭灭。后来也同季先生一起来过，在老树下站个半天，说些琐琐碎碎的话，幻想一些什么白狐女鬼的情节，本想吓唬季先生，没承想到头来吓着了自己。果果一般不来后园，不来后园不是不喜欢后园，也不是恐惧后园，而是绣花楼前的天地更广阔，多的是去处。果果不常来后园，也不让学生们随便来，特别是晚上，怕有蛇，更怕有别的意外。

果果本想避开佛宝，不料佛宝却跟进了后园，在别人眼中，仿佛他们约好了一般。果果在一棵老树下站定，佛宝的脚步迟疑了一下，终究靠了过去。果果不迎接，还躲了躲身子，想躲去一边，可是躲不远。

佛宝站定，左顾右盼，末了低声说，九月梦游。

那神情像同果果对暗号，接头。

果果很愕然，九月才来了一个晚上，佛宝就知道她梦游。果果狐疑地瞧着佛宝，不明白他为什么将九月梦游的事告诉她。佛宝的神情有些迷茫，窥不见什么意图，甚至都没有看她一眼。或许不打算从果果这儿得到什么反馈。

佛宝说，九月像在寻找什么东西。

佛宝半夜里听到某扇门吱呀吟叫了一声。佛宝在夜晚是很警醒的，这绣花楼里原来住过几户人家，哪家门开，哪家门关，都躲不过他的耳朵。后来那些人家都搬出去了，这绣花楼本就是佛宝祖上的，他们没有理由赖着不走。那些人家一走，绣花楼差不多就空了，夜晚特别寂静。只要稍微有丁点响动，佛宝立刻就能捕捉到。

佛宝听到门响后蹑手蹑脚起了床。楼里住了不少果果带来的学生，也住着季先生和果果。佛宝暗地里担心会有学生半夜里跑出去，或者有人趁着黑暗摸进绣花楼。佛宝根据门响的方位判断，那是九月住的房间。佛宝料想，一个女孩子也干不了什么坏事，但想着白天九月对他的态度，她似乎是个天不怕地不怕的女孩，有可能什么事情都干得出来。

果然，就有个洁白的影子从九月的房间里飘出来。佛宝不信鬼，更不怕鬼，这绣花楼里从来就没有过可疑的身影出没。佛宝悄悄跟上去，白影子先是在绣花楼内转悠，围绕着一根根梁柱，边转悠边低头找寻着什么。转过了梁柱，又挨着房门走过一间间房屋，不作声也不敲门，只从房门镂花的空隙里朝室内打量。转完了楼内，穿过后门去了后园。后门晚上原本会闩上的，不知谁给忘记了。门吱呀一声，那白影子就飘了出去。佛宝仍旧轻手轻脚跟着出了后门。白影子在一簇一簇的植物间搜索着，搜索了栀子树，又搜索了桂花树，什么收获也没有。

白影子在桂花树下自言自语，丢在哪呢？我把自己丢在哪呢？

佛宝听声音确认了她就是九月。

九月停住了一会儿，又接着搜索，最后在一棵老树跟前停下了脚步。她似乎试图穿过那棵老树，未能如愿。她歪着头盯着老树好长一会儿，似乎在寻找穿越的空档，但最终放弃了。佛宝跟在她的身后几步之遥，闻得到她温暖的体香和荷尔蒙混杂的暧昧气息。九月静立了一会儿之后，缓缓转过身，朝向了佛宝。佛宝躲避不及，完全暴露在了九月跟前，九月似乎对他视而不见，从他身边走过，穿过后门进入了绣花楼。错身而过时，佛宝发现九月的双眼紧闭，才明白九月在梦游。

九月进了绣花楼，又在厅堂和天井转悠了一会儿，中间还试图从前门出去，可前门上了闩，九月的力气似乎不够打开门。最后九月悄无声息回到了她的卧室，却忘记了关上房门。

佛宝问，昨晚上你在找什么？

九月挤眉弄眼说，找你呀，傻瓜。

佛宝又问，你以前来过绣花楼？

九月说，我找什么，你管得着吗？我失魂了，我寻我的足迹，我找我自己，不行么？

九月朝佛宝翻了两个白眼，又嘻嘻笑了一回。

果果瞪大眼睛问，九月真是这么说的？

佛宝说，同你说真是浪费口水。

佛宝横了果果一眼，抛下果果，朝绣花楼的后门走去。果果眼看着佛宝宽厚的背影将绣花楼的后门堵实了。佛宝进了楼，反手将门扣了一下，那门撞在门框上砰的一声响，又弹开了。门停住时半开半掩，刚好够一个人通过。

三

　　果果同季先生说到九月梦游，果果的口气若无其事，眼神却盯住季先生不放。九月是季先生带进绣花楼的，她怀疑季先生同九月之间发生过什么苟且之事。她相信有很多女孩子围着季先生转，说到底也不是围着季先生转，而是围着他的钱转。果果如此怀疑，就对九月有了敌意。就算她隐藏得不动声色，季先生还是能从她的眉眼之间，说话的语气之间，捕捉到她对九月的敌意。

　　说到苟且，果果的内心就起了波澜，果果怀疑季先生同九月有过苟且之事，她同季先生算不算苟且呢？如果她同他的关系也沦落到苟且的话，那她同季先生有过很多次苟且。

　　季先生说，管他谁梦游，你都不要理会。

　　果果迷惑。

　　季先生说，你同他们要保持距离。

　　果果不解。

　　季先生说得含糊，果果就越发迷惑，越发胡思乱想。眼前幻生出季先生同九月苟且时的种种景象……季先生是个情种，是个调情的高手……楠楠……她在内心呢喃，她在内心呻吟……她的嘴被他堵住了，她身不由己迎合他……楠楠，别丢下我……她在呼唤,她在挽留……他的舌头卷走了她的呼唤,也卷走了她的挽留……她产生了错觉……那不是舌头,而是无数只小手,张开,朝向无数个方向,像有无数条分岔的小径,通向无数个不可知处,收拢,像章鱼的触手,将某个地方紧紧攥住。

无数只小手,从她的脚趾头开始,吮吸,舔咬,麻醉。它们像无数只蚂蚁,又不是蚂蚁,顺着她的大腿一路往上攀爬。它们像无数条会飞的小鱼,从她的大腿上起飞,飞越平原和山峰,降落在她的额头。它们欢快地朝下游运动,经过耳垂,腮,唇,缓慢,又不作过多停留。经过锁骨时有了小憩,它们把那里当作了嬉戏的池塘,来来回回,游遍了每一处水域。

它们浩浩荡荡,征服了她的峰峦,又征服了她的平原。

它们又浩浩荡荡向她的草原进发。

它们终于抵达了她的秘地。

她的身体深处吱呀一声,有个地方被打开了,无数个地方被打开了。春天的风进来了,夏天的雨水进来了。那无数条会飞的小鱼,变成了无数匹脱缰的野马。它们长啸着,嘶叫着,朝她的体内奔涌。它们在她的草原上纵横驰骋。它们你追我赶。它们横冲直撞。它们呐喊,厮杀,践踏。它们疯狂,仿佛末日来临。它们不让她喘息。它们恶狠狠的，似乎要置她于死地。

她阻止不了它们。甚至渴望它们冲撞得更猛烈一些，践踏得更彻底一些。也许她的土地干涸得太久，板结得太死。她渴望它们的铁蹄将她来一次翻天覆地的深耕。

果果瞧着它们的骑手——季先生——的那张脸，像是认识，又像很陌生。季先生的脸的背后，好像隐藏了许多东西，有可能隐藏了一个世界。那些东西，那个世界，是果果不熟悉的，没见识过，没进入过，甚至未想象过。

果果是在绝望到快要枯竭时遇见季先生的。那会儿，果果刚从南方的某座城市辗转过来不久。在南方的那座城市，她有个热恋了几年的男友，可是一夜之间，男友仿佛从人间蒸发，消失得无影无踪。她始终记得那个夜晚，她同他一块从酒吧出来，疯了大半个晚上，她的脑子高烧不退，她渴望去到男友的住处。之前的每次狂欢，最终都少不了肉体的疯狂，没有肉体的狂欢似乎爱情的狂欢就不存在了，至少要大打折扣。她甚至会怀疑，他对她的感情不像嘴上说的那么真挚，那么热烈。在她有些偏执的认识里，爱情的深度是同她的肉体捆绑在一起的，他进入她的身体越深，他对她的感情似乎就越深。可是那个晚上，男友拒绝了她的疯狂，将她一个人扔在了酒吧门口。

果果说，楠楠。

果果对风说，楠楠。

果果对雨说，楠楠。

果果对太阳说，楠楠。

果果对草地说，楠楠。

果果对流水说，楠楠。

果果对闪烁的霓虹说，楠楠。

果果的男友叫楠楠，有些像日本电影演员福士苍汰，他的嘴角永远挂着那么一抹笑。果果背着楠楠将那部晨间剧《海女》看了n遍，为此还恨上了剧中那个人物天野秋，对她享有种市浩一的爱情全是醋意。如果果果是天野秋，那该有多好。

果果忘记了那个晚上怎么回到住处的，她不记得，估计楠楠也不知道。也许她压根没回去，就睡在了酒吧前的花坛边。她醒来后就在街边游荡。她不停地给楠楠打电话，他的手机关机。她跑去了他的住处，已是人去楼空。问房东，楠楠早几天就退房了。去他办公的地方找他，只知他就在那幢楼里，接近百层的高楼，公司超百家，不知他在哪家公司。她逐家逐家追问，逐家逐家寻找，可是没人知道她要找的是谁。她只见过他在这幢楼里进出过一两次，也许他并不在这里上班。

　　往后她就开始了漫长的寻找。她再给他打电话时,他的手机停机了。她在他进出过的那幢楼前守株待兔,她去他喜欢玩的酒吧通宵达旦守候,她三天两头哀求他曾经的房东告知他的去向。这一切的寻找都是徒劳的,他就如泥牛入海,杳无音信。他就是个幻影,从她的生活中一闪而过,什么也没有留下。也许他早有预谋,只不过那会儿她被幸福的快感麻痹了,什么也没有察觉。她在那座城市东奔西走,去每个角落捕捉他留下的气味。她像一条失去嗅觉的猎狗,这种徒劳的寻找完全是自欺欺人。她像陷入了泥沼,越挣扎就陷入得越深,挣扎到后面不仅无法自拔,而且自甘陷没。她被没有回声的现实彻底打败了。

　　她赶在被绝望的寂静没顶之前离开了那座城市。

　　她试图剜去那段经历,就像把一颗结核瘤从身体上剜去那样。

　　她来到了现在的这座小城。她将自己囚禁在室内,一个月,两个月,直到幽闭的生活给她注入了勉强能够行动的气力,才将自己释放。她先是给一家业余艺校授课,教孩子们绘画,也教他们古筝。这种日子没过多久,她就脱离了艺校,另起炉灶,照样教孩子们古筝,也教他们绘画。空闲的时候,她会去一些小范围的聚会客串表演,也会参与庆典公司招揽的演出,有时在街头商场,有时在婚庆现场。有一次,她新结识的一个姐妹因为痛经,无法登台演出,恳求她来救场。救场如救火,果果想都没想就答应了,这种事情谁都有可能发生,她也曾请别人救过场。

  果果后来才知,那是季先生一个房地产项目开盘。演出结束后,果果的习惯是迅速离开,但那天主办方非常热情地挽留她们。一个剃了光头的胖子,眼睛都笑没了缝,说晚上有重要客人要欣赏她们的表演,给她们的酬金会很丰厚。待到晚上,却什么客人也没有,光头胖子嘴边重要的客人其实就是她们,是董事长季先生设宴感谢她们的辛勤演出,是她们的表演让公司蓬荜生辉。对于这顿盛宴,果果没有别的不适,只不过作为董事长的季先生太过热情了。她完全没有察觉季先生深藏在镜片之后的狡黠的目光,更没有发现盛宴之下潜伏的阴谋。

四

  果果进入绣花楼正是草长莺飞时。果果被几个认识没多久的朋友强拉着去踏青。他们驾车出了城,信马由缰,顺着公路往乡村深处驶去。道路越来越窄，弯道越来越多，七拐八弯，进入了一个群山环抱的小村庄。热闹的油菜花，明亮的小溪水，黑瓦黄墙的土屋，桃花掩映，犬吠鸡鸣，仿佛世外桃源。他们误打误撞遇见了绣花楼。

同伴们在田野间奔来跑去，濯清流，采野花，忙于拍照嬉戏。果果则被绣花楼吸引了，白墙黛瓦，翘耸的飞檐，楼的左边是半月形的水塘，右边是一个精致的小亭子。可惜的是亭子间堆放了柴禾，无处插脚。

果果试图进入绣花楼，被佛宝挡住了。果果往左，佛宝挡住左边，果果往右，佛宝挡住右边。他们俩像玩游戏，你来我往了好半天，果果都未能前进半步。佛宝像个门神，横鼻子竖眼睛，瞧那神情，换了谁也别想进去。果果绕着外墙转了三四圈，无奈低处连个窗户都没有，楼内的风景丁点都见不到。

果果哀求说，你就放我进去看看。

佛宝不动。

果果再哀求，佛宝竟厚颜无耻地说，你想进去？除非让我睡了你。

果果的脸羞红了，内心有了愤怒的火苗，佛宝却若无其事，歪着头，一脸坏笑对着果果。

果果抵挡不了佛宝的坏笑，败下阵来，又绕着绣花楼转了一圈，寻找另外的入口。绣花楼的后门上了闩，果果铆足了劲，怎么都顶不开。她不甘心就此回去，转回前门，幻想寻个机会进去，佛宝仍旧寸步不移守在门口。她掏出皮夹子，要给佛宝钱，佛宝收住笑，却不接钱。她以为他嫌钱少，又从皮夹子里往外掏，差不多将皮夹子掏空了，佛宝仍不为所动。

果果无计可施，再次哀求说，你就让姐姐进去看看，就看一眼，保证就看一眼。

佛宝被果果说得一愣，让开了道。

果果进入绣花楼就忘记了自己的诺言。绣花楼的内景同它的外观截然不同，它的外观多少有些粗糙，它的内景却像是出自雕刻家之手，每扇门每扇窗都是精美的木雕。果果的贪婪被诱发了，不肯放过一扇门一扇窗。佛宝亦步亦趋，像条忠实的狗，主人不在家，它就警惕着任何一个陌生人，不让她有单独行动的机会。经过天井时，果果一步走失，险些摔倒在地。佛宝眼疾手快，一把捞住了她的胳膊，将她拽了回来。惊魂过后果果向佛宝一笑，感激佛宝没让她跌个跟头，感激他没有趁机向她伸出咸猪手。但在二楼的一扇房门前，佛宝却将果果阻住了，那扇门同其他房间的门没两样，也是镂空的木雕。果果从花纹的空隙中窥探到，房间内有张老式木床，木床的花纹同门窗一样精美，床前摆着一张矮凳，矮凳上摆着一双鞋子。果果再要细看时，佛宝一把扳住了她的肩膀，粗暴地将她一掀，果果一个趔趄，如果不是身后有栏杆挡着，她早就跌下楼摔成一瓣落英了。

果果的身体撞疼了，眼眶里藏了泪。佛宝却不在乎她的感受，怒目相向，就差没扇她几个耳光。这个插曲让她痛失了上三楼一探究竟的机会，果果在佛宝的愤怒中不无留恋地退出了绣花楼。

第二次来到绣花楼时，果果是单独行动，谁也没邀，甚至都没同任何人谈起。她有个计划，想把绣花楼当作采风的基地，带孩子们来采风写生，享受自然风光田园之乐。对她的到来，佛宝并不诧异，似乎在他的预料之中，有可能他多次碰到过类似的情形。他像上次一样堵住入口，不让果果踏进绣花楼半步。果果同他说话，他就似笑非笑盯着她，瞧那眼神，像蚊子一样叮住敏感部位不放。她被叮咬得浑身不自在，却又硬着头皮同他说下去，直到嘴干了，词穷了，无计可施。

她同前一次一样哀求说，你就可怜可怜姐姐吧。

说过这话，她都有些瞧不起自己，如此低声下气，如此作践自己,到底图的什么。她不理解自己,是不是有些荒唐?有些神志不清?

佛宝愣怔了一下,侧身让过,果果第二次进入了绣花楼。果果向佛宝说明了来意,并一再表示,她给他的房租不会很低。佛宝一句话不说,就拿眼瞪着她,直瞪得她主动败下阵来。如此三四回,佛宝终于架不住果果的执拗,勉强答应了,但约法三章:第一,除他之外,不得有任何成年男人入住绣花楼;第二,二楼的那个上了锁的房间谁也不允许进去;第三,男孩和未满十六周岁的女孩子不得上三楼。如此三章,不论违反了哪一章,就立刻滚蛋。果果有着不解,但当时并未细想,就郑重答应了。后来的日子,第一章和第二章,她一直恪守着,就是季先生来了,也不容许他宿在绣花楼。倒是第三章,佛宝不在时会有孩子偷偷跑上三楼,三楼视野开阔,站在楼上整个村庄的风景都能见得到。一早一晚,孩子们都喜欢跑上楼去,此时佛宝往往回避,不去撞见他们。

果果交了租金之后,就清扫了几个房间,两间当卧室,一间男生一间女生。另两间,一间当画室一间当琴房。孩子一拨拨来,一拨拨走,佛宝先是冷脸相对,不跟孩子们近乎,但慢慢地,似乎被孩子们的纯真融化了,有时还会同孩子们一块玩游戏，给孩子们制作乡村才有的玩具。一拨孩子走时，佛宝怔怔地，眼神里分明有了不舍。

佛宝的让步催生了果果的野心。果果不满足于租赁绣花楼，幻想着有朝一日能把它变成她自己的房产。况且佛宝的存在，让她很别扭，无论在哪儿，好像都被他监视着。她曾试探着问过佛宝，能不能在孩子们采风时搬出去住几天。她可以同村子里的其他农户商量，给他另租一间房。他狠狠地剜了她一眼，嗤笑了一声，那眼神那笑声就像一把锋利的长刀，手起刀落，将她的妄想劈成了两半。

这是认识季先生之前发生的事情。认识季先生之后，季先生如影随形，跟随果果一同进入了绣花楼。这是果果未曾预料到的，一个成年男人尾随而来，同她一块进出绣花楼。她想到了同佛宝的约法三章，想过拒绝可又不想真正拒绝季先生，有季先生帮忙，原本很多麻烦的事情都迎刃而解。在内心，对季先生有了某种依赖和感激。但季先生的到来彻底激怒了佛宝，第一个晚上，季先生就被佛宝扣住衣领，连拉带拽，逐出了绣花楼。佛宝说，你作死。给绣花楼上了闩，上了锁，没有钥匙谁也别想放季先生进来。季先生倒是沉得住气，在车上对付了一个夜晚。佛宝发难解决了果果一个难题，果果不希望在孩子们跟前留宿季先生，又不便赶他走。

就是这一晚，果果探测到了季先生用情的深度，也对季先生生出了愧疚。愧疚的结果，让果果越发对绣花楼有了独占的想法，有一次情不自禁地发出了慨叹，要是我有一栋这样的房子该有多好。的确是个好地方！季先生除了赞赏果果的眼力，还夸下海口说，等着吧，我一定把绣花楼毫发无损地送给你。果果瞥了季先生一眼，没把他的话当真。内心甚至有几分鄙夷，季先生肯定又要拿他的钱说话了。

五

绣花楼不再安静了，到处都是九月的声音。九月在走动，高跟鞋踩在青砖地面上咯吱咯吱响。九月在笑，放肆地笑。九月在说话，有时嗲声嗲气，有时像连珠炮爆出一串串的嘎嘣声。九月将门摔得砰砰乱响。九月在扔东西，倒空了的饮料瓶溜溜乱滚，边滚动边发出空洞的响声。九月在骂人，将人当狗骂当鸡骂当老鼠骂，骂得人狗血浇头，骂得人恨不能立刻钻进地洞。

果果很是恼怒，领什么人来不好，季先生偏就弄了一个九月进来。

九月整天无所事事，有了足够的时间胡闹。果果的古筝课，室内绘画课都没法正常进行。只要九月的声音响起，孩子们就透过镂空的窗门朝外张望，或者支起耳朵，捕捉九月的点点滴滴。九月的自由对孩子们是极大的诱惑。幸好九月对孩子们不感兴趣，她的注意力全在佛宝身上。

九月胡闹时，果果就带领孩子们去野外写生，将绣花楼留给了九月和佛宝。楼外的一切是那么陌生，那么新奇，长年被城市囚禁的孩子们被深深吸引了，他们欢呼着，雀跃着，扑向了广袤的大自然。果果也受到了感染，拿起了画笔。画布上是一望无际的沃野，一条小路曲曲折折向远方伸展，路两旁是遍地繁花。路中间一个婀娜的背影，裙裾飘舞，发丝飞扬，正赤足奔向远方。

学生李说，果果姐真浪漫。

学生蓝惊讶说，就像梦游。

学生梅批评学生蓝说，你才梦游呢！哪有像你这么吐糟老师画作的！

学生蓝辩解说，我就经常梦见自己在花丛中奔跑，两旁的鲜花真美呀，像牡丹又不像牡丹，像紫云英又不像紫云英……就像果果姐画上这样的，我都不知奔向了哪里。

学生梅说，你那是做梦好不好？！做梦和梦游是两回事……

学生袁说，果果姐，您画的是自己还是别人呀？

孩子们叽叽喳喳的，你一言我一语，一会儿言辞激烈，一会儿又笑成一团。果果由着他们，这帮孩子性情温顺，闹腾不出大的乱子来。倒是果果，乘这个空隙走神了，那赤足奔走的背影仿佛就是她自己，她的身边花香扑鼻，她的耳边风声呼呼。她为什么会赤足狂奔，她要奔向哪里去。果果似乎看到了，在远方，在路的那一端，有个人影，也像她一样，正向她狂奔而来。那会是谁呢？楠楠，楠楠……果果的耳边不由自主回响着那个名字。那飞奔而来的到底是不是楠楠，果果不愿否定，又不敢轻易去确认。

果果姐！果果姐！

果果的思绪最终让孩子们唤了回来。

也有九月安静的时候。九月就躲藏在佛宝的房间里，四门不出，同之前喧嚣的样子判若两人。当然也不是绝对的安静，能听到卿卿我我的说话声。果果很好奇，九月同佛宝哪有那么多话说。侧耳倾听，却又听不清他们在说什么。果果就给自己找个理由，去佛宝的房前路过一回。从镂花的缝隙里，果果听了个明白，也看了个明白。九月端坐在竹椅上，佛宝呢，搬个小杌子，像个孩子一样老老实实守在九月跟前。他们像在玩着某种游戏，他们的神情很专注，游戏之外的世界仿佛不存在了。

佛宝喊了一声,姐姐。

九月就哎了一声。

佛宝又喊了一声,姐姐。

九月仍旧哎了一声。

佛宝叫着喊着,身子前倾,脑袋就倾到了九月怀里。九月张开双臂迎接了他,像搂住孩子那样,将佛宝紧紧地搂在胸口。佛宝的脑袋压住了九月的乳房,原本的高傲被压瘪了。果果的胸口闷了一下,心跳眨眼就加快了,像要蹦出来。果果记得,她也曾那样拥抱过楠楠,楠楠的脑袋就埋在她的双乳之间。可楠楠不老实,趁机拿脸摩挲她的乳房,摩擦生热,她的乳房就越来越烫,心跳也越来越快。楠楠就进一步使坏了,掀起她的衣衫,用双手捧住了她的乳房。他像个调皮的孩子,用嘴叼住了其中一只的乳头。

该死的楠楠!

该死的福士苍汰!

果果脸红耳热地逃开了,内心却逃不远,一会儿感觉楠楠仍埋伏在她的胸口,一会儿又揣测佛宝会不会像楠楠那样使坏。果果平静不下来,又不想让人窥见她发窘,就拿起画笔,在画布上没涂抹几笔,一块画布就给弄脏了,画没现出来，就一摊胡乱堆积的颜料。做个深呼吸，想弹拨一曲古筝，才拨弄几个音符，竟然跑调了。就索性什么也不做，一个人上了三楼。初夏时节，张眼翠绿，到处呈现出勃勃生机。可是没有风，天地开始燥热，果果上楼上得不是时候。

正欲下楼时，果果突然发现佛宝不知什么时候站在了天井中央，拿手挡着额头向三楼张望。她后撤了一步，不想让他看见。这会儿佛宝该是脏兮兮的，身上有着九月的气味，口臭，或者暧昧的体香。她不想同他说话，至少现在不能。果果退到避眼处，偷偷觑一眼楼底，没发现九月。九月去哪了呢？是不是躲藏在阴凉处？她怎么就放走了佛宝呢？果果捉摸不准。

果果提醒自己暂不下楼去。就在她第二次偷窥楼下的情形时，楼梯上响起了脚步声，是佛宝，他的脚步声有些迟疑，可是仍在一步一步走上楼来。在佛宝快要登上三楼时，果果居高临下朝他勉强笑了笑，佛宝的表情忽然放松了许多。

果果问，九月呢？

说话的间隙，佛宝朝果果走近了两步，残留在佛宝身上的劣质香水味立刻包裹了果果，她退后两步，挣脱了那种刺鼻气味的包围。

佛宝说，被季先生叫走了。

梦游楼

果果很诧异，季先生将九月叫走了？季先生同九月到底什么关系？季先生对九月从来没有过那种近乎，主动叫走九月似乎不太可能，在九月跟前，他的脸始终冷冰冰的，九月似乎是个陌生的路人。他同九月说话，每次都是居高临下的口气，都是命令，旨意，不容许九月辩解，更不容许她反驳。说话时他的脸上甚至有厌恶，鄙夷和不屑。

佛宝问，季先生……他同九月……他是个怎样的人？

佛宝的话将果果问蒙了，她也说不清楚季先生是怎样一个人。果果溜一眼佛宝，后者正紧张地盯着她，等待她的答复。她忽然明白了，佛宝想要的答案是什么，虽然她也还没有完全弄清楚。她朝佛宝笑了笑，并且认真地摇了摇头，否认了他的猜疑。在内心，她也不希望他的猜疑成为事实。佛宝感激地笑了，他的笑很腼腆，有些像害羞的孩子。

果果在内心慨叹了一声，可怜的人！

佛宝又傻傻地朝果果笑了笑。果果身上的热度降低了许多，初夏嘛，天气还没有燥热到难以忍受的程度。佛宝笑过，一时无话，果果也没什么要对他说。三楼就静悄悄的，果果转眼楼外的风景。如此片刻，佛宝又打破了楼顶的寂静。

佛宝问，梦游能不能治？

果果说，也许能吧……现在没什么病治不好。

佛宝问，上哪儿治呢？

果果说，精神病医院吧……大概是那儿。

佛宝再问，梦游会不会遗传？

果果回答，这个……我也不清楚，可能要咨询遗传学家。

沉默了一会儿之后，佛宝说，果果……老师。

果果说，你别叫老师，就叫果果吧。

佛宝说，果果，你不会笑话我吧？

果果说，哪会呢。

佛宝说，我不怕你笑话我，真的，我怕九月怕得要死，你想想，梦游啊，每天三更半夜爬起来寻找自己，好像真把自己给丢了，说不定哪天失足跌进井里，或者一脚踏空从楼上摔下来，怎么得了？！她还会假装梦游，睁大眼睛盯着你，一动不动，你根本弄不清楚她在梦游还是同你开玩笑。她同你笑啊，闹啊，挤眉弄眼啊，鬼知道她是清醒的，还是在睡梦中。每次遇见她，我就忍不住哆嗦，忍不住胡思乱想，她该不会是梦游吧。有时我都不敢说一句话，大气都不敢出，生怕惊醒了她，听说梦游的人突然惊醒会当场死掉，是不是真的啊？

佛宝捉住果果的肩膀说，你可要帮帮我，我真是恐惧得要死呢。

六

果果的野心催生了季先生的野心。季先生琢磨过,绣花楼不单可以做果果的培训基地,万一哪天果果腻烦了,还能够将它打造成一个旅游项目。绣花楼,加上村里众多的黄墙黑瓦的古旧民居,是城里人眼中美不胜收的景观。季先生打定主意,为了果果,一定要拿下绣花楼。

季先生背着果果单独找了佛宝一次。他假装去田野上漫游,在一条田间小道上堵住了佛宝。那会儿,季先生刚被佛宝推出门外,在车厢里将就了一个晚上。那会儿,九月还没出现在绣花楼。

季先生说话之前先咳咳了两声,佛宝警惕地刹住了脚步。

季先生说,小兄弟,找个干净的地方,咱们谈谈。

佛宝又警惕地打量了季先生一眼说,有什么话就在这儿说。

季先生取下眼镜,拿在手上掂量了一下,又给自己戴上了。季先生说,小兄弟,咱们做笔生意行不行?

佛宝没兴趣听季先生谈生意,拿眼瞄了一下道路,路面太狭窄了,去路让季先生堵死了,只有停下来听季先生往后说。

季先生说,你别着急,听我慢慢说,我呢,看中了你的绣花楼,这楼呢,在你手上就是一幢空房子,什么用场也派不上。不如卖给我，你出个价，价钱呢，咱们好商量。

季先生说得和声细语，佛宝却不为所动。

季先生说，五十万。

佛宝不动。

季先生又说，八十万？

佛宝不屑。

季先生再说，一百万！

佛宝才愤然说，你不是挺有钱的吗？买我的楼做什么！你去造一幢啊，想造在哪里就造在哪里。让开路，我没闲工夫同你瞎扯淡！

季先生却不跟着激动，笑一笑，慢条斯理地说，小兄弟，你可要想好，一百万啦，有了这一百万，你想去哪儿生活就去哪儿生活，去哪儿都比待在这山沟沟强。你仔细考虑考虑，别急着回复我，过了这村可没这村姑了。

佛宝说，好狗不挡道！

佛宝就不拐道了，直冲冲朝季先生撞过去，季先生猝不及防，被佛宝撞到了水沟里，沾了一身的污泥。佛宝头也不回，抛下季先生，一个人回了绣花楼。

季先生从水沟里爬起来，摘了路边的草来擦拭身上的泥水，怎么也擦拭不干净，臭烘烘地往回走。快进绣花楼时，原想找个僻静的地儿溜进去换了衣服，不想偏在门口遇上了果果。果果乜斜着眼，守在门口的石狮子前。季先生掩饰说，踩滑了，摔成了落水狗。

果果说，你就编吧。

季先生不敢在门口久留，赶紧溜进房，换了身干净的衣服。

果果问，刚才你同佛宝说什么？

季先生狡辩说，佛宝？我同他说什么？我同他有什么可说的？

果果说，刚才我可在三楼，什么都看见了。

季先生静了静说，告诉你也无妨，我就问问他，愿不愿意把绣花楼卖给我。

果果说，碰钉子了吧？

季先生自嘲说，顶多算个图钉吧。

季先生的话说得轻巧，果果却不是滋味。每逢说正事，季先生总爱打哈哈，要么避重就轻，要么避实就虚，关节口上的事一句也不说明白。她也懂得，他是不想让她担心，是照顾着她。可有些话不说，她总觉得同他之间隔了一层什么，要捅破它偏又捅不破。她想发难，每次都被他轻巧地闪过去了，想捉住他就那么那么难。

季先生说，弹首曲子，给我压压惊吧。

果果瞥了季先生一眼，没有过多的矜持，就拨响了古筝。一曲《高山流水》，这种时候弹拨这首曲子就有了反讽的意味，果果的嘴角也挂着一抹嘲讽的笑。

果果对季先生的过往了解并不多，略知一些粗枝大叶。那一次，也是唯一的一次，季先生将果果带去了他的住处，那是建筑在矮山坡上的一幢别墅，独门独院。果果在他的书房中看到一张照片，照片很陈旧，黑白的，有些地方泛了黄。照片上一家三口，年轻的季先生和一个女人，女人拘谨地抱着孩子。季先生说女人是他太太，孩子是他儿子，儿子现在在国外，满世界乱跑，今天在这，明天在那，没个固定的落脚点。

季先生当时还发出了慨叹，那时真苦啊，每天都有干不完的活。扛过木头，在工地上挑过砖，摆过地摊，掏过公厕……起早摸黑，省吃俭用，一年到头都积不下几个钱。他太太累病了，没钱医治，错过了最佳的治疗期，死时瘦得皮包骨，比一把稻草还轻薄。太太去世后，季先生就没另娶了，带着儿子过。后来条件优裕了，不少女人动过心眼要嫁给他，都被季先生婉拒了。在内心，他对他太太有愧啊。正是这点打动了果果，她才接纳了他。

果果想，如果那天没有去季先生的别墅，说不定她同他就不会发展到这一步。

也许她是相信了季先生编织的一个故事,终究不了解他。

季先生却没有听出果果的反讽,一曲终了时拍着手说,灵犀!

七

九月问佛宝绣花楼是哪个祖宗修建的?

佛宝说是太爷爷的太爷爷的太爷爷修建的,具体是哪个太爷爷,哪一辈的太爷爷,他爹没告诉他,他爷爷也没告诉过他。

佛宝拉着九月去认青砖上的字迹,一堵一堵墙挨着认,一块一块砖挨个认,走了几堵墙,过了无数块砖,无奈字迹模糊不清,认不出个明白。

佛宝说,反正至少三百年。

九月打趣说,反正你是个富二代。

佛宝说,不是富二代,是富n代!

九月就咯咯笑,也不掩口,花枝乱颤。佛宝跟着笑,咧着大嘴,像个傻子似的。九月前倾后仰,一手捂着肚子,一手指着佛宝的鼻子说,富n代,好你个富n代,你有宾利呢,还是兰博基尼?佛宝傻傻地说,我有绣花楼。九月说,好吧,你有绣花楼,拿宾利给你交换,换不换?拿兰博基尼同你交换,换不换?佛宝说,不换,别说兰博基尼,给座金山也不换。九月说,你真傻呀。佛宝说,没你傻,兰博基尼能够满世界乱跑,一幢死楼哪儿也去不了。九月呵呵笑着说,到底谁傻。笑毕,九月拉住佛宝的手,要往楼上走。

佛宝问,你满十六周岁了么?

九月又纵声笑,笑过,板着脸,一本正经说,姐姐有那么老迈吗?

佛宝说,听老人们说,女孩子满了十三周岁才能进绣花楼,十四十五周岁才能上二楼,上三楼的,必须满十六周岁。

九月说,哪来那么多臭规矩?咱不上三楼,就在二楼不行么?

佛宝说,当然行!你上三楼,奶奶也乐意的。

佛宝反过来捉住九月的手,拽着九月径直上了三楼。往东楼嘻嘻哈哈一阵子,又往西楼嘻嘻哈哈一阵子。九月可能腻味了,嚷嚷着要下二楼。佛宝就依着九月,两个人手挽着手下到了二楼。从东转到西,又从西转回东,一扇窗一扇窗转过去,一间房一间房转过去。转遍了,唯独一间房门窗紧闭,还上了锁。九月在门前站住,将脸凑近镂花的空隙朝里张望。佛宝拽住九月说，别看了，咱们下楼。九月被佛宝拽住了，想细看已不可能。九月才见着房间里有张床，床前有张矮凳，矮凳上摆着一双鞋子。同当初果果见到时一个样，没有任何变化。

九月咦了一声说，你有秘密！

佛宝静了半天，才说，哪来的秘密。

九月质问，你为什么把门锁着？是不是金屋藏娇？

佛宝说，这间屋子是我姐姐住的。

九月说，你骗谁！我来了这么久，怎么就没见过她？你敢发誓不是别的女人住的？

佛宝说，我也不知她去了哪里。

佛宝眼中有泪，佛宝就含着泪同九月谈起了他姐姐的事。佛宝七八岁时父母就去世了，他就跟着他姐过，他姐去哪儿都带着他。他姐出去打工，佛宝也跟去了。他姐早出晚归，每次都扔下他一个人在出租屋。佛宝每天都在恐惧中企盼他姐早些回来。他姐去哪儿，做什么工作，他什么也不知道。终有一天，佛宝孤独怕了，要跟着他姐出去，他姐不捎带他，他就偷偷跟着，可跟踪到十字路口就把他姐跟丢了。他姐打出租车走了，佛宝没有钱，眼睁睁看着载着他姐的出租车消失在车流中。佛宝跟踪过无数次，每次结果都一样，都在十字路口止步了。后来佛宝偷偷藏了几个小钱,他姐打出租车走时他也坐上另一辆出租车,但跟来跟去,还是将他姐跟丢了。有一天他姐坐上出租车后再也没回出租屋。佛宝等啊盼啊,最后被房东赶了出来。佛宝过了一段乞讨的日子,后来才回到绣花楼。

佛宝说,我给姐姐留着房,说不定哪天她就回来了。

九月也说,是啊,说不定哪天你姐就回来了。

佛宝说,有时我半夜梦见姐姐回来了,门吱呀一声开了,姐姐就站在门口向我微笑。我从床上跳起来,赤脚奔到天井里,才知是个梦,是个幻影,门仍旧闩着,除了天井中央一团月光外,什么也没有。

九月情不自禁抱住了佛宝,佛宝的眼泪落下来,落到九月的头发上,再顺着头发滑落到脸上。九月的脸跟着湿漉漉的,脸上的妆就花了,成了一张花脸。

九月说,我给你生个孩子好不好?

佛宝哽咽着说,好。

九月问,你要男孩还是女孩?

佛宝说,男孩女孩都要。

九月说,贪心。

佛宝说,那就女孩,像姐姐。

九月噘起嘴巴说，你偏心，怎么不像我？

佛宝说，也像你。

九月踮起脚亲了佛宝一口，在他脸上留下一个鲜红的印渍。

九月说，佛宝。

佛宝说，嗯。

九月说，要是有了孩子，我可不想在村子里生活。你瞧瞧，村子里死寂死寂的，孩子连个玩伴也没有，还不犯抑郁症啊。将来还要上学，上完小学上初中，上完初中上高中，上完高中还要上大学呢。你不能让孩子在村子里孤孤单单待一辈子吧。

佛宝挣扎着要把九月推开，可九月死死抱着他，怎么也推不开。

佛宝问，那去哪？

九月说，进城去。

九月模仿孩子的口吻稚声稚气说，爸爸，宝宝要吃冰淇淋。

——爸爸，宝宝要吃汉堡包。

——爸爸，宝宝要坐过山车。

——爸爸，宝宝要上摩天轮。

佛宝怔怔地瞧着九月，说不出话来。

八

果果很享受午夜的绣花楼。这种时候，村子里安静得连狗叫声都听不见了，偶有虫响，也是压低了嗓音，生怕惊醒了谁的美梦似的。偌大的绣花楼静寂得仿佛只剩下果果一个人。果果的内心却是异常热闹，强劲的音乐，摇摆的身体，啤酒的泡沫，醉话谎话，胡言乱语，尖叫声，仿佛一家火爆的酒吧。楠楠喜欢昼伏夜出，他的夜生活才刚刚开始，黎明不到决不会返回出租屋。数年过去，果果的条件反射还没改变，还停留在同楠楠厮混的那种状态。每到午夜，果果的情绪就会亢奋，耳边声响四起，叫人无法自抑。这种状态这辈子会不会调整过来，会不会从亢奋中慢慢平静，她不知道。

每当午夜，果果都会给楠楠之前的手机号打个电话。她习惯性地拿起手机，显示屏上显示零点三十分，每天都是这个时刻，要么早个几秒半分，要么晚个半分几秒。每次她都听到相同的系统机械的回复，对不起，你拨打的号码是空号。

果果怏怏地放下手机。号码没有错，时间也没有错，只不过号码的那一端已是尘封的空白。

这是九月进入绣花楼之前的夜晚。每次打电话前，果果都要仔细检查一遍自己的妆容，发丝如瀑，淡淡的眼影，美瞳，薄施的脂粉，鲜艳的嘴唇。深 V 的晚礼服，线条流畅。锁骨如洼地，绝对养得了金鱼。表情肌生动，笑容如花。还要在耳后，或者颈项两侧，喷洒一抹轻淡的幽香。这是一种近似法定的程序，一种郑重的仪式。似乎隔着漫漫夜空，有一双眼睛会将她瞧个透明。她不敢懈怠，也不敢轻慢。

每天的午夜，果果都沉醉于祭祀往昔所带来的欢愉中。九月进入绣花楼后没几个夜晚，果果的这种仪式就被完全搅乱了。绣花楼的夜晚不再属于果果，而是被九月和佛宝夺走了。刚开始佛宝和九月还控制着，那种压抑的呻吟仿佛黑暗中的蚊蝇，在果果耳边嗡嗡嘤嘤，挥之不去。蚊蝇的喧嚣慢慢在果果内心放大，放大，就变成了一声声狮吼，果果的五脏六腑都快要被震碎了。往后，九月和佛宝越来越放肆，越来越旁若无人，整座绣花楼里都是九月欲望的呐喊，空气都湿漉漉的，像被汗水浸泡过。果果逃到后园，而后园也不安静，荷尔蒙的气味在每片树叶之间游荡，经久不衰。

果果被九月和佛宝制造的声音一次次拽回了记忆中南方的那些夜晚。她同楠楠的疯狂一点也不比九月和佛宝逊色。可楠楠不在，她的福士苍汰不在，果果无法忍受。果果分不清，是忍受不了九月和佛宝的疯狂，还是内心的饥渴叫她痛苦不堪。

果果拨通了季先生的电话，可什么话也没说。季先生先是低沉地喂了一声，果果没回答，季先生也选择了沉默。九月和佛宝的喧嚣一定波涌浪滚扑进了他的耳朵。果果将手机对准镂花的空隙，喘息声，嗷叫声，撕裂声，像奔跑的群兽撞击在手机屏幕上。许久，许久。直达世界的尽头，死亡的尽头。

季先生说，难为你了，你就忍着点吧。

果果说，你怎么把她弄来的，就怎么把她弄走。

季先生说，你就当她不存在，当她是空气。

她到底什么时候走？！这样会把我逼疯的！果果歇斯底里，冲着手机大喊大叫。

季先生说，你安静点好不好？别让他们听见了。

果果说，我才不管这些，我就要他们滚蛋！

季先生说，她会走的，一定会走！我答应你，不过不是现在，过几天，就几天时间，你耐心点。

果果说，我耐心不了。

季先生说，你做个深呼吸，冷静一下，听我说，这种日子不会太久的。

果果说，我快崩溃了。

季先生说，你等着，我开车来接你。

果果说，你别来，我不想见到你。

季先生说，好吧，我不过来，你照顾好自己，去休息吧，好好睡一觉，醒来就什么事都没有了。果果乖啊，去睡觉，做个好梦，梦里要笑啊。

果果神经质似的发作一阵之后，内心反而痛快了，情绪也就不再激动，慢慢放松了。冷静下来想想，果果很后悔给季先生打了电话，不是不能给他打电话，而是给他电话不应该选在这种时间段。这会让季先生对她有想法，说不定还会引起误会。她在电话里冲他大喊大叫也不应该，何况是这种事情。她同他的距离有那么近吗？让她在他跟前毫无顾虑，失去控制？九月为什么不能来绣花楼，绣花楼又不是她果果的，不需要得到她的允许。只要佛宝同意，就像当初佛宝同意果果租赁绣花楼一样，佛宝答应了，谁也无权反对。况且这个时间段是果果用来怀念楠楠的，不知不觉却浪费在另一件事情上，只能怪她自己太没定力了，为什么不能当他们不存在呢。果果想着想着，内心又有些乱调了，又有些迁怒九月和佛宝了。如果不是他们不管不顾的疯狂，她又怎么会失态到这种程度。

果果一晚辗转反侧。天明，早早起了床，要去田野上走走，呼吸一下新鲜空气，也让自己恢复到平静状态。一个人悄悄出了门，留给她的时间不多，稍晚点孩子们都该起来了。乡村的早晨有些凉爽，早起的人并不多，或者说乡村本就没有多少人，田野上空荡荡的。这正合了果果的意思，不想遇见谁，更不想同谁打招呼。她沿着小河溯游而上，穿过了小树林，尔后过了一座小石桥，从小河的对岸折回来。这一圈走下来，真把自己捋安静了，似乎一些杂念块垒都被捋出了身体之外。

果果一身轻快返回绣花楼，不想在楼前的场地上遭遇了佛宝。他先是立在月池边，勾着头往水里瞧着什么，见果果近了，立刻转过身来，似笑非笑同她招呼。他脸上残留着昨夜的亢奋，荷尔蒙的气味仍旧像团迷雾般包裹着他。果果不得不停下脚步，但有些警惕地盯着佛宝，就像当初她要进绣花楼，佛宝警惕地盯着她那样。佛宝似乎不好意思，有可能因为夜晚的放肆而羞愧，同果果招呼了，却又久久不说话。

佛宝说，早啊。

果果敷衍说，早。

佛宝问，最近怎么没见到季先生啊？他什么时候来？

果果很诧异，不明白佛宝为什么会问到季先生。打季先生第一次现身绣花楼，佛宝对他就怀有敌意，好像他们上辈子就是仇家。后来相安无事,只因他们的关系属于井水不犯河水,也没有缘由引发彼此的冲突。

果果说,他来不来我怎么知道啊?!他要来就来了。

佛宝碰了软钉子,却不生气,甚至有些讨好地看了果果一眼说,能不能把季先生的电话告诉我?

果果说,你问他要吧。

后一个问题倒不是果果故意为难佛宝,而是她一贯的做法,不会随便把季先生的电话告诉任何人,佛宝也不能破例。

这当口,九月走了过来,见佛宝同果果在一块聊天很好奇,问,佛宝,你们聊什么呀?这么热乎。

果果扫了一眼九月,九月一脸媚态还未消褪,眼睛里像长有勾魂的钩子。

九月说,你们怎么不聊了?继续聊,我听着呢。

果果不想搭理九月,转身朝绣花楼走去。

九月问佛宝,我走好不好?

佛宝说,不好。

九月接着问,有人要我走呢?

佛宝说,我不答应,谁敢要你走?!

九月意味深长地瞅了一眼果果,果果背对着她,看不见她的眼神。

九

那天晚上，同佛宝他们分开后，季先生和果果在三楼举办了一个小小的庆祝活动。果果本不打算上三楼，就在一楼或者二楼挑选一个房间。季先生说，为什么不上三楼呢？你现在是绣花楼的主人了，想去哪里就去哪里，谁也阻止不了你。季先生停顿了一下，又补充说，何况月色这么清雅。果果的内心划过一丝叫人心悸的不安，那不安是什么，她说不出，也未能捕捉住。季先生催促说，别犹豫了。的确有理由去三楼热闹一下，她被季先生说动了，是该好好欣赏一下月夜的乡村美景，领略一下月色笼罩下的绣花楼的风姿。

当晚的早些时候，季先生不知用什么法子说服了佛宝，将绣花楼以一百万的价格卖给了他。准确说，是卖给了果果，虽然钱是季先生付的，一百万现钞，装了鼓鼓囊囊一拖箱，但合同的乙方是果果，是果果签的字摁的手印。果果留意到，佛宝签字时丝毫没有犹豫，恨不能一秒钟完成所有的手续。猜不透他的感受，他的脸上不见悲喜，有一种与他年龄不相称的沉着。倒是九月兴奋的表情叫人怀疑，她会不会将那一百万现钞用作她同佛宝喧嚣时的床垫？果果有了性幻想。

月光如水，夏夜的乡村空旷，静远。风习习，灯火寥寥，偶有蛙鸣，此一声彼一声，忽远忽近。

果果演奏了两首曲子，一首《将军令》，散板，慢板，快板，急板，将军升帐，点兵领将，英姿勃发。另一首《丰收锣鼓》，锣鼓喧天，热烈喜庆。不同的曲调，不一样的欢愉。演奏完毕，果果离座，让出了舞台。几个练习古筝的孩子应邀参加庆祝活动，轮番登台表演。

季先生早早举起了酒杯迎接果果的到来。

季先生说，为了绣花楼，干杯！

果果扬起脖子，一口喝干了杯中酒。

季先生竖起大拇指说，精彩！

果果他们在三楼热闹时，佛宝和九月在楼底下却异常寂静，好像绣花楼里除了三楼的他们，就不再有别的人。果果喝干第一杯酒之后，忽然动了恻隐之心，有了负罪之感，这个时候大肆庆祝是不是太残忍了？至少对佛宝是如此。绣花楼的主人是佛宝，她和季先生是入侵者，以这种方式挤兑了佛宝他们。她和季先生是鸠占鹊巢，是叫化子赶走了庙主。果果借口身体不适，要下楼去，却被季先生拦住了。季先生说，难得尽兴一次，瞧瞧，孩子们玩得多开心。果果不好冷却季先生的兴致，让孩子们开心也是她的职责之一，更何况良辰美景，赏心乐事，不容她去辜负。

果果接过季先生递过来的第二杯酒，一仰脖子又干了。

乐曲不断，酒杯不空。他们的庆祝活动延续到月上中天，孩子们的兴致依旧盎然。果果已是人面桃花，有了微微的醉态。往常到这个点，果果就要给楠楠打电话了，就要整饬妆容，进行她一个人的秘密祭祀仪式。果果的手在衣袋里碰到了手机，将它抓在掌心，却记不起要拿它干什么，又将它放开了。酒杯一次次放到果果手中，又一次次空着离开。果果忘记了推辞，忘记了拒绝，只要碰到酒杯，就会举起来，不假思索将杯中液体倒入口中。她不知道她已经醉入骨髓了。

曲终人散时，果果是季先生送回房间的。她成了无骨人，随便放哪都会萎缩成一堆肉泥。第二天醒来，果果口干舌燥，脑袋昏昏沉沉的，全然记不起昨夜都干了些什么。要起床时，浑身无劲，正欲重新躺下去，门却被人敲响了。敲门声很急切，似乎发生了什么意外。

果果一激灵就完全清醒了，问，谁？

九月不见了！回答她的是佛宝焦急的声音。

原来昨夜季先生和果果庆祝时，佛宝和九月也在庆祝。季先生庆祝得到了绣花楼，九月庆祝佛宝即将去城市开始新生活。果果他们在三楼喧闹，佛宝和九月就静静地关在房间喝酒。九月不会喝酒，佛宝就让她喝茶。茶来酒往，佛宝很快就不胜酒力，醉倒在房间了。早上酒去人醒，却不见了九月。不单九月不见了，九月的衣，鞋，化妆品，统统都不见了，只有那一拖箱巨款仍在。佛宝担心九月会不会是梦游失足了，发生了意外。将绣花楼上上下下的房间搜寻了个遍，又围着绣花楼前前后后找了好几圈，都没见到人影。又到村子里问询，有没有人见到九月，都说没见到。佛宝沿着小河从下往上找了两三个来回，没发现任何踪迹。佛宝六神无主了，才来问果果。

果果问，你问过季先生吗？

佛宝说，没有。

果果说，你该问问季先生。

佛宝去问季先生，季先生却还在熟睡，佛宝不得已叩响了房门。季先生才慢慢腾腾起来，睡眼惺忪开了门。佛宝将九月不见了的事情告诉季先生，季先生的回答轻描淡写，一个大活人不见了就不见了，能不见到哪儿去。

佛宝问，那，九月到底去了哪里呢？

季先生说，腿长在她身上，想去哪里就去哪里，你管不了她，我也管不了她。

季先生言下之意，九月是他带进绣花楼的没错，可她不受他约束，她要去哪里不会提前告诉他，他也无权过问。果果从季先生的态度中捕捉到了话外音,他不可能不知道九月的去向,似乎九月就在他的掌控中,只不过这些秘密不会让佛宝知道。

果果说,去别的地方找找吧。

佛宝想象不到别的地方是哪些地方,一头雾水。

果果说,也许她进城了,也许她有急事,需要立即出去一趟。

佛宝说,她有什么事也该同我说说呀。

果果说,也许她不想告诉你,怕给你添负担。

佛宝一脸无辜看着果果。

少顷,佛宝问,她会不会梦游走丢了?忘记了回来的路?

果果被追问得很无奈,安慰说,说不定她突然就回来了。

佛宝忐忑不安地守候了几天。这几天,季先生拉着他,把绣花楼剩下的手续,该办的都办妥了。绣花楼同佛宝已经没有了任何瓜葛,成了果果的财产。当初的一念之贪是果果萌生的,可现在她完全成了季先生的傀儡,他安排她怎么做就怎么做,没有一丝半缕自主的想法。都这种时候了,她后退无路,季先生也不允许她后退。

佛宝终于忍耐不住说,我还是出去找找她。

果果问,你上哪里去找她?

佛宝说，进城去吧。

果果见佛宝一脸虔诚，及时把话头收住了。果果说，愿你顺利找到她。

佛宝说，我有件事想请你帮忙。

果果说，你说。

佛宝说，二楼的那个房间能不能保持原样不动？那是我姐姐住过的，说不定哪天她就回来了。

佛宝低下头说，她会责怪我的。

果果说，你放心，我不会去动它。你想回来住住，随便什么时候都可以，还住原来的房间，绣花楼还是你的绣花楼。

果果的眼睛有些模糊，内心有些酸楚。第二天早上，果果站在三楼眺望村庄时，正巧碰见佛宝拉着那只拖箱走出绣花楼。佛宝走到月池边回头看了绣花楼一眼，之后就朝远处走去，再也没有回头。佛宝的背影在晨光中渐渐模糊，最终被周围的景色彻底掩没了。

十

有一天，季先生忽然对果果说，我要出国一趟。

果果问，去哪儿呢？

季先生说，新西兰。

果果说，什么时候回来？

季先生说，不确定。

季先生的脸朝着远处，眼睛也向着远处。果果从他说话时的神色判断，季先生有可能不会回来了，一定不会回来了。他说不确定，只不过不想因此伤害到果果。没有什么事情在季先生眼里是不确定的。去新西兰肯定是为了他儿子，要么他儿子在那边出了什么事，要么他儿子选择在新西兰定居了。季先生要去守着他，他就这么一个儿子，也是唯一的亲人。

季先生说，如果哪天你不想教孩子古筝了，可以将绣花楼改作旅游景点，现在乡村旅游慢慢热起来了。

果果说，嗯。

季先生走后，绣花楼就彻底安静了。果果教孩子们画画，练习古筝，得空时到小河边，树林里走一走。周围的村民把她看成了村子里的一员，见了她，说些乡村日常的话题，哪家的向日葵开得旺盛，哪家的菊花长势良好。有人邀请她去家里做客。有人夸赞她心灵手巧，画画得像真的，弹琴会引来鸟叫。有人给她和孩子们送来蔬菜，慷慨的，会送给她几个鸡蛋。也有人好奇，跑到绣花楼来转悠，询问佛宝的去向，季先生还来不来,九月又去哪了。临走时慨叹,他们在时绣花楼真热闹,从早到晚欢声笑语,人进人出,怎么说冷清就冷清了呢。

果果被好奇者说得发愣。

果果莫名其妙有了一种失落。后来的一个晚上,果果在睡梦中被敲门声惊醒了,声音并不急促,敲两声沉寂了,侧耳倾听,不再有任何动静,等她躺下去,门又被敲响了。果果摁亮手机当手电筒,下了床,开了门,站在门口的竟是九月。果果一时僵住了,静了半天,什么话也说不出口。可能是手机光亮的原因,九月的脸有几分苍白,有几分憔悴,身形似乎也瘦弱了。

九月问,佛宝在吗?

果果说,不在。

九月又问,季先生在吗?

果果说,也不在。

九月说,不欢迎我进去坐坐?

果果问,你有梦游的习惯?

九月反问,你说我在梦游?

果果这才让开路,放了九月进绣花楼。后半夜,九月被安排在她之前住过的房间,床铺是现成的,被褥也是现成的。当时，佛宝一样东西也未带走，除了那一拖箱钞票，其他的都留在了绣花楼。

九月回来是要寻佛宝的。果果之前隐约猜到季先生同九月的关系，但不敢确定。这一回果果才明白，九月是季先生雇佣的，目的就是拿下绣花楼。九月完成了季先生交付的使命，得到了一笔二十万元的报酬。拿下绣花楼的当晚，九月就被季先生安排的人送走了。同佛宝的纠缠，本就是个游戏。九月答应过季先生，永不再见佛宝。九月要在佛宝跟前销声匿迹。九月说不是她要违反当初的诺言，而是事情有了变化，意想不到的变化。

九月说，我染上艾滋病了。

九月说，我以为我很幸运，灾难会躲着我走。

九月说，哪个倒霉的男人留给我的纪念品，但愿没传染给佛宝。

九月说，佛宝不在，我没有留下去的必要。

果果极力挽留九月，理由是说不定哪天佛宝找不到她就回来了呢。

九月叹口气说，这傻瓜。

九月说，我该被诅咒。

九月被果果燃起了希望，答应在绣花楼暂住一段时间。

梦游楼　245

闲暇时，果果会邀请九月上到三楼，给九月弹上一曲，曲子是随意的，或《汉宫秋月》，或《蕉窗夜雨》。九月每次都答应了，但又说，我是肮脏的，别离我太近。果果上东楼，九月就上西楼，果果去西楼，九月就去东楼。九月总是同果果隔楼相望。

果果同九月谈起佛宝跟踪九月梦游的事情，九月不语。

果果问，你不知道自己会梦游？

九月说，梦游的人怎么会知道自己梦游呢？

沉静片刻后，九月又保证似的说，我再也不会梦游了！

一段日子过去，佛宝并未回来，九月也失去了住下去的信心。九月在一个朝霞薄染的早晨离开了绣花楼。果果在三楼目送她远去，就像当初碰巧看到佛宝走出绣花楼时那样，九月越走越远，背影越来越淡，最后同远处的景色融为一体，再也无法分辨。

九月走后的某一天，果果忽然记起，好久没进行那个祭祀往昔的仪式了。她都快要忘记了此事。她描了眉，抹了脂粉，涂上淡淡的口红。她一身素色，肌肤在素色之下波浪起伏，若隐若现。她用镜子检查了一遍自己的妆容。暗香浮动中，福士苍汰的那张脸从黑暗中拓了出来。之后她拿起手机，摁下了那一串熟悉的号码，竟然通了，是个沙哑而又干瘪的声音,说话时还夹杂着哮喘声。北方口音,楠楠也是北方人。

那个沙哑而又干瘪的声音说,你瞎跑个啥?!满世界梦游啊你!

大概电话那端的人在训斥他不听话的儿子或者女儿。

果果握着手机怔住了。半晌后,果果泣不成声说,您别嚷嚷了,我这就回去。

05 灵魂盘旋

一

姑妈的晚年从姑父离世的那天开始。那年，姑妈四十九岁，刚刚在牌桌上成功逆袭，自摸了麻将生涯中的第一个"七姐妹"，彻底洗脱了"宋子文"的外号。在本城牌史上，姑妈的"七姐妹"是第七个。最早的那个记载于大清朝光绪皇帝驾崩的那一年。此后，但凡有人自摸了"七姐妹"，就会有死人的事情发生。

姑妈不忌讳这个。她左手夹着香烟，右手端着酒杯，像个女将军那样正襟危坐。她摸到那张梦寐以求的幺鸡时没有急于翻牌，而是猛吸了一口烟，嗖的一声，用指头将烟屁股弹了出去，尚有半截的香烟划出一根漂亮的弧线，穿过窗户，不偏不倚，掉落在从窗下路过的一顶礼帽上，将它主人的秃头灼出一块幺鸡状的疤痕。抽过烟后，姑妈端起酒杯，一仰脖子，将杯中之酒干了个底朝天。同桌的牌友并不烦她这种做派，再说姑妈的脖子白皙，修长，姑妈喝酒时她们就盯着她的脖子看，盯着她脖子上的白金项链看。姑妈抽烟，酗酒，打牌，熬夜，没完没了地作践自己，她的身材并没有因此变形，依旧凹凸有致，加上烫金旗袍，没少勾扯男人的心肺。

来，把包里的钱都掏出来，一个子儿也不许留。姑妈用纤长的指头将牌推倒，将那张幺鸡归位，排列成齐齐整整的"七姐妹"。

本城牌桌上有个规矩，不管谁摸到了"七姐妹"，陪玩的都得把兜里的钱一分不剩赔给他。

姑妈将双手拢在胸前，微笑着环视了一圈牌桌。几个牌友你看看我，我看看你，谁也没有动静。一个探过头来，将姑妈的"七姐妹"一对对拨开，似乎想要找出什么破绽，但很快就沮丧地撤回了脑袋。

别舍不得，想想你们怎么赢我的钱。姑妈启发她们，后来又委屈似的加上一句，我可是头一回赢。

其中一个大概本来就所剩无几，爽性将几张零碎纸币慷慨地倒在桌子上。另两位估计赢了钱，一个将手袋抱在胸前，另一个将包掐在自己的膝头上，生怕被人抢走了似的。她们不动作，姑妈也不动作，歪着头微笑着。那个将包掐在膝头上的女人终于扛不住，窸窣几声，从包里摸出几张钞票扔在麻将牌上。都在这儿了。女人站起身，作势要走，可看一眼另两位，那两位正傻愣愣地瞅着她。看我干吗？你们走不走？但还是没有人响应她，转头溜一眼姑妈，姑妈袖着手，始终保持微笑的模样。

都给你！没见过钱似的！谁少过你一个毫子蒂[1]！那女人重新打开包，将包里剩下的钞票一把抓起来，甩在牌桌上。有几张趁势飞起来，飘落到了地上。

这当儿，楼下有人叫喊，贵夫人，电话！

就这些？姑妈微笑着问。

你瞪大 × 眼瞧瞧！有没有？还有没有？！那女人的脸憋成了紫红色，扯开包，一阵叮叮咚咚乱响，小圆镜、小梳子、唇膏，几枚钢镚，一只装了药丸的小玻璃瓶，一股脑儿掉到了桌面上。

1　方言，硬币。

去接电话吧，接电话要紧。抱着手袋的女人打圆场。

还有你！姑妈对抱着手袋的女人说，拿出来吧，留下一张买垫纸的钱。

抱手袋的女人哆嗦了一下，幽怨地瞥了一眼姑妈，挺不情愿地将手袋里的钞票三张两张一下往外放，放一回偷偷溜一眼姑妈的脸色。姑妈早已收住了微笑，平静之下似乎潜藏着什么。抱手袋的女人差不多将手袋里的钞票全都放到了牌桌上，可姑妈的脸色不见缓和。

贵夫人，电话，接不接？！楼下有人在吼叫。

吼什么吼！不接电话死不了人！姑妈回敬了楼下两声，楼下安静了。姑妈这才斜睨了一眼那拎着手袋的女人，正好那女人也在偷窥她，两人的目光相撞，那拎着手袋的女人躲开了眼。

下面呢？姑妈问。

贵夫人，过分了吧？！别得理不饶人。那一个慷慨掏钱的女人插话了。

咋叫过分啦？！咋叫得理不饶人啦？！上一次，她不就是从那——从那见不得人的×地方拿钱出来翻本的么？姑妈的脸上有笑容掠过，不过这笑同之前的微笑不一样，好像夹带着冰雹似的嘲弄。

见过要钱的，没见过这么要钱不要脸的！第二个被掏空了包的女人帮腔说。

我就不给！有本事过来拿！那拎着手袋的女人挺起了胸，龇牙咧嘴对着姑妈。

姑妈的脸凛冽了一下，两只眼睛罩住对方，一步一步，缓缓朝目标走过去。旁观的两个女人觉察了情势的异常，慌忙跑过去，一左一右扶持着拎手袋的女人往楼下走。被簇拥的女人回头啐了姑妈一嘴唾沫，但隔着距离，唾沫没能沾上姑妈，仅仅给原本污浊不堪的空气增添了一股腥臭。

本城的人们后来议论纷纷，都说姑妈拿姑父的命才换来改变牌桌命运的"七姐妹"，才能化腐朽为神奇。我将信将疑，因此追问过姑妈。那会儿我还小，不懂得什么该问，什么不该问。姑妈没有责备我，只是瞥了我一眼，尔后点燃一支烟，那种细长的香烟夹在她的指头间有种说不出的优雅。后来，我同男孩子约会时多次模仿过姑妈抽烟的样子，以为会像姑妈那样有着迷人的风度，而结果呢，他们一个个像躲避瘟神似的弃我而去。

鳡儿，别听他们咦七咦八的，他们朝姑妈身上泼脏水，可不许你也把脏水浇到姑妈头上。姑妈喷出一口烟雾，烟雾拧成一根青白的细线往前冲，不到半尺远就散成了花朵状。

后来，我经历了一个漫长的过程，才勘破那些流言飞语的真相，得出自己的结论，姑妈的"七姐妹"不可能是用姑父的性命换来的。她在牌桌上消耗时光之时，姑父远在千里之外，况且他的远行并不是为了完成她交办的某项使命。放纵的欲望才是他致死的诱因。他长年在外经商，不知同多少陌生女人寻欢作乐，胯下风流。姑父是跳海自尽的，跳海之前，潜伏在他体内的艾滋病毒，像雨后的毒蘑菇适时露出了狰狞的色彩。冥冥之中像有某种安排，姑妈自摸"七姐妹"同姑父之死，再次印证了本城牌桌上的邪恶传说。

姑妈对此仿佛有预感。

有一次，姑妈突然发问，鳡儿，那天姑妈摸到"七姐妹"时想到了什么？猜猜看，看你猜得到猜不到。

姑妈的脸很平静，但眼睛里像有烟雾弥漫，看不真切。

第一时间？

对，第一时间。

我想到了一个答案，但那个答案我自己都觉得太幼稚了，显然不符合姑妈当时的想法。我傻呆呆地看着姑妈，姑妈端起酒杯，浅浅地抿了一口酒。好长时间她的眼睛都没有睁开，好像沉醉在酒中，又好像失陷在往事里。

我摸到那张幺鸡时不由自主哆嗦了一下，如果事情真像

灵魂盘旋

别人说的那样邪乎，一定要有应验的话。姑妈说到这儿停顿了一下，好像有什么阻住了她的喉咙，又抿了一口酒，才把那梗阻的东西冲刷掉。我不敢相信摸到了那张牌，好长一会儿都不敢去翻开它。

我猜到了那瞬间姑妈想到了什么，可拿不出恰当的话来安慰她。那张幺鸡仿佛就是只乌鸦，带着阴影倏忽而过。

我想果真有应验的话，一定会应验在他身上。姑妈将剩下的酒全数倒入了口中，她的双肩跟着耸动了一下，身体仿佛突然轻松了。

当楼下喊叫接电话的时候，姑妈对来电的内容早已未卜先知，同那几个牌友周旋只不过有意拖延时间。打电话的是姑父公司的副总，尽力以一种悲伤的口吻告知姑父的死讯。姑父的尸体在海水退潮时卡在礁石的缝隙中，被几个捡海货的妇女发现。姑父的遗体有些发胀，但还没到无法辨认的地步。姑妈和远在美国的表哥被通知去料理姑父的后事，而最终姑妈只身返回了本城，姑父的骨灰就地安葬。姑父的公司被转让了，所得大部分被表哥带去了美国，余下的部分成了姑妈晚年生活的保障。姑妈不知听信了谁的主意，还是自有主张，拿那笔钱在本城刚开发的商业街买下了二十个店铺。那条商业街原本高大上的名字没人叫了，代之以姑妈牌桌上的外号——贵夫人街。那会儿房地产开发刚刚起步，接下来的年月里，姑妈的店铺所值随着本城房地产的欣欣向荣水涨船高，到她去世时，那些店铺中的十八个加上用铺租增添的店铺，拍卖所得接近一个亿。

姑妈的生活同姑父在世时没有多大区别，多半的时光都耗费在牌桌上。偶尔，姑妈会同本城的京剧票友们混在一起，一袭青衣，一个云手，一个盘腕，一个转身，几步圆场，眼神流转，水袖轻颤。可能因为抽烟酗酒的缘故，姑妈的嗓音有些许沙哑，可照样没少招惹男人的眼珠子。

二

经历那次倾囊之耻后，先前那几个牌友同姑妈分道扬镳了。但姑妈的牌运没有受此影响，相反一天好过一天。就因牌运的逆袭，姑妈在牌桌上没少受牌友们的威胁，经常有人嚷嚷，贵夫人，再和牌就没人陪你玩了。姑妈有时会谦让她们一下，有时也会置之不理，全凭当时的兴致。后来的牌友因此分分合合，来的来，走的走，大浪淘沙，慢慢固定了下来，就那么四五个。牌局常设在姑妈家里，姑妈换了一套复式结构的房子，有的是活动空间。姑妈因此还请了个保姆，打牌时保姆负责端茶送水,买菜做饭。牌局的筹码很小,纯属娱乐,消磨时间,得失自然没有那么重要。

姑父去世后的第四年,我来到姑妈身边。那会儿,姑妈正同一个叫阳刚大妈的老婆子关系火热。阳刚大妈比姑妈大三岁,但从相貌上看不只相差十岁。阳刚大妈大脚大手,一口黑牙,也抽烟喝酒,嗓门粗大。姑妈给的酒阳刚大妈照喝,但姑妈给的烟不抽,嫌那烟没劲。阳刚大妈抽的烟都是劣质卷烟,有股子冲劲,只要点上烟,满屋子都是呛人的烟雾。姑妈没有因此嫌弃她。她们在一起时抽烟喝酒打牌的时间多,说话的次数少,有时别的牌友都走了,阳刚大妈会留下来多待一支烟的时间。阳刚大妈有的是时间,她的老伴走得也早,儿子开三轮车替人拉东西,儿媳妇在贵夫人街替人看店,里里外外照应着,不需阳刚大妈管事。

咋不找个男人呢?有一次,阳刚大妈试探着问,一个人的日子多难熬。

那会儿,我刚好坐在楼梯上,整个房间静悄悄的,只有保姆在厨房里忙碌的声音。

阳刚大妈在收拾牌桌。

找个啥,跟自己过不去啊,多个人才难熬呢。很长一阵子姑妈才回答,她的声音懒洋洋的,带着倦意。

可别像我。阳刚大妈开玩笑说,贵夫人妹子,你要是再摸到"七姐妹",会不会把老姐的裤子也给扒了?

姑妈愣住了,后来才知本城仍在流传那次自摸"七姐妹"时的种种细节,说姑妈将牌友藏在裤头里的私房钱都给挖出来了。明白过来后,姑妈莫名其妙笑了,花枝乱颤的,像个疯婆子。

有可能。姑妈说,你可要小心点,最好做个铁裤头。

轮到阳刚大妈吃不透姑妈的意思了。

后来,在另一轮闲聊中,姑妈才肯定地告诉阳刚大妈,我不会再养"七姐妹"了,绝对不会。

万一碰上了呢?阳刚大妈问。

我就那么倒霉?姑妈皱起了眉头,神情明显不悦。

阳刚大妈一时语塞。

屋子里烟雾缭绕。

她们说话时我插不上嘴,她们的话有的让我一头雾水,有的似懂非懂。闲着时,姑妈会差使我做各种各样的事情,小鳡鱼,给姑妈拿盒烟来,或者,鳡儿,把酒橱上的酒瓶给我拿来。那会儿我很乐意她使唤我。我将她要的东西送过去时,她会突然捉住我的手,盯着我的眼睛问,我那个不争气的弟弟是不是把你送给我当丫头?说呀,是不是给我当丫头?

灵魂盘旋　　**257**

问你弟弟去！我白了她一眼，使劲挣脱她的手，躲去一边，不再理睬她。

瞧瞧，好像还让你受委屈了。姑妈见我不搭理她，转而问阳刚大妈，我有没有委屈她？

给我当丫头才委屈呢。阳刚大妈回答，鱤儿是掉进蜜罐里了。

过一段时间，姑妈换过一种方式逗我的乐子。

小鱤鱼，过来，姑妈有话问你。她用夹着香烟的手朝我招手，待我过去后故意板着脸问，告诉姑妈，将来要给你准备一份怎样的嫁妆？

她的表情是假装的，可能她喜欢看到我害羞的模样。做新娘，成为真正的女人，可能是每个女孩憧憬而恐惧的梦想。在我来说，似乎恐惧要比憧憬多那么一点点。我的恐惧来自母亲，也来自姑妈。她们的遭遇好像都有令我恐惧的地方。

我始终弄不明白父亲为啥不让我留在母亲身边，而是将我托孤给姑妈。父亲似乎对未降临的厄运有种预感。父亲是个裁缝，这早已是个濒临灭绝的职业，何况父亲从不给活人做衣服。他的顾客都是死者，或者未来的死者，总之是真正的上帝。父亲的裁缝店还兼卖冥纸和鞭炮，及纸扎等丧葬用品。父亲的生意不好也不坏，勉强够维持一家人的生活。而我母亲呢，也像姑妈那样沉恋于牌桌。母亲同姑妈又有不同，姑妈的牌友相对固定，母亲的牌友则遍布全城。长期混迹于赌场没能给母亲带来财富，相反多次被那些在赌场放高利贷的债主逼迫得无处藏身。之前几次都是父亲咬牙还清了母亲的赌债，但后来不得不同她划清界限，一度以假离婚的方式表面上断绝夫妻关系。

鳡儿，假如有一天我走了……你就去找你姑妈。有一天，父亲在饭桌上很平静地告诉我，她会将你当女儿看待的。

父亲的话一语成谶。冬天的某个晚上，父亲的裁缝店被一把火烧了个一干二净，连父亲都没能跑出来。母亲甚至没有在父亲的丧事上露面，就消失得无影无踪了。父亲似乎早就预料到了母亲的举动，姑妈成了我在这人世唯一的依靠。

贵夫人，你那弟媳到底去哪了？有天晚上，阳刚大妈没走，住下来同姑妈扯闲。

咱们不谈她，留着痰变尿。姑妈将手中的烟头在烟灰缸摁灭了，又低头朝垃圾桶吐了一口唾沫说，她爱去哪儿去哪儿，别让我看见就行。

我支起耳朵，希望听到有关母亲的消息。但姑妈好像知道我在偷听似的，故意隐瞒不说，或者她也不知道母亲的下落，很快转移了话题。

灵魂盘旋　　**259**

后来，姑妈流露过叹息，我那弟弟糊涂一辈子……就做对了一件事，将鳡儿给了我。

随着时间的推移，我从姑妈的只字片言及她的牌友们无意透露的细节中知道，姑妈曾多次资助过父亲，父亲才得以还清母亲欠下的赌债，裁缝店才得以正常地开门关门。

我是帮了他们的倒忙，害了他们。姑妈说，其实我也是糊涂人。

三

我的到来没有让姑妈改变什么，姑妈的生活就像钟摆，有着固定的节奏，谁也改变不了她。我的日常由保姆料理，保姆是个很慈善的女人，年纪同我母亲差不多，但性子温软，做事细致，知冷知热。保姆送我上学，放学接我回家，我曾拒绝她这么做，可我的拒绝不生效，保姆依旧按照姑妈的吩咐在她的轨道上运转。慢慢地，我对保姆也有了依赖，有时会忘记母亲的存在，好像保姆就是我的母亲。长时间的平静让我对姑妈的生活产生了倦怠和审美疲劳，甚至我想过姑妈的钟摆会不会节奏放慢，最后完全停止。我暗地里渴望突然发生一些事情，打破这种令人厌倦的安宁和死寂，没有波澜的生活会让人绝望和陷于平庸。后来，我才意识到，这或许是父母的生活给我留下的阴影，父亲的安宁总是出其不意被母亲击打得支离破碎，一地鸡毛。在那时，我并没有察觉这种阴影的存在。

可是，姑妈似乎很享受这种单调而又重复的生活。

小公主，来，让姑妈给你打扮一下。有一天，姑妈把我叫到身边，要给我梳妆打扮。在此之前，她已将自己收拾妥当，特地上美发屋做了头发，换上了新做的那身青花旗袍，还画了眼影，往脸上施了脂粉，抹了浅浅的口红。

临出门时，姑妈让我背上一只鼓鼓囊囊的背包，而她自己只拿了一只小巧的手袋。

我们的目的地在城中心公园，公园的南面临水，建有弯弯曲曲的游廊和水榭。姑妈的京剧票友们先到一步，聚集在一处水榭上。那儿白天多数时候是老人们的乐园，晚上就成了情侣们幽会的场所。多年后的某个晚上，我同一个男孩在水榭上约会，他未经我同意突然吻了我，我被他的举动惹火了，一头撞过去，男孩四仰八叉跌进水里，差一点没被淹死。

姑妈很快融入他们当中，剩下我孤零零地站在水榭的入口处。刚开始，他们的表演还能吸引我的眼球，没过多久，我的好奇就像漏气的皮球慢慢瘪了。可能不是正式演出，他们大多没更换服装，仍旧日常的装扮，只有姑妈换上了那身带水袖的青衣。他们唱的咿咿呀呀，我一句也听不懂。倒是锣鼓响得热闹，水面上都漾起了波纹。姑妈很是投入，一举手一投足，像是用铅笔勾画出来的。我突然对姑妈身边的那些人有了兴趣，锁住他们的脸挨个挨个看，特别是那几个老头，无一例外，眼睛都像果实那样吊在姑妈身上。那种赤裸的目光，让我都很是难为情。只有那个拉京胡的老头例外，闭着眼，啥也不看，什么人也不在他的视线中。他完全沉浸在自己的世界里，时而俯首，时而昂头，好像乐曲不是出自手中的乐器，而是从他的头发里，从他的头颅中汩汩往外流。

后来，我有了更意外的发现，拉京胡的老头有时会猛然睁开眼，眼里的光芒立刻映射在姑妈身上。姑妈好像瞬间被点亮了，她的声音明显有了变化，更为动听悦耳。拉京胡的老头第二次睁开眼时，姑妈的目光恰好迎了上去，目光碰撞处似乎迸出了灼人的火光。之后会有第三次，第四次，一次排演姑妈同拉京胡的老头会有 n 次眼神的交汇，目光的碰撞。他们好像在用一种隐秘的语言交谈什么。多次在排练的现场耳闻目睹之后，我猜想姑妈同拉京胡老头的关系非同一般，不仅仅是票友这么简单。

除此之外，姑妈同拉京胡的老头没见其他异常。休息时间，姑妈要么同另外的票友说说笑笑，要么回到我身边喝水，坐下来小憩。这中间，拉京胡的老头背靠水榭的柱子坐着，闭目养神，或者扭头向空旷的水面张望。偶尔也有人走过去同他说话，简短的几句，很快就散了。

回来的路上，姑妈的脚步放慢了许多，可能有些困倦了，但她的神情没有显出疲态。

小鳜鱼，为啥不给姑妈来点掌声？她问话时声音里有股平时没有的活泼劲，可能还在回味刚才的排练。

为啥要有掌声？我反问。

她做了个抖水袖的动作，问，漂亮不？

就那样。我都听得出自己的声音中有种不屑。

小坏蛋，你就不能说句中听的，让姑妈嘚瑟一下？姑妈瞪了我一眼，将背包塞给我，拿着。

如果仅仅是这样，我还不能确认姑妈隐藏了什么。我也有秘密，谁都有秘密，这并不奇怪。上初中时我就对一个戴眼镜的男生产生过好感，有时会趁人不注意偷偷观察他，窥视他的背影，甚至模仿他走路的姿势。我保守了这个秘密，对谁都没有说。但后来发生的一件事情，让姑妈无疑在我跟前承认了她同拉京胡的老头有着某种特殊的牵连。那一天，本该又是去公园的日子，姑妈没有像往常那样去做头发，也

灵魂盘旋　　263

没有换上保姆刚熨过的旗袍。她找了个借口支开保姆,牌友们知道她的习惯,这个日子不会上家来。保姆走后,姑妈在她的卧室里进出了几个来回,看看我又摇摇头回到卧室,看上去很焦躁,又很沮丧。最后一次从卧室来到客厅时,她的手上多了一只信封。

小鳡鱼,能不能帮姑妈做件事?她将信封摁在胸口上,好像不那么做就会有东西从里面跳出来。

我就沉默地看着她,不说话。

认识那个拉京胡的……大伯么?帮姑妈把这个交给他。她将信封举起来,在得到我肯定的答复后,才将信封放到我手上。

拉京胡的老头在我看来不是大伯,而是爷爷。他有一头灰白的头发,清瘦的脸,背有些驼。或许在姑妈看来,让我称他为大伯更合适。我捏捏信封,信封有些厚度,这诱惑着我去察看它的真相。离开家后,我做的第一件事就是拆开信封,是个存折,存折上有串数字,小数点前有四个0,0前还有个5。我琢磨不透姑妈的意思,是她欠了他五万元,还是借给他五万元。这存折是个谜。

我依照姑妈的嘱托去了公园,在长廊上见到了那个拉京胡的老头,背对公园坐着,仿佛一尊石雕的动物。我将信封交给他，他想说话又没有说，伸过手来要抚摸我的脑袋，我躲开了，他的手就落了空，像只无力的船桨徒劳地沉了下去。

四

转眼间，我在姑妈身边生活了六年，念完初中，进入了高中。我知道自己是什么货色，上大学无望，未来扑朔迷离。我慢慢露出了鳝鱼的天性，在校园里对谁都是一脸冷漠和凶狠。我踹过一个企图追求我的男生，险些将他的睾丸踢爆了。我将一个从身边经过时发出冷笑的女生掀翻在地，骑在她身上，用玻璃在她脸上划下一个S字样，差点叫她破相。这些事情都是姑妈用钱给摆平的。初中毕业的那年暑假，母亲来找过我一次，但被姑妈堵在门外。姑妈倚靠在门框上，一只手像停车场的闸杆抵住另一边的门框。

我不会让你带走鳝儿，除非你把我弟弟叫来，让他亲口对我说。姑妈的态度有些蛮横，话语里挟带金属的寒意。

母亲特意打扮过，从头到脚光鲜的一身，但终究敌不过姑妈鄙夷的目光，灰头土脸走了。

六年间，姑妈让我先后给拉京胡的老头送过五次存折，少的时候三两万元，多的时候五六万元，最多的一次达十三万元。

姑妈有钱，这点钱对她来说不过九牛一毛，但我理解不了她的行为。她完全可以当面将存折交给拉京胡的老头，不必让我转送。老头接受存折后对姑妈好像也没有什么表示，她同他照样会在水榭上见面，见了面也不说话，仍旧通过旁人不易察觉的眼神交谈。她到底图的啥，我看不明白。后来，在水榭那种场合，我偶然听人谈到，拉京胡的老头有个多年瘫痪在床的妻子，辛苦自不必说，日子更是拮据。姑妈可能出于同情，才在暗地里资助他。再往后又听说，拉京胡的老头妻子去世了，姑妈也没有同他走得更近一些，始终维持在原有的状态。

这只是姑妈生活中的一个插曲，或者是姑妈有意用来打破平静的一个小意外。我是这么认为的。而后来发生的另一个插曲，比这更富有戏剧性。姑妈的牌友们喜欢说闲话，荤荤素素的，大多是本城流传的故事，真真假假，有杜撰的，也有发生的事实。偶尔也会说到哪个牌友的女儿长得漂亮，哪个牌友的儿媳妇孝顺，但这种话题一般不说，好像怕伤到姑妈。表哥在美国，长年不见人，何谈孝顺。甚至半年都难有一个电话打回来，估摸姑妈早把表哥不当儿子了，或者干脆当表哥不存在了。表哥在电话里也说过，要接姑妈去美国，姑妈没等表哥把话说完就将电话撂了。

某天，阳刚大妈在牌桌上说了件荤事，说本城有个老头贫血，上诊所找医生开了个药方，老头按照医生说的，服了大半年的药，气色渐渐好转了，可火气也给调上来了。老头拿着药单子去找医生的麻烦，让医生给消消火。

阳刚大妈，这事儿你去最合适，你就不该说出来，悄悄地去，没谁知道，也没谁抢你的生意。有个牌友拿阳刚大妈开玩笑。

姑妈和另一个牌友都跟着笑。

我才不敢去呢，有那贼心没那贼胆，我那死老头知道了在阴间还不把我给掐死。阳刚大妈一脸正经，打开牌桌的抽屉，倒出一支烟，叭的一声点着了。眼下倒是真有个活计，我想想啊，谁去最合适。

别抽那该死的蛤蟆烟，呛死人了。坐在阳刚大妈下手的牌友拿手当扇，嚷嚷着说。

另一个揶揄说，死老头在阴间掐死你，不正好又活过来了？

姑妈以为阳刚大妈要编排个故事来报复，停住手，眼瞪瞪地守着她的下文。

阳刚大妈却不着急，嚅着腮帮子，猛地吸了几口烟，一支烟眨眼烧去了大半截。过了烟瘾后，阳刚大妈说的事情并非针对姑妈，她也是从开三轮车的儿子嘴边听到的。乍一听像是捏造的，但阳刚大妈说得有鼻子有眼睛，故事主角的姓名都报出来了。本城东门有个姓郭的老头,早年丧妻,担心孩子会受后妈虐待,就没再娶,一个人拉扯一儿一女。女儿出嫁了,儿子也娶了媳妇,生了孙子,郭老头算是好日子熬到了头,谁想却患上了不治之症,时日无多。人都昏迷了,恐怕就在这三两天。阳刚大妈强调说。郭老头迷迷糊糊躺在病床上,不要吃的,不要喝的,就安安静静躺着,后来不知咋的,迷糊的时候就嘴里咕噜什么,女儿细心,将耳朵凑到他嘴边,念叨的像是个女人的名字,却不是她的母亲。女儿有些生气,可一回想,这么多年郭老头不续娶,也对得起她妈了。就是有个女人也正常。做女儿的将听到的告诉做儿子的,做儿子的也将耳朵凑到父亲嘴边,听出了些眉目,做父亲的念叨的不是别人,而是年少时追求过的一个女孩。做儿子的偶然听人开过父亲的玩笑,却不清楚到底是个怎样的女人,这会儿人又在哪儿。做儿子的想满足父亲的心愿,想把那女人找来同父亲见最后一面。向父亲的几个旧友打听,总算找到了一些线索,甚至还了解到当年父亲同那女孩交往的一些细节。做儿子的担心那女人不愿意,但还是根据问到的地址找去了,不想事情冤得很,那女人刚刚去世还不到一个星期,可能郭老头都不知道呢。做儿子的捂着头,暗自流了很多眼泪,后来突发奇想,何不找个人来替代那女人,同父亲见上一面，好歹对父亲是个安慰。

求过几个人都不答应，就差没下跪磕头。阳刚大妈扬起夹着烟头的手，指着姑妈说，贵夫人，我看你去最合适。

几双眼睛盯住姑妈，以为她会想出话来反击，没想姑妈傻愣愣地瞧着阳刚大妈，瞧了大半天，才慢慢悠悠地说，我也觉得我去最合适。

你去了说啥话？阳刚大妈很好奇。

别管我说啥话，自然有话同他说。姑妈将齐齐整整的麻将牌推倒了，扬起眉毛说，把地址告诉我。

都以为她只是在牌桌上说说，可第二天，姑妈真就往城东门去了，一去就是一整天，傍晚才回来。姑妈还是早上出去时的姑妈，脸上平静得很，好像啥事也没发生。晚饭时拉着保姆一块喝了两杯酒，保姆不胜酒力，被撂倒了。姑妈收拾了餐桌，洗了澡，之后换上演出时穿的服装，放上唱片，一个人唱了一段京剧。我依旧没听懂她唱的什么，但看得出她的心情不坏。

一阵热闹过后，姑妈关了唱机，点燃一支烟，坐在沙发上叫唤，小鳡鱼。

我闻声坐到了她的对面，她不说话，只拿眼睛看着我。我也静静地看着她。

他走了。最后，姑妈说。

有两天姑妈没有召集牌局，第三天，那几个牌友包括阳刚大妈不请自来，显然她们都有些急不可耐，想知道事情的经过。

都说了啥？郭老头怎样了？阳刚大妈问。

没说啥。姑妈轻描淡写地说，开牌吧。

总要说些啥。阳刚大妈不相信。

能说些啥？！姑妈反问，我说他给我的枣子很好吃。

阳刚大妈就更诧异了，两只眼球差不多要掉出了眼眶。另两个牌友，加上保姆，都是大张着嘴，一头呆瓜相。

他老家……老屋后有棵枣树，他给她送过枣子。姑妈解释了一回。

就这些？

我给他唱了一个歌。姑妈说。

什么歌？

《莫斯科郊外的晚上》。

……

往后，姑妈都懒得回答她们的提问了，将精神集中到牌局上。后来，还是在牌桌上，姑妈透露了另外一些细节，比如她说她的嗓子哑了，没有之前好听，因为她喝酒，也抽烟。又保证说，以后再也不喝酒了，再也不抽烟了。然而，姑妈并没有兑现自己的承诺，照旧抽烟喝酒，熬夜打牌，照旧去水榭上同票友们聚会。姑妈还说，她喜欢现在的生活，她的孩子也很听话，他们的日子很惬意，她让他放心。她一定会好好活着。

阳刚大妈对这些细节好像不怎么感兴趣，追问了一个更为关心的问题，他们给了多少钱？

他流泪了。姑妈答非所问。

这之后，大概过了两三个月，一个戴眼镜的中年男人找上门来，姑妈接待了他。中年男人交给姑妈一枚戒指，说是他父亲留下的，清理遗物时才发现。他们兄妹俩商量后决定将戒指送给姑妈，姑妈没有任何客套的推辞就收下了。我才明白，中年男人是郭老头的儿子。那枚戒指姑妈一次也没有戴过，又将它传给了我。我也不知怎么处理，就任由它在之前的盒子里收藏着。

五

在我生下第二个女儿后，母亲突然找到了我。那时姑妈离世已经三年了。母亲在我的服装店里当着那么多顾客的面，捋起袖子，向我展示了她的一条手臂。那条手臂上用烟头烙下了十个疤痕，一个比一个深，最深的那个塞得进半截烟头。再往深里烙，非烙进骨头里不可，那样手臂就废了。母亲告诉我，那年她来找我，是在澳门赌场赚了一笔钱，想让我回到她身边。我想，那年如果母亲真的将我从姑妈身边带走，那现在会是怎样的情形呢。后来，我又自问，就算姑妈同意母亲将我带走，我会不会愿意跟随母亲呢。答案是否定的，我不愿意同母亲生活在一块，要不然当时看到姑妈拒绝母亲的请求，内心绝对不会涌起复仇的快感。

我似乎继承了父亲对未来生活预判的能力。高中毕业后果真没能考上大学，姑妈在贵夫人街收回了两间店面，让我开了一家时装店。这个结果可能也在父亲当年的预测当中。但我又没有按照父亲的期望在生活，对于那些出现在我身边的男孩，从没给过他们好脸色。我总是想方设法把他们赶走，让他们滚得越远越好。一个男孩邀请我一块聆听滚石乐队的《野马》，但后来他的一根肋骨被我用不锈钢管敲断。我越来越任性，不顾后果。

在我将第三十七个男孩从身边赶走时，姑妈同我谈过一次话。

那一次，姑妈破例给我也倒了一杯酒，满满的一杯。我们俩坐在阳台上，中间隔着一张小圆桌。那儿原本是姑妈的地盘，阳台上有张吊椅，姑妈一个人坐在吊椅上，晃晃荡荡。姑妈抿了一小口酒，却示意我将整杯酒喝下去。我不惧怕什么，何况只是一杯酒。我仰起脸，一口气将酒灌了下去。我被酒呛着了，酒从我的嘴巴灌进去，从我的鼻孔里喷射出来。我不停地咳嗽，眼泪鼻涕一块流了出来。姑妈就那么冷眼看着我，半点怜悯的意思也没有，甚至连纸巾都不给我撕一张。我好不容易恢复过来，还以她同样的冷眼。

你不能这样。姑妈说。

我不能怎样？我挑衅似的反问。

你不能将他们全都赶走，不能重复姑妈的生活。

姑妈的话语里有种疼惜，我品尝得出来。但我丝毫没有给姑妈脸面，将我近乎本能的鳏鱼天性全都使到了姑妈身上。

赶走他们是我的事！

怎样生活也是我的事！

我乐意怎样就怎样！

与你无关！

我死死地盯着姑妈，我的眼睛喷得出火来。我咆哮着，像一只暴动的野兽。不知从何而来的愤怒冲昏了我的头脑，差点将我焚为灰烬。我张牙舞爪的，仿佛要扑过去将姑妈撕成碎片，或者与她同归于尽。后来，当我冷静之后，怎么也想不透自己为何会对姑妈发那样大的火，为何敢对她那样。

这是我自身未解的症结。

你会后悔的。姑妈不再理会我，端起酒杯，离开了阳台。

姑妈走后，我趴在小圆桌上嚎啕大哭，父亲被烧死那回我也没那样哭过。以后也没有过。

我在本城的男孩那里赢得了别人从未有过的恶名，他们对我都避之不及。我的转变似乎经过了漫长的过程，就像物种进化那样。但其实只是一夜之间的事情，我忽然意识到未来可能不会有一个像我一样的孩子来到我身边，同我一起生活。我不可能像姑妈那样，她不是我的榜样，我不能步她的后尘。当第三十八个男孩从身边经过时，我俘虏了他，让他成为了我未来生活的伴侣。姑妈对我的转变好像一点也不意外，替我操办了婚礼，并将我开时装店占用的两个铺面作为贺礼过户到了我的名下。她总是默默为我做着这些事情。

我第一个女儿出生时，姑妈为孩子张罗了满月酒。这一次我没喝酒，姑妈倒喝醉了，第二天酒醒后，我同姑妈有过一次谈话，是我主动找她的。我觉得有些话要对她说。姑妈在冒充郭老头的初恋对象之后，居然又遇到过几起类似的事件，不能不说这世界太奇葩。后几次替别人满足心愿，姑妈却不像郭老头那次那样有成就感，归来后脸上被阴云覆盖，心情一次比一次灰暗。有一次，从死者家回来后姑妈连续三天没约牌局,也没放唱片,一个人坐在阳台上,一杯接一杯地喝酒,直到把自己喝得酩酊大醉,不省人事。

我给她泡了红茶,保姆给她煮了醒酒汤。我驻守在她的床头,等待她醒来。

您不能这样。我模仿当初她劝告我时的口吻对她说。

姑妈懵懵懂懂瞅着我,不明白我在同她说什么。她的眼神黯淡,脸色灰白,额头上有细小的汗珠。

您不能让别人生活在您的谎言中。我袒露了我的想法。

姑妈先是目不转睛盯着我,慢慢地,挣扎着从床上坐了起来。我以为她会像我那样歇斯底里,但她只是嘀咕说,有谁不生活在谎言中。

如果有人醒来,发觉这根本是个骗局,叫人家怎么面对?我来了个假设。

不会有人发觉。她喃喃自语,也不会有人醒来。

对啊,那就更不能这样,尤其是对于那些死去的魂灵。我以为说中了要害。

对谁都一样。姑妈争辩说。

至少我们不能。我重申我的看法。

我没有欺骗任何人。我只是欺骗了自己。姑妈替自己辩护说,欺骗了自己还不知道,欺骗了自己还若无其事。

姑妈的话让我沉默，无言以对。我不清楚姑妈哪些地方欺骗了自己，是否我也欺骗过自己。此后，姑妈再也没有去给那些濒死之人唱歌，也没有给他们回忆陈年往事。或许，本城也极少发生郭老头那样的事情，那毕竟是个案。我觉察到姑妈身上有了细微的变化，比如她不在我女儿跟前吸烟，她同阳刚大妈吸烟的场所被限制在牌室之内。她会给我女儿唱京剧，会胳肢她，逗她笑。她会亲她的脚丫子，亲她的小屁股。她也会因为我女儿的一泡尿一泡屎而大呼小叫。也因为我女儿，姑妈不得不放弃牌桌上的乐趣，连京剧票友们邀请的活动也很少去参加。她的确像个慈爱的长辈。

终于有个痛快的时刻了。姑妈如是说。

那会儿，我完全没有意识到姑妈在世的时日无多，一场突如其来的病痛让她卧床不起，此前没有任何征兆。没几天，医院就下达了病危通知书，我被吓傻了，甚至忘记了要打电话给表哥。我没日没夜地守护在姑妈的床边，姑妈安安静静躺着，已经无法进食了。我给她喂水，喂流质的食物，都是徒劳的。我做这些时她就直勾勾地看着我，她的眼里没有了之前的光芒，好像蒙了一层尘埃。我才想起要给表哥打电话。我掏出手机时姑妈微微摇了摇头，阻止了我。很长一段时间，姑妈的眼睛一眨不眨盯着我，似乎要把我看进眼里，又像是有什么话要对我说。

　　姑妈离世的那一天，我才想到那个拉京胡的老头。我让丈夫替我守着姑妈，而我以最快的速度找到了那个拉京胡的老头。他好像事先就知晓了我的来意，什么话也没说，只拿着那件陪伴他多年的乐器，顺从地跟着我来到了医院。乐曲声在病房响起，曲调耳熟，我应该不只一次听过。后来，是姑妈的一个票友提醒我，是《霸王别姬》。姑妈不只一次饰演过虞姬。乐曲声持续了好半天，最终戛然而止。

　　拉京胡的老头念白：待孤看来……

　　姑妈的后事是遵照她的遗嘱，在律师的监督下办理的。表哥晚回了一天，航班延误了，没能见上姑妈最后一面。表哥想把姑妈的骨灰带走，但律师坚决不让步，姑妈被安葬在本城的公墓区。姑妈生前的住房被我继承，而其他物业包括店铺，被公开拍卖，拍卖所得遵照姑妈的遗愿全部捐献给了本城的养老中心。姑妈的卧室我让它保持了原样，她的烟灰缸，酒柜，阳台上的吊椅，都在它们原来的位置。我挽留了母亲，她也无处可去，只能留在我的身边。她代替姑妈替我照看孩子，操持家务。她清扫牌室时，有时会在牌桌边小坐一会儿，这种弹指之间的光阴降临时，我不会打扰她，就任由她坐在那里。

铁皮幻想史

一

白铁皮就是个敲白铁皮的。

白铁皮敲了三年零八个月单七天白铁皮。白铁皮敲白铁皮时，长枪同他二叔在一块炒五香瓜子，孔雀在卖油条，矮嘴瓶在推销一种浸泡了金樱子的白酒。白铁皮敲打了两个月白铁皮，就被本城人唤作了白铁皮。作为工匠的白铁皮，日常生活被锤子敲打得又扁又薄，仅剩的几块碎片就同长枪、孔雀和矮嘴瓶厮混在一起。长枪用报纸糊的纸袋装来五香瓜子，孔雀卷来几根卖剩的油条，矮嘴瓶拎来半壶酒，白铁皮支张小桌，桌上铺张白铁皮，再摆几只白铁皮敲的杯盏。白铁皮也不白吃白喝，供水供烟，偶尔到巷子口买上半斤卤猪耳朵，七八两水煮毛豆。他们的话题很简单，但多少透着些野心，长枪计划将来办个炒货厂，炒五香瓜子，也炒花生炒蚕豆，能炒的都要炒。孔雀想开个酒店，不单卖油条，还要供大餐。矮嘴瓶没啥想法，不管卖啥酒，管饱就行。也聊女人，城东头聊到城西头，凡是见过的十六岁以上的女孩子都要拿锤子敲一遍，胖的敲，瘦的也要敲，少不得要敲出些水淋淋的话来。

  白铁皮有白铁皮的想法。本城那些敲白铁皮的，无非敲水壶，敲撮箕，敲水勺，敲卖酱油卖散装白酒的量杯，敲蒸馒头的蒸笼，白铁皮跟着敲了几个月，就萌生了别出心裁的想法。他琢磨着要用白铁皮敲打出皇宫银器一般的器物，银制的烛台，银制的酒壶，银制的花瓶，上面刻有精美的花纹，在幽暗中会有银的光亮。他要将摆放样品的货架全部摆上那样的银器。他还要在白铁皮上刻出图案和花纹，把它作为图画挂在墙壁上。他的作坊会因这些装饰而散发无限光辉。有过一段时间，他将全部心思都放在这方面，希望通过不停的敲打把种种设想变为现实，变为精美的艺术品。他的双手和手中的锤子配合并不默契，敲出来的器物要么走了形，成了几不像,刻上去的图画更是山水不分,人兽无异。皇室银器的光辉在他的头脑中渐渐暗淡,那些奇形怪状的器物本城的人们拒绝购买,除了捡破烂的老头愿意接受他的馈赠,其他人即便白送也不屑带走。原计划打制的几只高脚酒杯,干脆就不要杯脚了,成了他们喝酒时的用具。余下的废物他倒是不怕面对,被扔在一个角落,长枪和孔雀常把它们当耻辱随手拈来取笑他。

  白铁皮在沮丧中继续敲打白铁皮,既然敲不出皇室银器,只能退而求次敲打些市井生活的必需品。他的手艺并没有在敲打皇室银器的幻想中有所长进,那些由他敲出来的白铁皮玩意儿常有意外发生,要么提手脱落了,要么哪儿出现了裂缝。本城人嘴损,哪儿疼就朝哪儿戳,敲你爹个卵子壶,你爹前列腺漏水,他龟儿子敲把水壶也漏水。大概买水壶的中年男人同白铁皮的爹认识,把他爹前列腺炎的隐私也给抖露了出来。白铁皮窝了火没处发泄,将水壶掷在地上,一脚踏扁了,还不解恨,爽性就着铁砧,三锤两锤,把它还原成了白铁皮。

  那些存储于脑海中的皇室银器没能给白铁皮带来荣耀,却给他招来了几个特别的人物。他们自称诗人,白铁皮多少知道诗人是怎样的一种人物,却不了解本城也有他们的存在。本城诗人同诗人有何区别,至少外表上没法甄别。白铁皮只在书本上见过诗人,本城诗人却活生生地暴露在他的眼下,包围着那一堆没能成为皇室银器的废品。一个留着长发,脑后扎了几条小辫子;一个趿拉着红色高跟拖鞋,棉绸裤像充气的玩具;还有一个下巴那留着胡子,小小的一撮,说话之前总要拿手捋一下,好像很爱惜它们,又好像在提醒别人注意他的美髯。一个被他们誉为本城李清照的女人,穿白色连衣裙,表情矜持,始终保持一段不远不近的距离,好像恐惧那一堆废品弄脏了她的衣裙。

本城诗人们对着那堆废品指指点点,嘻嘻哈哈,一番热闹之后,胡子向白铁皮讨要纸和笔,白铁皮只得将一个空白的账本给了他,胡子也不在意,就在账本上笔走龙蛇,末了,将账本和笔掷于铁砧之上,转身大笑而去。那留着小辫子的一个,向白铁皮要了一只没能成为银器的铁盘子,说是当猫食盆。本城李清照捂着嘴窃笑。他们走后,白铁皮拾起账本,从那些藤蔓一般的字句中读出几句:

　　他是个敲打白铁皮的男人
　　他把自己当成了一张白铁皮
　　他不停地敲啊打啊

仿佛要把自己敲打成一件皇室银器

本城诗人们第二次造访时，给白铁皮送来了朦胧诗，胡子顺带撕下账本上写有诗句的那一页，说是要拿去本城的报纸上发表。后来，白铁皮找遍了本城的任何一个角落，也没有找到一张印有那些诗句的报纸。第三次造访时，他们给白铁皮留下一本脏兮兮的油印诗集，让他拜读他们的杰作。小辫子拿走了一把洒水壶，说要给种植在阳台上的玫瑰浇水。第四次造访时，白铁皮叫来长枪、孔雀和矮嘴瓶，他们围着那张铺着白铁皮的四方小桌，吃着卤猪头肉，嗑着瓜子，干掉了一壶十斤重的浸泡了金樱子的白酒。酒半酣时，红色高跟拖鞋半跪着向本城李清照朗诵了一首爱情诗，本城李清照在众人夸张的叫好声中喝下了整整一白铁皮杯酒。胡子夸下海口，说要把他们几个全都培养成诗人，他捋一把胡子，用手指点一下长枪，又捋一把胡子，再指点一下孔雀。轮到矮嘴瓶时，胡子不指点了，端起白铁皮酒杯，打着饱嗝说，未来的——李白，走一个！那天的后来，他们谁也没能走出白铁皮的作坊，一个个歪东倒西，全都歪倒在白铁皮上。本城李清照稍微斯文一些，背靠小方桌坐在地上，领口处开了一粒钮扣，半个乳房拱了出来。矮嘴瓶的一只手正好搁在她的大腿上，手里还捏着一片没来得及吃下肚的卤猪耳朵。

　　酒会散后，白铁皮将打造皇室银器的幻想抛去了爪哇国，他的专注完全被胡子他们带来的朦胧诗吸引。当初高考落榜将他的大学梦砸得支离破碎，但上高中时对语文课多少抱有些兴趣。他偷偷去了一趟本城的新华书店，抱回来一堆不同版本的诗集，包括好几种爱情诗选。往后，他边敲打白铁皮边翻看诗集，诗集就摊开在铁砧旁边，敲一下白铁皮，看几眼诗集。几本诗集翻过后，白铁皮梦想成为诗人的愿望比当初用白铁皮敲打皇室银器还要强烈。他尝试着在账本的空白处涂鸦，很快一本账簿就成了废纸。随后他买来一摞中学生用的练习簿，但这些练习簿在他成为诗人的热情跟前太过单薄了，没几天就被涂涂改改的字迹占领，没留下任何空白。他不敢确认那就是诗，更不敢拿出来示人。也没人察觉他的异常，他照旧同长枪、孔雀和矮嘴瓶一块海喝胡侃，照旧聆听本城诗人们慷慨激昂。那些自负的本城诗人大概做梦也没想到白铁皮下会藏着一位诗人。

　　白铁皮写诗的行迹被长枪他们偶然撞见，其实是他故意的安排。在长达一年多时间的阅读、模仿和练习中，他觉得那些写在练习本上的诗句同本城诗人留给他的油印诗集上的作品已无距离，甚至超越了他们的作品。他在厚达三四尺的草稿本里找出几首得意之作，工工整整誊写在一个新本子上。长枪在白铁皮的抽屉里翻找什么东西时无意中发现了本子，翻过几页之后，立马将本子转给了胡子，在本城诗人中胡子的地位明显高于其他三人。我的神哎，又一位诗人横空出世了！胡子的惊呼无疑确立了白铁皮跻身本城诗人的事实。那个本子上的几首诗作很快出现在一本新的油印诗集的末尾。本城诗人们适时举行了一场诗歌朗诵会，朗诵会的高潮让他们无一幸免再次躺倒在狼藉一地的白铁皮上。

随后的日子里，白铁皮作为本城诗人的一员，同胡子他们一伙频繁聚会，喝酒，即兴创作，朗诵，一次次重复着与本城群众日常生活截然不同的场景。这种聚会宛如一个接一个的漩涡，白铁皮陷身其中，好像一只掉入酱缸里的老鼠，诗人的光环和皇室银器的光辉令他头晕目眩。有一次，他险些同本城李清照发生肉体之亲，如果不是一只什么小动物在黑暗中奔过草地让本城李清照发出尖叫。为了从酱缸中脱身，他寻找各种理由，尽可能减少参加聚会的次数，慢慢淡出本城诗人的朋友圈。本城诗人们尽了最大努力挽留他，但最终还是放弃了他。白铁皮穿着散发酒精气味的工作服回到了铁砧旁，继续敲打着白铁皮。他在白铁皮和新购的诗集中获取创作灵感，真正拯救他的是那些爱情诗选，是它们让他得以新生，成为一位情诗写作者。他在爱情诗上展现出来的才华立马被孔雀证明。其时，孔雀正在追求北门招待所的一个服务员，叫沙茉莉，孔雀给她送了半年的油条和豆浆，都没找到半点亲近的机会。有一次孔雀送油条豆浆时蹭了一下她的手，沙茉莉竟然将豆浆泼在了他脸上，幸好豆浆只是温热，不然孔雀的脸就该开花了。绝望的孔雀让白铁皮写了首情诗，同一支不知从哪里折来的月季，用月季冒充玫瑰，一块献给了沙茉莉。不想孔雀用油条和豆浆没能敲开的爱情之门，被白铁皮短短几行情诗眨眼就给攻陷了。情诗送出去的当天晚上，沙茉莉就答应同孔雀一块去护城河堤上散步，在白杨树叶的遮挡下，在朦胧的月色里，孔雀第一次尝到了比豆浆更为香甜的爱情的滋味。

孔雀的成功让长枪跃跃欲试，没过几天，长枪真的凭借白铁皮的另一首情诗顺利同一个女孩约会。只有矮嘴瓶不为所动，或者是因为暂时没有理想的对象。白铁皮的爱情诗经过孔雀和长枪之嘴迅速在本城的男孩们中间扩散，特别是那些尚未征服女孩芳心的毛头小伙，想方设法通过各种途径接近白铁皮，期望从他手中获得只字片言，为他们的爱情点燃圣洁的火炬。本城的男孩们不管成功与否，对向白铁皮索求情诗之事守口如瓶，鲜有女孩知道本城有如此一位隐秘的情诗写作者。白铁皮被他们尊称为情诗王子。白铁皮似乎从中得到了无限的乐趣，完全沉浸在情诗的写作中，尽可能满足每一位求助者，哪怕他们第二次第三次没有止境地贪婪。

本城的爱情之火在一个叫蠹衣鱼的女孩出现之前达到了最高潮。当蠹衣鱼握着一纸由白铁皮创作不知哪个男孩献与她的情诗，在本城到处寻找诗作者时，本城男孩们突然都缄默了，内心的恐慌超过了失足掉进酱缸里的老鼠。这一天，白铁皮敲打白铁皮的生涯刚好三年零八个月单七天。当蠹衣鱼出现在巷子口，一步步接近白铁皮的作坊时，本城男孩们的心仿佛跳到了嗓子眼，随时有可能蹦出来。眼看着那位隐秘的情诗王子就要暴露在蠹衣鱼及本城无数女孩面前，他们束手无策，任何阻拦的措施也没有。而结局却是戏剧性的，蠹衣鱼竟然从巷子的另一端走了出来，依旧握着那张从中学生练习本上撕下来的写有情诗的纸张，纸张的一角因为日光的烤灼而卷了起来，好像失去水分的月季花瓣。白铁皮失踪了。当本城男孩们涌进那条巷子时，孔雀和长枪刚巧在白铁皮敲打过皇室银器的生了锈的铁砧上发现一张写有诗句的纸片：

一切皆有可能

石头会长出翅膀

泥土会涅槃为瓷器

屎壳郎会制造香水

白铁皮披上了孔雀的外衣

二

  很长一段时间，长枪、孔雀和矮嘴瓶就像特工那样到处打听白铁皮的消息，但凡白铁皮有可能出现的地方，绝不放过蛛丝马迹。这种地毯式的搜寻也没能给他们带来好消息。他们怀疑他是不是同他们在捉迷藏，故意牵着他们的鼻子兜圈子。他们的怀疑没有结果，本城中的确没有再见到白铁皮。他们三个人慢慢有了分歧，最先退出找寻的是矮嘴瓶，他没有坚持的理由，找到白铁皮无非让他多浪费几壶白酒，此外没有别的好处。孔雀也渐渐淡了心，他同沙茉莉早已生米煮成熟饭，就算不再向她献诗，也不用担心她会失踪。孔雀的第一要务在于卖力地推销油条和豆浆，早一天积够本钱，计划中的酒店就能早一天开张。他同沙茉莉会有个灿烂的前程。长枪的处境不同于矮嘴瓶和孔雀，虽然凭借白铁皮的一首情诗同女孩顺利约会，但那只是个开始，没有实质性的进展。长枪指望着从白铁皮手中拿到后续的情诗，去进一步赢得女孩的芳心。白铁皮的失踪无疑将长枪踢入了黑暗的深渊,那个女孩似乎在观望着,等待他的第二次表现。长枪发了疯似的在本城的大街小巷奔走,甚至把炒五香瓜子的时间都用来找寻白铁皮。他越是着急,白铁皮越是杳无音信。长枪几近崩溃,在绝望中甚至想过霸王硬上弓,不如直接武力解决那层横亘在他同女孩之间的隔膜,终究不敢付诸行动。

同长枪一样陷入尴尬境地的,还有本城的男孩们,他们同样因为白铁皮情诗的助燃同各自的对象有了一个良好开端,就在他们想象爱情道路上花团锦簇时,白铁皮的失踪给他们笼罩上了大片阴云。那些可爱的脸庞似乎一夜之间对他们产生了怀疑,嘴角挂上了嘲弄。对此,他们一筹莫展,甚至在沮丧中滋生了对白铁皮的诅咒和憎恨。白铁皮用情诗在他们的爱情中植入了一根骨头,这根骨头又因他的失踪而被抽掉了,从此他们的爱情黯淡无光,前途渺茫。有人捉刀代笔,幻想自己能写出像出自白铁皮笔端那样的情诗,无奈血液中不存在诗歌因子,那歪歪扭扭的字迹更像是精神病人的胡言乱语。绝望中,也有人找上了本城诗人们,可那些高傲的家伙对本城男孩们的处境无半点同情之心,不肯出手替他们遮羞。或者认为用情诗求爱,本应是本城诗人们的专利,不应该让凡夫俗子染指。这不是本城男孩们的耻辱,而是本城诗人们的耻辱。

  本城诗人中那个叫胡子的诗人似乎没有忘记是他发掘了白铁皮的诗歌天赋,某天独自来到白铁皮的作坊,在蒙尘积垢的白铁皮中翻翻找找,将那些散落的写有诗稿的中学生练习本一本本捡拾起来,抹去灰尘,全部带走了。胡子将白铁皮的诗作一首首整理出来,投给诸多诗歌杂志,很快白铁皮的名字在诗歌界小有影响。当胡子捧着那一堆样刊再次来到白铁皮的作坊时,白铁皮依旧行迹无踪,只得将那些样刊原样抱了回去。胡子后来多次找过长枪、孔雀和矮嘴瓶,企图从他们嘴里打听到白铁皮的消息,可他们同他一样,对白铁皮的去向一无所知。一个隐秘的诗人,一个隐秘的情诗王子,正如他的出现一样,隐秘地消失了。

  白铁皮的失踪对本城男孩们的打击不过如此,可带给那个叫蠹衣鱼的女孩的痛苦却是无法丈量。那个向她奉献情诗的男孩是个胆小鬼,白铁皮消失后他也不再在蠹衣鱼跟前露面了。那首情诗毫无疑问打动了她的芳心,起初蠹衣鱼在本城到处游走希望找到那个向她献诗的男孩,久寻未果之后,她忽然意识到那个胆小鬼绝不可能写得出如此优美动人的诗句。情诗的真正作者是谁,蠹衣鱼带着这个疑问再次投入到寻觅中。她寄希望于那个胆小鬼告诉她答案,但他始终避而不见。后来她偶尔打听到白铁皮的作坊经常有本城诗人聚会，当她找到那里时，却已是人去楼空，只剩下被灰尘掩埋的一堆白铁皮。之后，她找到了胡子，胡子对替人写情诗的事矢口否认，那也不是一个诗人该有的作为。她希望他能提供一些线索，可胡子爱莫能助，他对白铁皮替人写情诗的事根本一无所知。这期间，本城诗人圈也发生了巨变，本城李清照意外嫁给了一个建筑设计师，那个设计师在本城李清照同本城诗人之间用钢筋水泥砌起了一堵高墙，本城李清照看不到墙这边，本城诗人们也看不到墙那边。

往后，蠹衣鱼不知怎么遇上了红色高跟拖鞋，红色高跟拖鞋声称情诗系他所作，并且当场献诗一首。蠹衣鱼将信将疑，当她读过红色高跟拖鞋的诗句之后眼眶突然像被烧灼了，红彤彤的，泪水奔涌而出，一瞬间纸页上龙飞凤舞的诗句就被汪洋淹没了。蠹衣鱼同红色高跟拖鞋热恋了，两人形影不离，不出三个月就举行了婚礼。但他们的婚姻仅仅维持了一年零十七天，蠹衣鱼仍旧带着最初的那首情诗离开了红色高跟拖鞋，一个人在本城孤独地游走。究其原因，蠹衣鱼将红色高跟拖鞋的几首献诗同最初的那首情诗比较，从中看出了端倪，红色高跟拖鞋绝不可能是那首情诗的作者，他欺骗了她。

白铁皮失踪留下的后遗症不只如此，若干年后孔雀同沙茉莉的婚姻也差点因为情诗的事而破裂。当年沙茉莉收到孔雀的情诗和月季后，偷偷将月季花瓣烘干了，同那首情诗一起装在一只信封里，将它们作为爱情的见证珍藏起来。婚后，孔雀有次吹牛谈起当年如何用几根油条就将沙茉莉追到了手，沙茉莉就拿出那首情诗当着众人的面朗诵起来：

你是一朵玫瑰
时常开在我的身旁

沙茉莉的朗诵让众人开怀大笑，孔雀羞臊得恨不能钻进地缝里。不能再留着那首情诗，必须把它给毁了。孔雀果真趁沙茉莉不注意，将那首情诗连同信封一块焚成了灰烬。后来事情败露，孔雀坚决不承认是他所为，沙茉莉因此同他冷战了两个月，最后孔雀凭借记忆重抄了一遍那首情诗才得到沙茉莉的谅解。

三

十几年后，本城早就将白铁皮敲打皇室银器的幻想和他的情诗扔进了下水道，连同排泄的快感一起冲走了。本城男孩们不再需要借助情诗来谈论爱情，手机通话，短信，QQ，视频，有足够的方式同女孩们沟通。如果哪个男孩执迷不悟，仍旧相信情诗的魔力，估计会被女孩们当成精神病医院偷偷跑出来的病人。在不留痕迹的遗忘中，很多人实现了自己的梦想，孔雀同沙茉莉的酒店开张了，除了供应大餐，还有几十间客房供本城热恋的男孩女孩幽会。长枪放弃了当初炒货厂的设想，创办了一家宠物医院，暗地里兼带斗狗赌狗。矮嘴瓶可能酒喝得太多，肝脏出了毛病，从医院出来后同人合伙开了一家素食餐厅。还有令人意想不到的，矮嘴瓶居然同离异的本城李清照走到了一起，当年本城李清照嫁给建筑设计师后，建筑设计师在她同本城诗人之间砌起一堵高墙，这堵高墙并没有能守护他们的婚姻。建筑设计师后来成了房地产商，将当年对诗歌和诗人的崇拜抛到了一边，转而拜倒在金钱和美女的石榴裙下。也有一种说法，在建筑设计师还没有成为房地产商之前，本城李清照就同矮嘴瓶有了一腿，对此本城李清照和矮嘴瓶都没有辩解。

总之，当失踪多年的白铁皮现身时，过往已经静寂，本城正沉浸在当下的喧嚣中。第一个见到白铁皮的是孔雀，虽然眼前这人穿着西装，结着领带，身体微胖，甚至鬓角过早地生出了几缕白发，但孔雀依旧一眼认出了他。相反，白铁皮一脸迷茫,不敢确认孔雀是旧时相识。随后,在特设的接风晚宴中,所有人无一例外对白铁皮失踪后的去向以及这许多年的生活,流露出无比的关切和好奇。他们都急于知道白铁皮到底怎么了。白铁皮并没有立刻满足他们的好奇心,而是询问了他们一个问题,有谁还记得那首诗?众人面面相觑,不知他说的是哪首诗。

一切皆有可能
石头会长出翅膀
泥土会涅槃为瓷器
屎壳郎会制造香水
白铁皮披上了孔雀的外衣

白铁皮自顾自地吟出了当年孔雀和长枪在铁砧上捡拾到的那首短诗。白铁皮披上了孔雀的外衣。白铁皮微笑着摘下眼镜,环顾了一下众人说,这儿需要换两个字。哪两个字?孔雀问。将"孔雀"换成"教授"。白铁皮回答。随即从西服内袋摸出一只名片盒,给在座的每个人发了一张名片,名片上赫然印着XX大学中文系教授的字迹。这就是白铁皮现在的身份,用白铁皮的话说,如假包换。这个转变的弧度似乎有些过大,众人一时难以转过弯来,七八双眼睛懵懵懂懂盯着他。

这首诗未写完吧?本城李清照问。

为什么要完成?断臂维纳斯,岂不是更有趣么?白铁皮以反问作答。

在酒宴的进行式中,白铁皮用慢条斯理的语调将这些年的所作所为和盘托出。那年的某天,他为自己有限的生命浪费在一张极薄的白铁皮上忽然心生悲寂。他从众人的视线中悄然消失,躲避到一个安静之处复习高中课程,后来上了大学,读了研,辗转再三,最后落脚在沿海一座城市,成了某大学中文系的教授。众人对他的经历半信半疑,从一个敲打白铁皮的小工匠到一所大学中文系的教授,虽然那所大学并不怎么出名,但毕竟这其中的跨度超过了常人的想象。从时间上掐算,他的经历并无什么漏洞,此外,他们也没有觉察到其他破绽。他们表面上为他的成就而赞叹,但肚子里仍旧难以完全信服。这种复杂的心态全部托付给杯中之酒,长枪更是一杯接一杯地劝酒,当年他追求的女孩因为后续的情诗跟不上,成了别人的新娘。他现在的妻子是后来请来的炒五香瓜子帮手。长枪将他对白铁皮的憎恨藏到了酒里。到宴席结束时众人差不多都醉眼蒙眬,满世界摇摇晃晃,什么也不真切了。

后来，关于白铁皮那些年的生活有另外一个版本在本城流传。这个版本出自孔雀之口，在一场酒宴快要结束时孔雀因为酒精的刺激而兴奋不已，说出了其中的秘密。白铁皮失踪后返回本城的那一次就住宿在孔雀的酒店里，一个晚上孔雀同白铁皮喝酒谈心时，白铁皮可能喝高了，才把自己隐瞒的事实吐出来。白铁皮失踪那年刚巧认识了一个办假证的，那人帮他伪造了学历证明，他凭借那份假冒的证明进入了一所大专院校任教。当时他唯恐校方不相信还编造了一个凄美的爱情故事，说他为了追随大学时的女友才甘愿来到这么一个偏僻之地。也许是他的爱情故事太让人感觉美好，也许是那份伪造的学历太过逼真，总之他敲开了那所学校的大门。后来，几经调动，多次转折，白铁皮才成为现在这所大学中文系的教授。

一切皆有可能，孰真孰假并不重要，白铁皮成为大学教授已是不争的事实。

孔雀他们宴请白铁皮之后，胡子才得知他回城的消息。胡子找到白铁皮时，白铁皮正同孔雀一块在巷子里故地重游。白铁皮的作坊早就易主了，当年留下的那堆白铁皮被房东当废品处理了。作坊现在的主人是对夫妻，替人缝缝补补，也给人做皮鞋保养。想想要用白铁皮敲打出皇室银器的幻想，白铁皮多少有些感慨，当初离开时可能有过顾虑，会不会有一天重新回到这里继续敲打白铁皮。胡子的到来打断了他的怀想，他给他带来了那一大摞用白铁皮的笔名发表诗歌的样刊。许多年来，胡子始终没有停止对诗坛的观察，寄希望于从数以万计的诗作中找到白铁皮的蛛丝马迹。但胡子的热情被白铁皮兜头浇下的一盆冷水给熄灭了。这是我写的诗？我会写诗？这太可笑了！白铁皮仅仅扫了一眼那些样刊，就不再有任何反应。只剩下胡子孤零零地站在原地，他的脸完全被迷雾遮蔽。

白铁皮的异常孔雀也不想深究，白铁皮不承认自己会写诗，这正好掩饰了当年孔雀向他借情诗向沙茉莉献殷勤的真相。或许本城男孩中有太多人藏有类似孔雀的想法。

蠹衣鱼是最后知道白铁皮重现的一个，白铁皮有可能还不知道她的存在。这许多年，蠹衣鱼始终没有放弃对情诗作者的找寻，她不止一次接近过胡子，但胡子给她的答案每次都是否定的，她靠近过小辫子，一个爱占小便宜的男人更不可能写出那样感人的情诗。后来她接触过各式各样的人，没有谁能够同那首情诗对上号。她的心力似乎在找寻中耗尽了，那点支撑她内心的光亮越来越暗淡。她只有将那张纸片收藏起来，那是她唯一的青春纪念。后来，她在一次饭局上偶然听到几个男人说些过往的玩笑话，说到有个叫白铁皮的替人写情诗的事。她突然意识到他们说的那个人就是情诗的作者，可是已失踪多年，本城没有了他任何消息。蠹衣鱼的心往下一沉，似乎坠入了太平洋海沟，被不知名的深海生物和无边的黑暗彻底包围。漫长岁月的消耗中，她对见到那个情诗作者不抱任何希望，即使见到了又能怎样。他不过是块虚无的纸片，承载不起一个落水者的重量。当她听到白铁皮在本城再现的消息时，刚开始以为是谁同她开的一个玩笑，说不定在暗处盯着看她的笑话。但在确认了消息的真实性后，她又抑制不住内心的兴奋，她想见到他，想立刻见到那个害她离了一次婚，大半辈子都没能释怀的始作俑者。

当蠹衣鱼出现在宾馆时，孔雀的第一反应：她是来找白铁皮的。孔雀对蠹衣鱼的故事早有耳闻，不敢轻易让她见到他。他抢先一步上楼将消息告诉了白铁皮，白铁皮因突然冒出来的女人怔住了，好半天没反应过来。见还是不见？人都在大堂了。孔雀提醒说。哪儿来的妖孽？不见！白铁皮的口气激烈得有些冰冷。

白铁皮在本城逗留的日子，同蠹衣鱼玩起了捉迷藏的游戏。蠹衣鱼似乎也明白了他在躲着她。后来她干脆守株待兔，

铁皮幻想史　297

在孔雀宾馆的大堂守了一整天，结果仍旧落了空。孔雀似乎动了恻隐之心，劝说白铁皮，见见她吧。见了又能怎样？我可不是什么救世主。白铁皮依旧丝毫不为所动。直到离开，蓑衣鱼始终没能同他见上一面。后来，蓑衣鱼有了更疯狂的举动，竟然根据名片上的地址找去了白铁皮所在的城市，但没过多久，又孤身一人返回了本城。她究竟见没见到白铁皮，没人知道。回来的当天晚上，有人在本城的酒吧见到过她，还亲眼目睹她将那张写有情诗的薄纸在酒杯里焚为了灰烬，兑上酒，一仰头倒进了嘴里。

四

　　白铁皮的再现在本城激起了不大不小的涟漪，当年的情诗王子摇身变为中文系教授，变身华丽，也合乎情理。对于他利用伪造的文本跻身高校的说法，本城人们不愿过多猜测，他们的乐趣更多停留在他敲打皇室银器的幻想和替人创作情诗而滋生的种种粉红事件上。他们的热情不过三五天，随着白铁皮的再次离去，本城关于他的传闻也慢慢冷却了下来。他们有太多的事情要做，孔雀要管理宾馆，长枪要照顾猫狗，矮嘴瓶坐镇素食餐厅，蓑衣鱼不再在街头上游走，偶尔看到也是一身素色衣裤。她已是城郊白云岩寺的一名居士。只有胡子仍旧被白铁皮扔给他的迷雾笼罩，他一次次翻看白铁皮当年留下的诗稿，那些诗稿有一半略显稚嫩，但被整理出来的那部分在他看来无疑是上乘之作。他原以为白铁皮会非常高兴，不想却是这个结果，白铁皮连作者都不承认。胡子有些气愤，好像是他伪造了一个诗人，伪造了那些诗作。可是，如果真的不是白铁皮创作了那些诗歌，那它们的作者到底是谁。胡子想象不到那个人，在本城谁有这样的诗歌才华。那些诗歌发表后，胡子还遭遇过尴尬，有些诗作居然获奖了，杂志社邀请作者去参加颁奖典礼，而最后胡子只能找出各种理由推脱。那些诗歌最终归于谁的名下，这显然成了胡子的心病。胡子苦思冥想找不到解决的办法，想过将它们一把火烧了，但后来将难题踢还了白铁皮。胡子按照名片上的地址，将样刊和手稿一并寄给了白铁皮。不知是寄没了，还是白铁皮收下了，总之它们没有被退回来。

几年之后，白铁皮在一个年轻女人的陪同下再次回到本城。其时，孔雀早将之前的酒店转让他人，另开了一家规模更大档次更高的酒店。白铁皮同女人下榻在孔雀的酒店里。女人的年龄同白铁皮有些距离，一张圆脸更让她显得稚气，但笑容很甜，同白铁皮粘得也很紧。孔雀不由自主多看了几眼，白铁皮介绍说是他妻子，之前是他的学生。背地里进一步介绍，他的岳父大人是房地产商，在几个城市都有他开发的楼盘，照理说他的女儿不应该会嫁给白铁皮，可在这事上自始至终是房地产商的女儿主动。白铁皮也不清楚自己哪里迷住了他的妻子。他问过他妻子，在这点上她比他想象中要狡猾，什么也没有告诉他。你给她写过情诗？孔雀好奇地问。白铁皮瞪了孔雀一眼说，你还如此天真？倒把孔雀的脸唰唰地给烫红了大半边。

大家照旧设宴欢迎白铁皮的归来，除了长枪和孔雀两个家庭，本城李清照也随同矮嘴瓶一块到席。宴席间少不得推杯换盏，一边说些闲话，因为各自的夫人在场，谈话的内容不至于那么放肆。酒到半酣，矮嘴瓶忽然问及白铁皮能不能帮个忙，原来本城李清照同她的前夫建筑设计师生有一个儿子，叫李诗文，随娘姓，可能受本城李清照的影响，李诗文习的是文科，刚刚高考毕，成绩不怎么理想，看能不能想办法把李诗文弄到白铁皮所在的大学去。如果随着他父亲，指不定这孩子将来就毁了。白铁皮沉吟了片刻，将事情应下了。这边本城李清照感动难抑，慌忙直起身，将满杯的酒干了个底朝天，脸蛋红扑扑的，一双眼睛怔怔地瞧着白铁皮不放，倒惹得房地产商的女儿噘起了嘴。

第二天，矮嘴瓶做东，白铁皮要他将胡子请过来。胡子原不打算赴宴，犹豫再三，还是来了。白铁皮之所以邀请他，肯定收到了那些样刊和手稿，他想看看他怎么处理它们。还是那帮子人围桌而坐，有了胡子的加入，相互间就多了些客套。这客套是一种距离，胡子显然还没有完全融入他们。本城李清照特别兴奋，不断同白铁皮碰杯，给就近的人夹菜，一刻也不安静。酒宴进行到三分之二处，白铁皮忽然打手势让大家静一静，等酒桌上安静下来后，才从随身携带的手提包里拿出一本书递给胡子。胡子接过书看了一眼封面——《青春之脸》，是本诗集，翻开诗集，那些熟悉的诗句赫然跃入眼帘。就是发表在那些样刊上的诗作。胡子怔住了，下意识去捋下巴下的胡须，但下巴那里光溜溜的，胡须早刮干净了。胡子的手落了空，泪水从他的眼角悄然流了出来。酒桌上更加静寂，谁也不敢轻易出声，仿佛只要发声就会捅破什么。

白铁皮同年轻貌美的妻子在本城闲逛了数日。房地产商的女儿很固执，非得到白铁皮生活过的每个地方走一遍。当他们走到白铁皮作坊前，那里又易主了，成了一家花店，既卖鲜花，也卖盆景。店主是个素衣素服的女人，隐身在鲜花盆景之后。白铁皮知道房地产商女儿的喜好，给她买了束花。

女店主扎花时，恰好房地产商的女儿询问白铁皮，这就是你敲打白铁皮的地方？女店主抬眼的时候，一枝玫瑰跌到了地上，女店主另换了一枝玫瑰，将花束扎好后交给了白铁皮。白铁皮将花束转交给了房地产商的女儿。付过款后，白铁皮同房地产商的女儿手挽着手走出了巷子。他不知道在背后盯着他们的女店主就是之前他拒绝见面的蠹衣鱼。

关于白铁皮的更多信息，后来通过本城李清照的儿子李诗文不断传回本城，因为李诗文考上了白铁皮所在的那所大学。那些传回的信息仅限于白铁皮在校园里的情况，比如白铁皮的课程很受学生们欢迎，偌大的教室常常座无虚席。白教授见解精辟，讲课时幽默风趣，妙语连珠，与在本城时判若两人。有时还会即兴吟诗，那些充满哲思之光的诗句一旦诞生仿佛长了翅膀，飞遍校园的角角落落。这样的信息传回本城没有多少人去传播，局限于胡子、孔雀和长枪等少数人之间。有次，李诗文同本城李清照通电话时说到白教授同白师母的婚姻可能出问题了，本城李清照追问了一些细节，原来房地产商的女儿在校门口扇了一个女学生一巴掌，那个女学生不示弱，同房地产商的女儿纠扭在一起。这个事件传回来后着实让本城诗人们兴奋了一下，很快又经过矮嘴瓶过渡到孔雀、长枪那边，引申出许多猜测和臆想，但没过多久也就归于平静了。后来,本城有个发表过一些小说的文学青年,想找人写评论推动一下,先找到胡子,却不知胡子的文学活动局限于本城,而且本城没有人从事文学评论。胡子是前辈,总得替后进想些法子,抓耳挠腮,想来想去只想到一个人,白铁皮。本城李清照的儿子李诗文带回过一些杂志,上面就有白铁皮写的评论文章,只要有白铁皮的名字,本城李清照就会拿来给本城诗人们传阅。胡子就顺着杂志的来路,先将想法告诉了本城李清照,再让她的儿子李诗文转达白铁皮。李诗文很快反馈消息,白铁皮答应了,并让将小说发到指定邮箱。不过两个月,白铁皮的评论文章就出来了,发表在一张报纸的副刊上。白铁皮对本城那个文学青年的评价很高,胡子在文章中读到这样的句子:"这是个有无限想象空间的作家,他发现了我们未知的世界,在我们的世界之中,他找到了未开垦的那部分,没有开拓者脚印的那部分"。评论文章发出后,本城那个青年小说家照旧没有什么影响,偶尔会参加本省的一些文学活动,勉强刷一下存在感。

  李诗文大学毕业的那一年,带回白铁皮的一本文集,这是继《青春之脸》后的第二本书。这本文集照例在本城诗人们手中传阅,传到胡子手上时,白铁皮在自序中的几句话不知被谁划上了横线。

我不是个谎言。
　　我不是个傲慢的评论家。
　　我不带有愤怒的偏见。
　　我的故事是个真实的存在。
　　这不是我的问题,本不是由我来写这些话,但事实又是我在说出。

　　不管白铁皮怎么说,本城人们对他的表现不再奇怪,当年敲打白铁皮时就能写出《青春之脸》那样的诗作,现在无非是过往的延伸。他们全然忘记了白铁皮敲打皇室银器的失败经历,忘记了这个隐秘的情诗写作者失踪后给本城男孩们留下的后遗症,忘记了当初对白铁皮变身教授的猜疑,那些伪造的证件、档案到底在他的蜕变中充当了怎样的角色。白铁皮披上了孔雀的外衣,已然成为事实。本城的人们对此并不在意,并且绝大多数人不知白铁皮为何许人,甚至不知道有他的存在。

冯玛丽的玫瑰花园

一

一夜惊悚的梦。

同一个梦境播放了三次。

冯玛丽被一股不可抗拒的破碎感掳掠了。她双臂交错搂抱着自己，十指就像十颗铆钉，要把身体箍成一个牢不可破的整体。泛滥的汗液淌过每寸肌肤，她浑然不觉其中的凉意。历经那种遭遇时，她不可能清楚是在梦境中，也不会有谁提醒她那是在做梦。她的脸在椭圆镜中的模样很古怪，好像浸泡在某种医用的液体中。液体带着些许混浊，她的脸模糊不清，但确认是她的脸。她试图将脸从中拯救出来，却发觉搅动的涟漪变成了脸上的皱纹。她抹了把脸，想要清除那些诡异的线条，不想它们身怀猖狂的繁殖能力，催生了更多线条，足够诱发密集物体恐惧症。那些线条像蠕动的蚂蟥，不断变粗，拉长，将触角伸向了身体的任何部位。她的乳房上生出许多带深痕的细线，腹部沟沟壑壑，背部也有了异动，像是裂开了许多缝隙，丝丝冷风像一根根细小的鞭子抽打着她的脊梁。那些皱纹有如河床干涸后的裂隙，越来越宽，裂隙加宽后深度也在增加，像一把把刀子划向身体的内部，体内的器官好像也裂开了，原本完好的一块，瞬间裂变成几块，几十块。她就像一件年久风化的瓷器，轰然倒塌了，跌落成无数闪着寒光的碎片。

从梦中醒来仿佛劫后余生，双臂因乏力而松懈，她放开了搂抱的身体。对于自身及所处环境的感知在慢慢恢复，卧室幽暗，床头柜，衣橱，半宿才在微光中显露粗略的轮廓。她不知自己有没有呓语，或失控尖叫，但室内的静寂是惯常的，不像被她的梦境破坏过。她翕动了下鼻翼，还是捕捉到了一些异样的气息，丝丝缕缕，似有若无，可能是残余的幻象衍生的幻觉。

她被这个没来由的梦境困扰了好多天，仿佛被关进了囚笼，无门无窗，连老鼠出入的洞口都找不到。她做过不少梦，在梦里无数次哭醒过。那些梦境虽有不同，或在雪地里赤足狂奔，或被狗，被陌生的脸玩命地追赶，或在像迷宫般的森林中走投无路，可穷根究底，总能为潜意识里不可捉摸的波诡云谲找到穿凿附会的缘由。特别是她的父亲——冯继业去世后，那些梦境一次又一次纠缠于她。

或许冥冥中有神灵在暗示她，提醒她。她琢磨不透其中的意思，在梦里她变成了一件瓷器，每寸肌肤都被描绘了细密的裂纹釉。只要一想起那些裂纹，她的身体就像受到重压的冰块般嘎嘎作响，是不是暗示她的身体出了什么问题？她因此有过短暂的悲观，一定是身体的原因，如果不是，还能是别的什么呢。

她想把内心的疑问说给蔡先娥听，毕竟这套房子里就她们俩是成年人，女儿蓓蓓才上小学二年级，说给女儿听，女儿顶多眨巴几下眼睛，一脸无辜地反问，为什么会做梦呢？那模样就像追问十万个为什么那样天真可笑。女儿体会不到她内心的恐惧，若真能体会到，又怕吓着她。换成蔡先娥，可能是另种反应，她会用那潜伏着两颗小田螺似的鼻孔哼哼两声，再用凹陷下去的双眼斜睨她一眼，不无轻蔑地说，多大个事哎！不就做个梦么？哪个人不做梦，有啥大惊小怪的，别像个老是长不大的小不点。

她受不得她妈的轻蔑，打小就不受她妈待见，好像她不是她妈的亲生女儿。她不想自取其辱，想同她妈说梦的念头不过一闪之间，就熄灭了。她清楚同她妈说话的后果，按照惯例，母女俩八成先是唇枪舌剑，一个拍马舞刀，一个万弩齐射，几个回合之后她就落居下风，战事持续发酵朝纵深发展，到最后她丢盔弃甲，溃不成军，进入冷战时期，一段时间之后，慢慢恢复对话，关系回暖。经历 n 次轮回后，她妥协了，不需要说的话尽量不说，没事打闲嘴，也尽可能少接话，沉默是金，再刻薄蔡先娥还是她妈。

既然她妈这扇窗户关闭了，她只有另开一扇窗，以前在另开的窗户外站立的男人叫马骆骆，现在换成了刘大可，一个长着络腮胡嗓音有些沙哑带点侉腔的湖北男人。她将梦里的情形讲给刘大可听时，有意控制自己的语调，尽量不让对方察觉到她内心的起伏。她不想让对方误以为她需要安慰或者保护，而她只不过需要听众，以便把心底的疑惑倾吐出来。刘大可也很配合，不动声色盯着她，安安静静听她把话说完，甚至连眼皮底下的水杯都没碰一下。

话说完后现场出现了一小段空白。刘大可将水杯递给她，示意她喝口水，润润嗓子。她抿了口水，放下水杯时瞥了眼他，后者的双手正搁在台面上，像两只搏斗中的小动物似的绞在了一块。

她的额头隐隐爬上了几缕失望。

要我说……你为什么做这么个梦……我说了你可不许生气，只是我的猜测。他的双手绞得更死了，声音断断续续，有时我也会这样……你的皮肤是不是有点儿干燥？

他的话对女人来说是个禁忌。皮肤干燥滋生裂纹，其实也是对衰老的恐惧。他可真是哪壶不开提哪壶，她暗忖，同马骆骆离婚后日子虽然有些潦草，但不至于落到自暴自弃的境地。睡眠不足是有的，出门时她补了眼影，以掩饰梦境带来的困倦，还朝脸上喷了点水，在外表应该看不到任何破绽。

我觉得不是你说的问题。她否定了他的猜测。

他愕然了一下，拿手挠了挠头，像要挠去一脸的窘态。

后来，他的一番话让她沉默了。

你确定不是身体的原因吗？那就剩下另一种解释，只有另一种解释，是心理的魔怔，一定是心理的魔怔。世界本来就是不完整的，你看，秋夜的流星，春花的凋零，维纳斯的断臂，梵高残缺的耳朵，马里亚纳海沟，雪地上的脚印，白痴，八十回的《红楼梦》，婴儿结束母乳哺喂，瘪下去的乳房……哪一样是完整的？哪一样不留下叹惜和遗憾？还有爆炸，垮塌，焚毁，断裂，碰撞，消融，熄灭，沉没，失踪……还有地震，地裂，火山喷发，海啸，台风，雪崩，坠机，习以为常的车祸，司空见惯的疾病……我们，你和我，每一个人，都生活在碎片化的世界，如果你，我，是完整的，还用得着寻死觅活去寻找另一半？今天咱们在这儿说着梦，明天或后天，或许你就只能在梦里见到我。破碎是真实的，完整和圆满，才是假象。有点儿破碎感很正常，犯不着吃惊，也不必担心和惧怕，我们本来就是堆碎片，每个人都是一块游离的碎片，孤独的碎片。我们的肉身看起来完美无缺，可谁也逃不脱破碎的命运。我们距离破碎只有半小时，半分钟，甚至只有半秒。

二

碎片化理论并非刘大可的独创，拿语文教师冯玛丽的眼光来看，他不过是鹦鹉学舌，抄袭人家的作文而已。作为九年级多年来的把关教师，冯玛丽承祧了蔡先娥的某些优点，每年中考都会交出一份满意的答卷。教学之余，她经常引导学生阅读经典，培养他们的文学修养。而她自己，顶多算半个文学爱好者，偶尔会参加本城的一些文学活动。虽然不引人注目，但不妨碍她对文学讲座及旁人高谈阔论的关注和倾听。在后几排的座位或某个不显眼的角落，她不只一次听到过"碎片化"一词，及同"碎片化"有关的言论。碎片化不只是文学的，也是政治的，经济的，社会的，因为我们身处碎片化的时代。

蔡先娥同样无法规避"碎片化"，她的世界是从三年前开始破碎的。这只是冯玛丽反思后的时间节点，实际发生的时间可能要早很多。三年前的暮春，落红化泥，冯继业在省城医院确诊为淋巴癌晚期，蔡先娥的世界就爆开了一条噬人的裂缝，眼见着好大一块就要掉落了。那种断裂的嘶嘶声不绝于耳，每声爆响过后，裂缝的血盆大口就要张开一些。后来，这种嘶嘶声中又加进了另一种响声，那种装有杜冷丁的小玻璃瓶碎裂的声音。响声渐渐密集，随着冯继业的呻吟声停止，世界骤然坍塌了。之后，是一段漫长的空洞的死寂，烟尘弥漫，那些更细小的碎片蜉蝣般在半空中悬浮。

冯继业去世后，冯玛丽和她哥哥冯小义不放心蔡先娥一个人生活，让她妈在兄妹俩之间作出选择。冯玛丽以为，这种选择无非走个形式，她妈百分之百会选择冯小义，依照本城的惯例理该如此，对照现实状况更应该如此。冯玛丽的婚姻已是残缺不全，只身带着女儿混日子，而她哥除了是长子外，还有一点比她优越，他的婚姻很牢靠，至少一时半会不会爆出什么花絮，不会闹出破铜烂铁的乱子。可她妈对谁也没有应允，只说要静一静，让兄妹俩该干吗干吗去，不要苍蝇似的围着她嗡嗡飞舞就行。寡居半年后，夏日的某个早晨，冯玛丽送蓓蓓去上学，开门就见她妈立在过道的玻璃窗前。她妈穿着黑底带暗花的长裙，一条洁白的丝巾包裹着头，让她眼妒的是她妈的身材，虽然年逾花甲，可身材半点没走样，加之个子高挑，从背后看更能激发偷窥者的想象。闻听到开门的响动，她妈转过身来，脸比之前更为白皙，几乎看不见多少血色。蓓蓓，来，外婆送你去上学。冯玛丽还没来得及招呼，她妈就把手上拎着的皮箱交给了她，顺带掳走了蓓蓓的书包袋。

这个结果完全出乎冯玛丽的意外，意外之余还有点感动，说明她在她妈心中是有位置的，当妈的不糊涂，儿子和女儿，哪个更需要帮衬，一眼分明。她妈不是来享清福的。从这以后，蓓蓓的饮食起居，上学接送，买菜做饭，打扫卫生，所有的家务活全让她妈给包揽了。她妈就像个称职的保姆，寡言少语，总是善解人意地料理着一切。她为此有过愧疚，但转而一想，她妈手头忙碌些，内心就会少些念想，日子简单而充实。她也就释然了，唯一让她不安的是她妈像被锡焊封了嘴,像个幽灵似的悄无声息。蓓蓓同外婆说话,外婆回应的不过片言只语,更多时候只是无声地微笑一下。如此下去,她妈会不会染上自闭症,或神经质,而且她妈同蓓蓓在一起的时候多,这种潜在的不健康会不会传导给蓓蓓,给蓓蓓带来心理上的阴影,冯玛丽不无担心。

这种状态绵延了好长一段日子,期间冯玛丽努力寻找机会,编织种种话题,试图打开蔡先娥的心扉,但收效甚微。每次说话,她妈都离她远远的,好像她的话语是无形的暗刺,稍微靠近就会刺伤她。她留意到一些细节,她妈老是停留在背光的地方,极少走近敞亮之处,更不要说窗口。好像身上藏着什么秘密,遇见光亮就暴露了。她看她时,她总是被一层抹不开的幽暗笼罩。

会不会有那么一天,她妈突然从幽暗中消逝了,就像演员谢幕后人去楼空,就剩天鹅绒的幕布在飘荡。她妈后来的变化证明她纯属瞎操心,是她在杞人忧天。事情发生在另一年的春末,也许更早一些就有了变化,只是她不曾察觉。那个时节天气将热未热,乍暖还寒,昼夜温差十几摄氏度。星期天,冯玛丽起来得晚些,平时睡眠不足,正好趁周末补充一下。待她起床,蓓蓓已吃了早餐,在书房里写作业。蔡先娥呢,居然在对着镜子画眉毛,她的眉毛很淡,有必要做些修整。冯玛丽怔住了，眼见得她妈那两弯疏淡的眉毛在眉笔的滋补下，像柳叶般丰润了，有了灵性，眼见得她妈收了眉笔，换了口红，原本枯涩的嘴唇焕发出了光彩，有了放肆的性感。她爸去世后，这是她第一次见她妈打扮自己，且就在她的跟前，她忘记了回避，她妈也不在意她的旁观。蔡先娥拾掇妆容后，又对着镜子照了照，对不满意的地方做了些点缀，才返回她的卧室，再出来时一袭大红长裙，收了腰，她的腰本来就瘦小，这一收更衬托得臀部丰满浑圆。肩头挎了只小包，头上一顶洁白的遮阳帽。她妈的装扮毋庸说有些夸张，这季节还没到穿裙子的时候，街头就算有人穿了，也不过是几个青苹果似的丫头，撒个野，卖个疯，她妈的这身妆扮让冯玛丽觉得有几分不稳重。

蔡先娥穿过客厅，到鞋橱里拿出双白色高跟鞋换上了，才回头说，我中午不在家吃饭，电高压锅里煲着汤，蓓蓓想吃鱼香肉丝，肉丝切好了，在碟子里装着呢。

大红长裙的漫反射照得冯玛丽有些发晕，眼前红彤彤一片。她摇晃了下脑袋，努力使自己镇静下来，通向室外的门关上了，蔡先娥不见了踪影。她在沙发上呆坐了片刻，末了长吐口气，那股郁积多日的沉闷似乎借助呼气排出了体外。轻松之余，她又有那么一点纳闷，她妈要去怎样的场合，去见些什么人，敢于如此穿着打扮。

从这以后，蔡先娥好像打开了一扇窗户，破茧成蛾般，咬破封闭的硬壳，扑闪扑闪飞向外面的世界。逮上周末，冯玛丽休息，蓓蓓不需要上课，蔡先娥就一袭大红，或一身素白，变幻着色彩，朝霞般出去，晚霞般归来。她似乎要把失去的那几年变本加厉地抢回来。时光在她身上呈现出倒流状态，她好像回到了年轻时的样子，不，不只是年轻，更像回到了少女时代。冯玛丽虽然没见过她妈少女时的模样，但依据她现在的样子完全想象得到。

慢慢地，蔡先娥身上有了更多细微的变化。有一天，冯玛丽听见她妈的卧室里传来音乐声，声音极低，听到仔细处才明白是支舞曲，慢三，是童安格唱红的那首《其实你不懂我的心》。大概是用手机播放的，音质不怎么入耳。她萌发了好奇心，却又不敢去敲她妈的门，怂恿蓓蓓去，没想蓓蓓还给她一个调皮的白眼，您干吗不自己去？得罪外婆的事我可干不来。蓓蓓一扭身不理睬她了，她悻悻然，只得忍住了。过几天，从她妈的卧室里飞扬出来的乐曲声就脱胎换骨了，她妈买了只蓝牙小音箱，用手机连着音箱，音乐声饱满而悠扬，整套房子都被慢三的舞曲充盈了。再看看她妈平常的步调，每一步都踩着节奏，好像她的耳边有只无形的小音箱，乐曲声从未中断过。更有甚者，又一天，冯玛丽撞见她妈在厨房里的灶台前，一手握着锅铲，一手举着小汤勺，闭着眼，旋转着。好像那锅铲，那汤勺，就是她配合默契的舞伴。铁锅里爆炒青椒的声音欻啦响着，像在给她鼓掌。

冯玛丽的内心像有根琴弦，被她妈手中的锅铲和汤勺狠狠地拨动了一下。

三

同刘大可的第一次约会是在老橡树咖啡馆，咖啡馆傍着一家大型购物超市。它的主人挑选这个地方，明眼人一看就知道，他的每个毛孔都像自来水管漏水般渗透着不自信。这是刘大可后来喷出来的"毒舌"，但见面的地点是冯玛丽选定的。印象中咖啡馆是个幽静，浪漫，有情调的地方，黑色的大理石桌面，梦幻般的灯光，矜持的男男女女面目模糊，压着嗓子说话，拿手掩饰暧昧而虚伪的笑容。老橡树咖啡馆刚开张时，间或有个穿着白色连衣裙一头大波浪的女孩操着小提琴，拉上一曲《梁祝》，或马斯奈的《沉思》。拉小提琴的女孩没来，就会有个穿黑色西服一头卷发的男人弹上一支钢琴曲。没过多久，拉小提琴的女孩不见了，那个卷发男人也没再出现，钢琴盖上落了层灰尘，一摸一个手指印。

冯玛丽选定这儿见面是内在的惯性使然。马骆骆去深圳后，她独自带着女儿生活，冯继业看出了她的窘迫，让她将蓓蓓交给老俩口照管。她没有接受她爸的好意，她妈没开口，她爸说了也是白说，她不想让他为难。她也不想让她妈觉得，她在赖着他们。蓓蓓那会儿已经上幼儿园了，就给办了全托，多少省点事儿。冯玛丽第一次上老橡树咖啡馆，是带着女儿来购物的。她用购物车载着女儿，在货架间转来转去，又领着女儿楼上楼下奔走，后来母女俩都累成狗了，蓓蓓嚷嚷着要喝牛奶，超市的二楼同咖啡馆是连通的，她抱着女儿气喘吁吁地进去了。以后就成了一种习惯，母女俩每次逛完超市，就会拐到咖啡馆歇上一会儿。

同冯玛丽一样有着相同习惯的妇女不是一两个，老橡树咖啡馆很快沦落了，成了中年妇女们的歇脚站，同农贸市场没什么区别，孩子的嬉闹声就像放二踢脚般乱冲乱撞，将原有的宁静搅扰得支离破碎。冯玛丽皱了皱眉头，才发觉把约会地点选在这儿是个错误。穿着蓝底碎白花围裙的服务员可能察觉了她的不满，抛着笑容引导她说，三楼有雅间。她犹豫了一下，还是跟随在服务员的身后上了三楼。老橡树咖啡馆的二楼和三楼，成了她生活中两种绝然不同的隐喻，二楼是真实的嘈杂的现实，是弥漫烟火气的人间，三楼呢，该怎么说，是她渴望温情的天堂，还是躲避人间的桃源之地。她突然觉得让刘大可看见这些没什么不妥。

三楼的确是个清静之地，除了两名服务员外，走廊上空空荡荡的，看不到人影。雅间的摆设很简单，但关上门就是个独立的小世界。188元的最低消费还是让冯玛丽肉疼了一下，换成她和蓓蓓，肯定不上这儿来。马骆骆出去后几乎没给女儿寄过生活费，母女俩的日子全靠她一个人的工资强撑着，可是独木难支，冯继业暗地里接济过她不少。

因有最低消费垫底，她就点了份牛排，七分熟，刘大可也跟着点了牛排，同样七分熟。她不由自主瞧了他一眼，他向她笑了笑，笑容有些忧郁，还夹带着些许固执。他在以趋同的方式博取她的好感，这让她有些慌乱。为什么答应同他见面呢？她找不到合适的理由向自己解释。此前，她同他仅仅一面之缘，那次移动公司举行积分兑换礼品的活动，得知消息后她去了移动公司的营业厅，报上手机号，负责兑换的营业员却告诉她，她的积分清零了。什么意思？她没反应过来，傻愣愣地瞅着对方。那个长着一双吊梢眼的女营业员没再看她，而是向着别的方向冷冷地说，兑换了才会清零。她总算明白了清零的意思，还听出了对方话语背后藏着的鄙夷。积分兑换不过几包洗衣粉，或洗手液什么的，她被那个吊梢眼伤着了，被抹黑成了个爱占小便宜的人。她要理论，要对方解释，她的积分怎么会清零。少见多怪！生活中被清零的事情还少吗？！对方却不吃她这一套，牙尖嘴利的，一招比一招凌厉，尔后变成了对她人格上的攻击和侮辱。冯玛丽的嘴巴不利索了，很快落于下风，刘大可就是在她的眼泪快要滚出来时来到现场的。他呵斥了吊梢眼几句，让她闭了嘴。又好言劝走了围观者，才将尚在委屈中的冯玛丽拽到远离柜台的一角，了解事情的原委。冯玛丽猜不到突然出现的和事佬是个什么身份，但内心免不了对他非常感激，是他解除了她的难堪，将她从人堆里解救了出来。她对吊梢眼的气愤不可能那么快消除，也不好在一个和事佬跟前发作。刘大可的态度非常诚恳，代表移动公司向她赔礼道歉，又自我检讨了一番，承诺一定调查清楚她的积分问题，给她一个满意的答复。后来，事情不了了之，他没给出什么答案，她也没追问。

事后不久，她收到刘大可的短信，是个冷笑话，具体内容记不得了，笑过之后就忘了。再往后，隔三差五收到他的短信，有时是个笑话，有时是几句暖人心的话，大概他也是转发的，是移动公司编出来赚用户短信费的那种。收到的次数多了，她怕给人家留下不礼貌的印象，有时会简单回复几个字，比如谢谢，好温馨之类的话。短信往来一段时间后，突然有天，她收到他的短信，要请她吃饭。那会儿，她同马骆骆的婚姻正游走在破裂的边缘，如果马骆骆不回来，真的有可能结束了。要不要赴约呢，她有过一番挣扎，最后还是鬼使神差地来到了老橡树咖啡馆。

封闭的雅间给他们创造了交流的空间，可冯玛丽记得那天他们没有说多少话，她不知该说些什么，他好像也有些口拙，不能有效打破笼罩他们的沉闷。她由此得出结论，他不是个很会讨女人喜欢的男人。断断续续的交谈中，她知道了他是移动公司的副经理，营业厅刚好是他分管的业务范围。十多年前他放弃了留在市区工作的机会，主动要求下调到这座偏僻的小城。她很纳闷，小城里的人们都在想方设法往外跑，极少听说有倒流的。听到后面就更不理解了，市区同他的老家黄梅仅一江之隔，为什么舍近求远呢。面对她的疑问，他只是淡然一笑说，我父亲在这儿待了大半辈子。在她听来，这像理由，又不像理由。她不好再追问什么，他们的对话出现了尴尬的停顿。稍后，他补充说，其实我是在这里长大的。他说了个地名，是个偏远的小镇，她听说过的。

她没过问他是否已婚，也没将自己的婚姻状况透露给他。她同他，都不应该那么轻易地闯入对方的隐私区域。他第二次约她吃饭时,她几乎不假思索答应了,让她选择地点,仍旧定在了老橡树咖啡馆。如此爽快地接受一个陌生男人的再次邀请,是不是太不矜持了?是不是有些不知羞耻?好像没朝这方面想过,除了马骆骆之外,她从来都没有在私下场合同任何一个男人约会过。后来,每当回想及此,她都将缘由归结于马骆骆的不在场,她的生活塌陷了,失重了,需要寻求一种平衡,寻求一种完整,或者她太寂寞了,太孤单了,渴望有人陪伴,至于陪伴的对象,张三李四,王二麻子,谁都可以。有了前次的铺垫,这回他们放松了许多,聊的都是发生在各自身边的一些小事,他的话题不怎么吸引人,也没让她讨厌。她纠正了之前对他的误判,他不是口拙,是腼腆,一个虎背熊腰的大男人竟然孩子似的腼腆,特别是笑起来的时候。他接近她的方式有限,就两种,一种是请吃饭,另一种是上下班接送她。前一种,不可能天天发生,而后一种,只要不在周末,只要她不拒绝,每天都可以。她的确拒绝过,小城是个巴掌大的地方,不能不有所顾忌。但他的接送解决了许多麻烦,早上不必慌慌张张去挤公交,可以多睡一小会儿,碰上雨雪天,更是免遭了许多罪。遇上他出差或不方便时,她会感觉不习惯,会生出些许怅然。后来,他给她唱过几句黄梅戏,估计是他勉强拿得出手的情趣——

《桃花扇》里的选段，春风不知人事改，依旧吹歌绕画舫。他的嗓音带着侉腔和几分沙哑，有种特别的韵味，换成几年前也许会吸引她，但现在她在意的是另外的东西，他好像是镇静剂，能带给她无限的安全感，就像那天她同吊梢眼争辩时，他的出现忽然让她安静了，那股即将喷发的愤怒顷刻随风而散。

四

冯玛丽依稀记得，当年在那所乡村中学，每逢有重大活动，比如庆祝国庆节，元旦晚会，蔡先娥就成了中心人物，台柱子。她指导学生排练节目，购买服装道具，节目彩排，主持晚会，一场活动下来整个人像被刀削般瘦了一大圈，可眼睛依旧晶亮晶亮的，像是镶嵌了两颗星光。待到冯玛丽能够登台表演时，她妈反而不闻不问，不再凑那个热闹。她妈除了全心扑在教学上外，对其他事情忽然失去了兴趣，像个味觉麻木的人，任何美味佳肴都提振不了她的食欲。她妈重新喜欢上跳舞，在冯玛丽看来，是在重温旧梦，好像又不只是重温旧梦这么简单。她的热情过度了，像在表演，观众呢，除了冯玛丽母女俩，还能有谁。

她妈的夸张让冯玛丽有些不适，有些反感。冯继业才去世多久，失去亲人的痛苦呢，失去爱人的悲伤呢，怎么眨眼就烟消云散了。他可是同床共枕几十年的丈夫，她妈不该如此放纵自己。冯玛丽在内心替她爸抱不平，可回过头想，又不愿看到她妈倒回往日的幽暗中，日子长着呢，被悲伤围困该怎么活。或许这也是冯继业希望看到的，她宽慰自己。有一天，蓓蓓突然说，外婆在上老年大学呢。她才松了口气，释然了。一个半月后，她妈捧回来一张奖状，老年大学举行了什么活动，她在双人舞的表演中表现出色，获得了金奖。那天晚上，她妈炒了一桌子菜，还开了瓶红葡萄酒，喝得双颊都绯红了。

冯玛丽以为她妈该消停一会儿，可不想，一纸奖状并未使她妈满足，只不过激发了她妈沉睡已久的好胜心。她照旧用那只蓝牙小音箱播放舞曲，舞厅不再局限于她的卧室，有时挪到了客厅里，阳台上。蓓蓓也受到了她的影响，冷不防就会来上几个动作。有时还充当外婆的小舞伴，祖孙俩在音乐声中嘻嘻哈哈的，完全将冯玛丽冷到了一边。遇上双休日，蓓蓓完成了功课，当外婆的出门还会捎带上外孙女。后来的一天，蓓蓓撺掇冯玛丽说，外婆同那个胡爷爷的舞跳得可好了，都给那些爷爷奶奶当示范了，您不去看看？冯玛丽莫名滚过一阵心慌，瞥了眼女儿问，哪个胡爷爷？蓓蓓挠了挠脑袋,骨碌着眼说,是外婆在老年大学的同学吧。

终于有一天,冯玛丽偶遇了蓓蓓说的胡爷爷,胡爷爷骑着电驴子,蔡先娥坐在后座,双手扶在胡爷爷腰间。眼看要迎头撞上了,她慌忙闪到街边的一棵梧桐树后,避过了他们。那张一晃而过的脸好像在哪里见过,她在脑海里搜索了一阵,有个模糊的影子,怎么也抓不住。那张脸在她的内心生了个核,核还会生长,一天天膨胀,肿瘤般。

某个周日,蔡先娥照例理云鬓,贴花黄,侍弄妥帖后出了门。冯玛丽借口扔垃圾,哄过蓓蓓,紧跟着追了出去。在小区东门的街道边,冯玛丽又见到了蓓蓓说的那个胡爷爷,他跨在电驴子上,双脚支着地,一双眼睛朝小区里头张望着。她妈照旧上了电驴子的后座,双手扶住胡爷爷的腰,电驴子启动,加速,转个弯,朝北走了。她这次看得真切,胡爷爷的脸似曾相识,可依然想不起在哪儿见过。后来,她又跟踪过好几回,有一回,隔着铁栅栏,在老年大学的小广场上,她妈搂着姓胡的老头翩翩起舞。围观的都是与他们年龄不相上下的长者,眼神不乏羡慕和嫉妒。起舞者完全沉浸在他们的世界,周围的一切与他们无关,仿佛什么都不存在了。他们就是世界的中心,是彼此眼中唯一的存在。眼红个啥,他们玩的可是黄昏恋。人群中有人嘀咕。什么叫情人易找，舞伴难觅，那一瞬间，她被那声酸溜溜的嘀咕炸醒了，她妈在恋爱。

一阵空白之后，冯玛丽堕入了漫漶无边的悲哀中。起初她的悲哀是为冯继业生发的，她爸才去世多久啊，她妈就另觅新欢了。这种事情以前都是听别人在说，她所在的学校有个退休的男同事，妻子瘫痪在床，请了个保姆照顾，他妻子离世后不到一个月，退休的男同事就同保姆结婚了。冯玛丽的悲哀继而由男同事与世长辞的妻子蔓延到了自己身上，她同马骆骆一起生活了四年，有了女儿蓓蓓，可他说走就走了，一去不复回。这个世界何其荒诞，何其虚无，到底什么留得住，什么是亘久不变的。她给学生们讲过林黛玉的《葬花吟》，尔今死去侬收葬，未卜侬身何日丧？侬今葬花人笑痴，他年葬侬知是谁？恍惚间，好像有个声音在她的头顶，背后，在某个无形的角落窃笑。

知晓她妈的秘密后，她就不知该如何与她妈相处，接下来的日子，她有意躲避她妈，好像做了什么见不得人的亏心事。幸好有蓓蓓，碰上不得不沟通的事情，就让蓓蓓充当信使，把她要说的话告诉蔡先娥。她们一天相处的时间不多，周一到周五，冯玛丽起早摸黑，奔波在学校与家的路上，到了周末，照顾蓓蓓的事交还了冯玛丽，蔡先娥就自由自在了，舞场变情场，恨不能一天二十四小时粘住她的情郎哥。冯玛丽同刘大可的约会也受到了影响，她不可能带着女儿去赴约。她也不是完全不能理解她妈，这些年，她自己不是也一直同刘大可在交往。说到羞耻，那该是她自身的，同马骆骆没离婚之前，她就同别的男人扯上了暧昧。如果她妈同那个姓胡的老头关系再进一步，结婚了，同她和蓓蓓一块儿生活，她该怎么面对，该怎么处理同胡老头的关系，至少还没有这个心理准备。

　　她妈的这个变化，不只是她要面对，冯小义也要面对。冯小义在公安局上班，是个小警察，每天忙着抓赌捉嫖，扫黑除恶，兄妹俩一年难得见两三次面。别的兄妹都是哥哥罩着妹妹，可冯小义呢，从不过问她的事情，好像压根就不存在这个妹妹。她至今记得小时候有次他嘲笑她，你这个超生的瓜娃子！傻倭瓜！那年月还没放开二胎政策，像冯小义一般年纪的都是独生子女。当时小镇上有个四川女人，经常当街骂人瓜娃子，冯玛丽长得有点胖，特别是脸蛋，的确同倭瓜有相似的地方。冯小义为那次嘲笑付出了惨痛的代价，挨了冯继业狠狠一巴掌，嘴角都被扇出血了。由此引发他们父母间的战争，她妈警告她爸，如果他胆敢再碰冯小义一指头，她就同他离婚，战火绵延了大半年，最终以她爸的妥协收场。

冯玛丽考虑再三给冯小义打了电话，无人接听。这是他做小警察后养成的恶习，每次打电话都这样，要么无人接听，要么立马掐断。放在以往，她不会打第二次了。她同他之间一直都有某种间隙存在，说不上为什么，她探究过其中的原因，但没能找到答案。有时他又莫名其妙地仗义，马骆骆嚷嚷着出去时就被他教训了一顿，被揍得鼻青脸肿的。很意外，过了半小时，冯小义回来电话问，什么事？他带着机械音的腔调，像是在讯问犯罪嫌疑人。她克制了一下自己的情绪，故作调侃问，母后的事你听说了吗？她哥似乎在电话那端皱起了眉头，她能有什么事？！他的语气突然变得有种锐利感，好像她在说谎，他要立刻戳穿她的谎言。她静默了一下说，假如，假如她给你找个……后爸呢？

该找还得找！只要她身体健康，幸福快乐！没什么不可以的！他没有她想象中的惊讶，且丝毫不隐瞒他的观点，还不忘埋汰她几句，我说小妹啊，有那个闲心还是多推销一下你自己，别把自个砸自个手上。

冯玛丽受了她哥的寒碜，气憋得说不出话来。再面对蔡先娥，越发不是滋味，可又不能把情绪表现在脸上。憋屈了好些天，才要舒口气，不料她妈给她来了个火上浇油。恰逢周五，吃过晚饭，她妈郑重其事将她叫到跟前说，玛丽啊，妈妈相中了个老伴，明天让你和小义同他见见面，要是没什么意见，我们过几天就去登记。那一刻，她彻底蒙了，不知该拿什么话来回复。再看她妈，脸不红心不跳的，说话时语速不疾不缓，好像谈论油盐酱醋一类的琐碎事。简直恬不知耻！冯玛丽终于爆发了，喊叫时嗓子像被愤怒削尖了，见个鬼面！您爱同谁登记同谁登记！爱同谁结婚同谁结婚！关我屁事！

五

多次约会之后，冯玛丽同刘大可有了第一次亲密接触。对此，她是仓皇的，矛盾的，心理上尚未完全割舍马骆骆，又尚未完全接受刘大可。她像骑在门槛上，后退一步就倒回室内了，跨出一步就到了门外的世界。她对刘大可有过想象，他性感的厚嘴唇，宽厚的胸脯，究竟是怎样的滋味和感受。她认定她是无耻的，如果他提出那方面的要求，无耻就无耻吧，她豁出去了。她的身体和内心都干涸了，枯渴得生了裂缝，需要一场雨来浇灌，需要一场雨来修复。一场痛快淋漓的暴雨。一场催生和毁灭的倾盆之降。可是，当他抱起她，将她放在床铺上时,她的感觉是猝不及防的,她在内心哀求,有个人赶快把她救出去,不管是谁,不管多么粗鲁。别这样。她闭着眼睛对他说。她的内心又是另外一种说法,你能不能激烈点?摘掉面具,摒弃矜持,赤裸,直接,进入她的身体,占有她的身体,进入她的内心,占据她的内心。她渴望野蛮是潜意识里对马骆骆的怀恋,是身体本能对马骆骆的记忆。

她等待这一天不知等待了多久,等待是煎熬的,像在受刑。她渴望快点结束刑期。她静静地躺在那儿,期待那声钟响,她就要刑满释放了。而刘大可呢,有意拉长她的刑期,不急不缓,慢条斯理。他的动作很轻,碰到她嘴唇时生怕把它碰碎了。好像她是件易碎品,必须轻拿轻放。她有对骄傲的乳房,E罩杯,不是继承蔡先娥,而是源自冯继业的母亲。我的神。我的神。他喃喃自语。他用双手捧住她的一只乳房,短暂地停顿一会,又不得不放开,转而捧起另外一只受了冷落的乳房。如此反复。他不知该要哪一只,哪一只是属于他的。他用有力的胳膊支撑自己的体重,不至于压住他的女神。他害怕压爆了她,压碎了她。他的胡须不是扎在她脸上,而是变成一把撩拨人的刷子,摩挲着她的肌肤。他的温文尔雅和对乳房的崇拜让她产生了分裂的错乱,一方面她觉得他是她的孩子，跪拜在她双乳的阴影里，另一方面，他是她的保护神，保护她不会碎裂。她怀疑自己是两瓣的，一瓣是母性的神，另一瓣是孱弱的刚破壳的雏鸟。她被困惑束缚了，不知该怎么迎合他。而最终，她的释放宛若流星，一划而过。夜空如黑洞一般。

她忘记了那是第几次同他约会。他用车载着她，邀请她去他宿舍参观，她没回答，他就当她默许了。他拽着她的手，将她拽上了楼，拽进了卧室。

造访刘大可的宿舍前，她给马骆骆打过一次电话。他们极少通电话，刚开始马骆骆三天两头会打电话回来，虽然远隔千里，他的声音依旧是冲动的，滚烫的。手机发热，她的耳朵根也在发烧。她被他调动起来了，他描绘的未来就在眼前，在那个陌生的城市，会有他们的房子，会有他们的花园。后来，他的电话慢慢少了，那份滚烫不见了，他的声音低沉了下来。从一周一个电话，到半个月一个电话，再到一个月一个电话。她憧憬的花园跟着在褪色，从姹紫嫣红到落霞满地，最后就剩一块切断了电源的荧光屏。往后，马骆骆就没电话了，对女儿蓓蓓也不再过问。

铃声响了七八下，才有人接听，冯玛丽却突然无话了。上次通话是什么时候？大概在半年前吧。你还好吗？好半天她才吱声。还好。他的声音很低，很虚弱。很久之后，她才偶然得知，那会儿他正在病中。你会回来吗？她接着问。他哑然了。她明白了他的意思，但要听到他亲口说出来。

你会回来吗？她追着问。

不回来。

她握着电话的手无力地垂了下来。她疲惫到了极点。她不知马骆骆在深圳遭遇了什么，他不回来，也没说让她过去。她被名存实亡的婚姻困住了，眼见得要破碎，却又抱着幻想维持着。当初，她同他恋爱时，冯继业曾提醒说，他不适合你。当她怀上蓓蓓时，她爸又问，你执意要生下这个孩子吗？当爸的只是嘴上劝说，并没有强行阻挠。哪里不适合？她追问过她爸。他是座活火山。这是当爸的回答。她理解错了其中的隐喻，活火山，多么有爆发力，喷发时的火焰多么壮观，多么绚烂。对于活火山的不稳定性，对于它的无法约束，她茫然无知。她认定了，在这座令人窒息的小城，马骆骆就是她的光亮。她要璀璨地活着。她内心的火山被马骆骆掀动了，奔涌的熔岩吞没了她的理智。

她没有听从她爸的劝告，义无反顾地恋爱了，二十万人口的小城，她的眼里唯独剩下马骆骆。他们在同一所学校任教，出入成双，还没结婚俨然就成了对小夫妻。她教语文，他教历史兼音乐。最初她是被他的笛声吸引的，有一天，教师办公楼后的树林里传来悠扬的竹笛声，是那首经典的《扬鞭催马运粮忙》。她对音乐的爱好同蔡先娥脱不了干系，在她幼小的时候，她妈用收录机播放过多少磁带，从流行歌曲到小提琴，钢琴，萨克斯。冯玛丽就守在办公室的窗口，直到树林里的笛声沉寂，一群孩子簇拥着马骆骆走出了树林。他穿着牛仔裤，上身也是牛仔服，头上却扎了条马尾辫。他的身材颀长，走一步，脑后的马尾辫就跟着晃荡一下。她几乎不敢相信他是学校的老师，他的马尾辫没被校方要求剪掉真是奇迹。

　　冯玛丽的内心多了架秋千，不论吃饭睡觉，都在摇来摆去，一刻也不停歇。她的某个地方被秋千撞疼了，无数个地方被撞疼了。她无可救药地同马骆骆恋爱了。她是只飞蛾，朝一座活火山扑了过去。她在火光中起舞，伴随着《牧羊姑娘》的笛声，《康定情歌》的笛声。一场场笛子独奏音乐会，演出场地哪儿都有，小树林，河边，山顶上。马骆骆一支一支曲子吹下去，就没有不会吹的曲调。他给她吹了整整一百首曲子，第一百首是《走西口》。后来回想，这首《走西口》仿佛成了谶语，只是她无法预知未来。那当儿，她好像化身成了他嘴边的那管竹笛，每个笛孔里淌出来的都是蜜汁。他吸食她的蜜汁时就像只贪婪的兽,有些野蛮,有些凶狠,要一食而尽。她体味到了他粗野中的危险性,可偏又痴迷那种带有危险的疼感。当他凌驾于她的身体之上时,她攥住了他的马尾辫,就像真的攥住了某种动物的鬃毛般,耳朵边呼呼响着的全是疾驰的风声。

他们闪电似的结了婚。

很快有了女儿蓓蓓。

像无数新组建的家庭那样,他们的生活进入了庸常,琐碎,冗长,绵延不绝,有着倾斜角度的下行轨道。速度是缓慢的,甚至觉察不到在运动,每天就下行那么一点点。有些东西在消耗,在磨损,被稀释,被侵蚀。那是些什么东西,有些说得上,有些原本就很虚无。比如说,婚姻在消耗自由,蓓蓓的欢笑替代了马骆骆的笛声,婴儿用品店和女儿的摇床驱逐了电影院和游戏厅,换尿不湿和哄女儿睡觉挤占了接吻做爱的美好时光。某一天,蓓蓓睡着了,室内恢复短暂的宁静,内心莫名就生出了一种空落感,这种空落是那些说不上来的东西流失后留下的空洞。空洞是无形的,好像又有特别的形状,拿什么填补都不吻合,一个地方吻合了,另个地方却被尖锐地硌了一下。谁也无法把那个缺陷的地方还原如初。

有一次,冯玛丽要求马骆骆把马尾辫剪掉,理由是怕他抱着女儿时会扫到女儿的眼睛。他没理睬，也可能没听见。她把不准他是真的没听见，还是假装的。她放大音量重复了一遍，仍不见反应，他把她的话当耳旁风了。

裂隙或许由此产生。这是她的猜测。

离开本城前的一段日子，马骆骆磨磨蹭蹭的，拿各种理由搪塞，躲着不回家。她打开壁橱，几根竹笛仍挂在那里。他空着手在外游荡，像个幽灵，随便被风刮向哪儿。即便回了家，他也沉默了，能不说话就不说话。我要窒息死了！有一天他突然揪扯着自己的头发，在她跟前痛哭，我要离开这里！一定得离开！不然我要死了！她被他的反常吓坏了，不知该怎么抚慰他波滚浪卷的情绪。她凝视着他的眼睛说，你不想剪辫子就留着好了。他淌着泪，点点头，又摇摇头。他的眼睛被暗淡的灰色遮蔽，像个白内障患者。她捧住他的脸说，你想吹笛子就去吹笛子好了。他说不是，真不是，这他妈的叫什么生活啊。她陪着他流泪，陪着他痛哭。她使出了浑身解数，最终还是没能挽留住他。他说，咱们应该有更好的生活，应该有更好的世界。别人有的，咱们有，别人没有的，咱们也应该有。她替他收拾行李，将竹笛装进行李箱，抱着女儿送他去汽车站，眼看着他上了车，他的马尾辫朝左边摆动一下，又朝右边摆动一下，车门合上，马尾辫不见了。

六

冲动过后，冯玛丽多少有些悔意，不该怒目金刚对着她妈，叫她低眉顺眼，毕竟芥蒂在身，可又按捺不下。只要张嘴，话里就夹着刺，刺是双头刺，刺着蔡先娥，也扎着她自己。不加克制地挞伐总归不是个事儿，她就狠劲管住自己的嘴巴，轻易不开口，硬生生把自己变成了哑巴。几天过后，一股莫名的慌乱在冯玛丽体内乱窜乱撞，她同她妈之间炸开了条裂缝，她们慢慢在疏远，分离，像裂开的冰床般慢慢漂远。原本她就是她妈身上掉下来的一块碎片。梦中的情形又在她脑海里重现，那种破碎的裂纹不只出现在她同她妈之间，她妈的身体也好像被某种邪恶的力量诅咒了，布满裂痕，且断裂的间隙不断在扩展，放大，说不定眨眼间，她们就会化成一堆碎片。冯继业在世时，她从未有过这种感觉，即使她同她妈发生矛盾，要不了几天，也会月朗风清。

她不打算轻易向她妈妥协。她很想看看，她妈是偃旗息鼓，还是全然不顾她的感受一条道走到黑。可她妈的表现很平静，脸色没什么变化，窥不见任何破绽。该干什么干什么，固有的秩序依旧有条不紊。得空时，她妈照旧躲在卧室里播放舞曲，一个人起舞。她妈不在客厅或阳台上练习，估计怕刺激到冯玛丽。她们就像两根铁轨,隔着距离,各走各的,互不侵犯。如此相安无事了几日,又是周末,蔡先娥一大早换上演出服,独自出门去了。吃午饭时,蓓蓓眨巴着眼睛问,妈妈,外婆同外公拍过婚纱照吗?冯玛丽被问住了,小时候家里有相册,大多数照片都是父母与学生们的集体照,春游的外景照,也有学生毕业留念的。个人照没几张,冯继业和蔡先娥的合影没见过,全家福也没有,更别说婚纱照。当年的乡村小镇,大概没几个人知道婚纱为何物。小孩子家,问这个干什么?她乜斜了眼女儿。蓓蓓托着腮,若有所思地说,我觉得外婆穿婚纱肯定比您漂亮。她被女儿的话呛着了,一口饭喷出来,弄脏了大半张桌子。

　　细细反刍,才咂摸出蓓蓓冒冒失失的话语背后隐藏的意思,有可能背地里蔡先娥早就定制了婚纱,并且在蓓蓓跟前试穿过,要不蓓蓓怎么会说出那样的话?冯玛丽想从女儿嘴边探听更多信息,蓓蓓却撇了撇嘴说,别问我,您去问外婆。她拿指头戳了下女儿的额头,如果真像猜测的那样,她妈征询他们兄妹的意见无非做个样子,走个过场,他们同不同意,她妈的婚都结定了。天要下雨,娘要嫁人,古人早把话说绝了。她不甘心,到蔡先娥的卧室翻箱倒柜查找了一遍,什么也没发现,没有什么物品能够坐实她妈有嫁人的意思。

冷战延续了些时日。按照以往的做法，冯玛丽该为自己找个台阶，向她妈展露欢颜。可这回，总有个陌生的声音在耳边极力拦阻她，不让她靠近她妈。她不清楚自己哪儿出了问题。某天放学，刘大可临时有事不能接她，在站台上等公交时冯小义恰巧路过，招呼她上了他的车。冯小义问她是不是回家，她点点头，车却没朝她家的方向走，转转折折，停在了她同刘大可经常约会的老橡树咖啡馆前。她的心头沉了一下，以为他有意带她上这儿来。正是晚餐时间，老橡树咖啡馆安静了许多，大厅的卡座多半空着。他们坐在一处靠窗的位置，点了几个菜，要了两杯果汁。你嫂子出差去了，孩子被他外公接走了，一个人懒得弄吃的。冯小义解释说。她只是哦了一声，只当是他的借口，他该有话对她说。谁知扯来扯去都是些闲话，有些不着调。她不接话，就半真半假地听，打小时候开始，他就比她强势，事事处处压她一头。她同他对抗过，可每次如果不是她爸出面调停，她肯定得吃大亏。玛丽，你记不记得咱妈哪天生日？说了半天，她哥突然放下碗筷，盯着她问。八月十六。她回答。你瞧我这记性，老年八成会痴呆。冯小义在自个额头上拍了一掌，笑笑说，咱妈呀……真年轻，后头的日子长着呢。话到这当口，她才听出点意思，待要听他如何往下说，他却把话题对准了她，小妹呀，不是哥说你……你的日子更长。

她哥的话虽然说得含蓄，但同他在电话里埋汰她没什么区别。软刀子是最伤人的，他的话不只寒碜，谴责，还饱含对她的羞辱。她情愿他吼她一顿，凶她几句。她想不明白，他为什么不能好好同她说话，他们一家子，从她懂事时开始，好比一盘散沙，怎么也搓不拢。父母之间，父子之间，母女之间，兄妹之间，都是断裂的，一块碎片同另一块不规则的碎片相对，你有你的棱角，我有我的锋利，就像一堆被拆散的托马斯玩具，谁也没有那个魔力把他们拼凑成一个整体。

她为他们一家感到悲哀。

她为出生在这个家庭感到悲哀。

一种乏力感突然俘虏了她，她不想反驳，也不想同他争辩。她没有上帝该有的巨力，也借不来上帝之手改变这些。连抗拒都是无效的。

没过多久，冯玛丽还是如约同蓓蓓说的骑电驴子的胡爷爷见面了。胡爷爷叫胡广义，国字脸，面相有几分慈祥，嘴角挂着和善的笑意。除了蓓蓓稍有些拘谨外，冯小义的两个孩子倒是不认生，张嘴爷爷闭嘴爷爷，好像胡广义真就是他们亲爷爷。有了孩子的搅和，沉闷的气氛缓和了不少，特别是冯小义，似乎受到了孩子们的感染，不称胡广义叔叔，竟然直呼爸爸，连"后"字都省略了。冯玛丽狠狠地剜了眼冯小义，她的耳朵被他的不害臊刺疼了。冯小义正忙着给胡广义夹菜，斟酒，根本没有觉察到她的眼神。

后来蓓蓓一语道破天机。半席间，蓓蓓拽了拽冯玛丽的衣袖，说要上洗手间。母女俩朝洗手间走去，蓓蓓突然发问，您说胡爷爷像谁？她恍惚了一下，记忆短路了，一张五官模糊的脸在眼前飘来荡去，像个纸糊的面具似的，怎么也不真切。像谁？她反问。您回去一看就知道了。蓓蓓卖了个关子。

天啊，冯小义的相貌同胡广义何其相像，简直就是一个模子里铸出来的。宽肩，挺腰，国字脸，粗黑的眉毛，双眼皮，高挺的鼻梁，耳垂大而厚，够得上两枚一元的硬币。从说话的声音，到微笑的表情，一举手一投足，无不神似。所不同的是，因为年岁的关系，胡广义已是皱纹上脸，背微佝，肚子半凸。冯玛丽还留意到，他们之间似有某种默契，冯小义面对胡广义，全然没有像她一样的尴尬。

像吧？蓓蓓附在她耳朵眼里说。

她的脑子里轰隆一声巨响，像有什么东西爆炸了。之前她觉得在哪里见过胡广义，可没想到这种眼熟竟来自身边，来自她的亲人。她隐隐约约觉得抓住了什么，窥探到了什么，可又不能确定。如果冯小义同胡广义真有某种隐秘的联系，为何这么多年她都没有察觉，也没有人向她透露丁点信息。她喝了口果汁，努力使自己镇静下来，不朝那个方面联想。

蔡先娥的婚礼定在了重阳节，这是个不可更改的日子。老年大学策划了一个活动，那天要为二十对学员举办集体婚礼。所有新婚夫妇的子女都受邀参加，冯小义一家子，加上冯玛丽和蓓蓓，组成了蔡先娥的亲友团。胡广义却是孤身一人，老年大学委派了几位学员权当他的亲友。婚礼庆典很排场，市长亲自为新人们送上了祝福。期间，舞会，旗袍秀，京剧表演，好戏连台，一幕接一幕。还有些逗乐子的小插曲，本该闹洞房的节目搬到了现场。找爱人，取筷子，摘星星，吃苹果。找爱人时有位新婚丈夫闹出了笑话，把别人的妻子错认成自己的新娘。蔡先娥同胡广义心有灵犀，配合十分默契，所有的节目都堪称完美。特别是吃苹果，硕大的一只苹果吊在钢架上，像个钟摆似的晃动，居然被胡广义用嘴定住，最终被他们俩咬得仅剩半个苹果核。

训练过吧？当蔡先娥回到亲友团时，冯玛丽忍不住揶揄问。

咬苹果吗？当然训练过，谁叫你妈是完美主义者。蔡先娥同胡广义手牵着手，背对亲友团站立。冯玛丽看不见她妈的表情，但从声音听得出，此刻她妈一定衣袂飘飘，神采飞扬。

七

她同刘大可交往趋热的那段时间，她爸有事没事总往她这边跑，问有什么事，他支支吾吾的，说刚好路过就上来看看，有时又说来看望蓓蓓。进了门，眼睛探照灯似的在屋子里搜寻个不停，把每个角落都搜遍了，才一脸狐疑地离开。他劝说过好几次，让冯玛丽和蓓蓓搬过去与他们同住，便于照顾蓓蓓上学。她没给他一个明确的答案。她猜想，他可能嗅到了什么，当初他反对她同马骆骆结婚，而现在又想约束她，要把她同马骆骆捆绑在一起。先前她没顺从他的意愿，现在更不可能接受。他对她婚姻的拯救，在她看来，是对他自己的讽刺。

有一天，他竟然对她说，你也去深圳吧，蓓蓓不方便带去，就留在家里。

说这话时蓓蓓就在跟前，一张稚气的脸满是无辜地看着他们。

蓓蓓说，妈妈，我跟您一起去。

妈妈哪儿也不去！她握住女儿的手，声音有些哽咽。

这叫什么事儿！他背转身，拂袖走了。

冯玛丽双眼发酸，但忍住了，没让泪水流出来。她最不希望看到的事情发生了，蓓蓓受到了冯继业的感染，或者蓓蓓的想法早就埋藏在心里，只不过被她外公诱发了。有次放学回来的路上，蓓蓓突然说，我想学习吹笛子。蓓蓓仰脸看着她，眼神带着乞求。她知道，女儿想念她爸爸了。马骆骆走后，蓓蓓从未有过类似的暗示，像个没事人般，刚开始时问过三两次爸爸什么时候回来，后来大概懂得了他不会再回来，就不追问了。冯玛丽也摸不准这个小人儿到底有多么强大的心理承受能力。

蓓蓓想学笛子就让她学笛子吧，马骆骆不在，至少他的笛子还能陪伴女儿的成长。这是女儿应得的权利，被马骆骆克扣了，被生活打了折扣。对冯玛丽来说，一管笛子显然不够，她要的远比女儿多得多。同女儿相比，她是不是更脆弱些？更矫情些？她不想被这段无望的婚姻给裹挟了，人生漫长，总不能孤单一辈子。她得走出来，解放出来，这是她的事情，得听凭她的内心，遵从她的意愿。她爸怀疑她，干脆把事情挑明给他看。她给他设了个局，有天购物回来，故意让刘大可将车开进小区，还让他帮忙将东西送上楼。当他们一前一后朝她居住的楼房走去，果真在楼前的通道上遇见了冯继业。这是我朋友，刘大可。她向她爸介绍，转而又把她爸介绍给刘大可，这是我爸爸。刘大可双手拎着东西，腾不出手来，慌忙弯了弯腰，作鞠躬状说，玛丽爸爸好。冯继业被一场猝不及防的遭遇惊住了，大瞪着眼睛，瞳孔放大了好几倍。他的嘴唇翕动了好几下，没能发出声音。刘大可向他鞠躬问好时，他只是慌不迭地说好好好，然后侧到一边，让出了道路。爸爸，上楼去呀。冯玛丽伪装出极大的热情邀请她爸。我不上楼了，你妈……你妈还在等着我呢。冯继业慌乱地摇摆双手，边说边倒退着往外撤，后撤了几米远，才转过身，像被人追赶似的逃走了。

　　冯玛丽多少有几分忐忑，总担心冯继业会秋后算账，几天过去，他并没来找她。大概目睹了事实，放弃了担当她婚姻救世主的角色。可她还没完，趁热打铁给马骆骆去了电话，叫他回来办理离婚手续，一天也不能耽误，赶紧的。马骆骆静哑了半分钟，说，好。他的嗓音带着沙沙的摩擦声，好像信号不好，电话机里渍出了荒凉的杂音。第二天下午，马骆骆回到了小城，两人在街边见了面，冯玛丽交给他一纸离婚协议。协议是她自己起草的，内容不偏不颇，不放弃，也不苛求，对谁都不失公正。考虑得到的现实问题都在协议中写清楚了，房子的归属，蓓蓓的抚养权及抚养费，债务，及其他该斩断的责任，义务和权利。第三天早上，马骆骆就回了话，对协议没什么意见，只想同女儿见上一面。他的要求不过分，可她还是拒绝了，现在不是见面的时候，以后想见随便你。马骆骆再次喑哑了。他们在民政局碰了面，马骆骆像是睡眠不足，两只眼睛都成了熊猫眼，眼眶里的活火山不见了，瞳孔像被掏空了，成了两个无底的溶洞。那根马尾辫仍在，她不再把它比喻成秋千，而是一把用秃了的扫帚，随时都可以扔掉。整个过程中，除了回答工作人员的问题外，马骆骆没多说一句话。我能请你吃顿饭吗？事情完毕后，他问。还是留着请新女朋友吧。她佯装一笑，扭身离开了民政局。她没有回头，因为她清醒地知道，那根马尾辫一定在背后追着她看。

当离婚证摆上桌面时，刘大可盯住她足有半分钟，一眨不眨，他的眼神不可捉摸，有疑惑，又像潜藏着某种痛楚。冯玛丽后悔不该把离婚证拿出来，她的行为证明了她的卑鄙，好像要以此来胁迫他就范。先前她只是想告诉他，他可以向她求婚了。结果却是相反的，她贬低了自己，她是个被抛弃的女人，在乞求他收下她。她伸出手要拿回证书，刘大可比她先一步将它抢到了手上，打开前又瞥了眼她。接下来的时间陷入了死寂，他的视线全落在证书上，神情像个专注阅读的孩子。

来吧，我陪你喝一杯。他将证书交还她后，举起了水杯。

她愣怔了一下，弄不懂他什么意思。但很快她就阻止他说，等等。她唤来服务生，给他们上了瓶白酒，并且吩咐服务生斟了满满两杯。她端起酒杯，他也端起酒杯，她一仰脖子将酒全数倒入了口中。所幸酒杯不大，她还是被呛坏了，眼泪鼻涕汹涌而出，淌得满脸都是。他给她塞纸巾，又靠过来抚住她的额头，一手轻拍她的脊背，以减轻她的咳嗽。待平静下来，她还要喝第二杯，他夺走了杯子。她失态了，伏在桌子上嚎啕起来。她从未喝过白酒，也不知自己会酒精过敏。待她清醒过来，才发觉自己躺在医院的病床上，输液瓶还没摘走，针头还扎在手臂上。她的脑袋大片死沉沉的空白，搬也搬不动。

他照旧接送她上下班，她的婚姻破裂既没能将他吓走，也没能将他拽得更近。她以为他是慢热型的，火候不够。有几次他向她求欢，她婉拒了。她没贱到那种程度，仅仅为肉体之欢就放纵自己。况且对他有所期待，更不能给他留下恶劣的印象，让他误认她是个随便的人，是个寡廉鲜耻的人。终于有一天，他试图拥抱她时，她发作了，质问道，你怎么了？怎么这副德行？！

他被她的态度震到了，撤回的双手绞在一块。他想要替自己辩解，却又不知该说些什么。

八

婚后,蔡先娥抱着如意郎君回到了先前的住处。那是套三居室,冯继业去世后一直空着,既没出卖,也没出租。间或,她会回去清扫一下,开开窗,透透气。在冯玛丽看来,她妈是有预谋的,当初之所以选择搬来同她合住,就是为了今天的撤退。假使将来某天,她再婚了,她妈同二婚的老男人再与她生活在一块,换了谁都会觉得很别扭,很尴尬。这正好遂了冯玛丽的心愿,她妈若是留下不走,真不知该如何面对。

生活又像倒回了原来的轨道上。冯玛丽一个人照顾蓓蓓的生活,早上送女儿上学,晚上接她回家,午餐女儿在学校食堂自行解决。还原的生活同以前并不完全吻合,旁生了些许不同,不同在于多了个刘大可。刮风下雨时,他会及时来接送她们母女俩。这是在女儿跟前,她同他最近的距离。如果女儿是种光亮,他们的隐秘绝对是背光的。妈妈,我以后是不是要叫刘叔叔爸爸呢?有次刘大可走后,蓓蓓若有所思地问。她从女儿的眼睛里读到了某种类似惊恐的东西,知道这时该严厉一些,以打消女儿的顾虑。她朝刘大可离开的方向投去一瞥,呵叱道,可不许胡说。

她知晓女儿的心思，现在的孩子都是鬼精灵，嗅觉灵敏得很，稍有风吹草动，立马就被他们捕捉。当妈妈的婚姻不明朗，孩子头顶就有团乌云罩着。可事情就这么梗阻了，也由不得她。她想过不进则退，可真要退，当初同马骆骆离婚时那种决绝的勇气却没有了。就像卡在桥洞里的船，过不去，也走不开。

这种马拉松式的期待是否会有个结果，她不怎么在意了。她的不在意是因为麻木，和对婚姻混沌的认知，甚至抵抗。对蔡先娥的再婚也不那么耿耿于怀了。她妈再不再婚，她都一样过，并不会因此改变什么。起初，像有一颗粗粝的石头砸在她的心上，随着时间的推移，石头慢慢被磨损，被侵蚀，被风化，终有一天会化为乌有。但后来发生的一件事情，像是给她注射了膨大剂，内心的石头重又恶性膨胀起来。某天，冯小义郑重其事约她见面，兄妹俩再次在老橡树咖啡馆的雅间吃了顿晚餐。作为兄长，她哥很慷慨，叫了海鲜套餐，还要了两杯红酒。她猜想，她哥可能遇上了什么喜事，要不然话咋那么多。他说东道西，聊天侃地，忽儿咫尺，忽而天涯，她被他绕糊涂了，干脆埋下头对付盘中美食。餐毕才图穷匕见，她哥带着酒足饭饱后餍足的表情说，小妹啊，别再虚耗着啦，管他牛魔王还是天蓬元帅，差不多就把他收了吧。

你别吃人似的咬着我看,这可不是你哥的意思,你哥只是个跑腿的,传个话而已,你懂的。冯小义饶有兴致地把玩着手中的空玻璃杯,一边还不忘替他自己开脱。

她的内心凹陷去一个深深的火坑,不可遏制燃起了火苗,火借风势,呼啦啦直往上蹿。她拼命朝坑里填沙子,想把火扑灭,谁知沙子变成了易燃物,火势不降反倒越发汹涌。如果她哥不说是传话,她不至于如此愤怒,传谁的话?除了蔡先娥的话还能有谁的话?!原以为她妈掉进蜜罐里了,哪还有闲工夫操她的心,可人家偏偏对她念念不忘。她妈可能也只是像别人的妈妈那样,给她吹个风,念个紧箍咒,可话到她耳朵里就变了味,她妈好像有意借此炫耀她个人的幸福。还有,在她妈看来,马骆骆和刘大可,一个牛魔王,一个天蓬元帅,都不是什么好鸟,她也就同他们般配。放在过往,她妈的话虽说难听,可那时的嘲弄是善意的,不会这般刺耳,恶毒。

她想去找她妈理论,如何理论又没底气,像个泼妇那样,其实做个泼妇她也不会。她的耳鼓里像塞进了只蓝牙小音箱,《情深意长》《想你想断肠》,一曲接着一曲,接连不绝。她若理论,她妈顶多嗤笑几声,继续旁若无人地播放

《心中的玫瑰》。刘大可察觉她脸色不对,知寒知暖地问,玛丽,是不是哪儿不舒服?又拿手探了探她的额头。她没话来回答,就翻了个白眼,瞎操心!刘大可无辜挨了骂,不再多话,躲一边干什么去了。

憋闷了几日,赶上学校组织观看电影,冯玛丽混在学生堆里入了场,是个无脑的烂片,熬不过半场她就溜号了。沿街溜达,经过个小广场,忽然从跳舞的大妈群里跑出个红衫绿裤的女人,头顶上盘了鬏鬏,把她给拦住了。你是……那个冯老师,冯继业的女儿吧?冯玛丽有些警惕,但不得不浮出笑容,问,您是?我叫汪彩霞,是你爸妈的同事,与你妈在省城的教育学院还同过学呢。老女人脸上染了两坨红,笑的时候两坨红就跟着运动,还真像两朵小彩霞。

你爸呀……他的追悼会我参加了,他是个好人,英语课教得还不赖……不就是脖子上长个瘩子么?咋就变成淋巴癌了呢?还真要了命。这个自称汪彩霞的老女人是个话痨,逮住她就不准备轻易放走。

刚开始,她还讪讪赔笑。但很快,就笑不出来了。

听说你妈同胡广义结婚了,我没赶上他们的婚礼。汪彩霞不无遗憾,后来又感叹着补充道,他们呀……真叫有情人终成眷属,哪像我这个孤老婆子,老伴去世几年了,孩子在上海，平日里连个说话的人都没有。

她猛地哆嗦了一下，追问说，咋叫有情人终成眷属？！

你不知道？汪彩霞很诧异，停顿了一下，溜了两眼她，才像下了狠劲似的说，我不说别人也会告诉你，那地方太小了，什么事情都藏不了，全校的师生应该都知道，更不可能瞒过你爸。

在你爸之前，胡广义是你妈的恋人……你妈是带孕同你爸结婚的，当时肚子里就已怀上了你哥，你哥叫冯小义吧？他是胡广义的孩子。汪彩霞说出了那个对冯玛丽来说属于黑暗的秘密。

一朵遮天蔽日的蘑菇云腾空而起，在它的阴影里，冯玛丽摇晃了一下，体内某个地方爆出了一声巨响。之前她怀疑胡广义同冯小义的关系，但总是不愿意朝这个方向去联想，而现在确证了冯小义就是胡广义的儿子。遮羞布扯去了，真相就赤裸裸地摆在她的眼前，以前解释不清楚的问题，此刻全都一丝不挂露出了本来面目。冯继业当初为什么冒着违反计划生育的风险，执意生下她这个女儿；冯小义为什么叫冯小义，因他亲生父亲胡广义的名字中有个"义"字；蔡先娥为什么迫不及待要同胡广义结婚……汪彩霞说在冯继业的淋巴癌确诊后，胡广义就开始同他妻子闹离婚；冯继业为什么对冯小义不待见，而蔡先娥对冯玛丽总有股说不出来由的厌恶；冯小义得知蔡先娥同胡广义的恋情为什么那么兴奋……所有问题都找到了答案，都水落石出了。打小时候起，冯小义为什么总是带着仇视的眼光盯着她，那是因为在冯继业、蔡先娥和他们的女儿冯玛丽组成的家庭中，他是多余的，不应该存在的，是个异物。而现在，他在胡广义和蔡先娥的中间找到了原本就显赫的位置。反倒是冯玛丽，已经彻底被蔡先娥抛弃了，难怪她有种强烈的预感，在胡广义和蔡先娥重新组建的家庭中压根就没有她的位置。在那里，她同当初的冯小义一样，是块多余的碎片，是本不该存在的，是他们必须割舍的伤痛和羞辱的异物。她和她哥就像是连体婴儿般的可怜双头体，是对同病相怜而又相互例证的异物。

九

冯玛丽仔细端详手中的照片，照片上的脸很有肉感，靠近太阳穴那块长了老年斑，眼球浑浊，人中很长。左边的脖子上有颗瘊子。唯一的亮点在于，头发经过染色，且被精心梳理，一根根像编织物的纹路般有条理清晰。这张脸混进人堆里，估计一时半会找不见。她摸了摸他的下巴，手指接触到相纸，光滑得很，没有哪怕丁点的摩擦力。这同触摸他真实的下巴是一样的，他没长胡子，有的只是滑腻的感觉。她想象过他拿胡子扎她，有些麻麻的疼，有些酥酥的痒。她的脑海里闪过刘大可的脸，他的下巴就留有胡茬，同她亲近时胡茬就扎在她的脸上。那种被扎的感觉很舒服，她很享受。

照片是冯继业五十七岁生日时拍的。她翻了半天影集，才挑选出这一张。他拍照时穿的西服，是她用一个月工资买给他的。她将照片送去影楼，让他们翻拍，放大，镶上相框。她记得那套房子的玄关背后有个神龛，当初她爸爸供奉过她爷爷的照片，后来不知怎么收起来了。她要照葫芦画瓢，将她爸爸的照片安放在那里。她存心要看看在冯继业的注视下，蔡先娥同胡广义还怎么生活。这是他们应得的惩罚，他们早该想到这一点。

后来，冯玛丽回想，她妈的肺癌早就露出了端倪，只不过当时她被报复的魔怔蒙蔽了双眼。像经历了一场梦游。她捧着她爸的照片在大街上走啊，走啊，不知走了多久。她都有些困倦了，可没人劝阻她，她也不确定要不要这样做。最后，她还是捧着照片上了楼。开门的是冯小义，不，是同冯小义长着相同脸谱的胡广义，见了她，惊愕地僵直在门边，堵着她不放她进去。她记得她用肩膀顶撞了他一下，之后夸张地将她爸的照片举过头顶,像拳击赛场上举牌女郎常做的那样。她用随身携带的纸巾拭干净神龛,将她爸爸的照片请了进去,并且在小香炉里上了支檀香。整个过程没人来阻挠她。离开时,有人在背后咕噜了句什么,声音微弱而略带沙哑。她回了下头,她妈怔怔地站在沙发边,一身白色的睡衣,像个白色的影子。

她仓皇地退出了门。

接下来的日子是慌乱的,时过半年,她妈被确诊患上了肺癌。她同冯小义,加上胡广义,都围绕蔡先娥在转动。她处在了真空状态,什么事情都被忽略了,都被抛到了一边。有种感觉是真实的,是让她恐惧的,她正在失去什么,要拼尽全力挽留住。他们陪同蔡先娥去了广州,去了上海。她同冯小义跑外围,真正照料蔡先娥的是胡广义。这个面相慈善的老男人没有被悲伤击倒,端水喂药,倒屎倒尿,耐心而默然。她第一次见到她妈使小性子,不愿服药,可拗不过现任丈夫的轻言细语,还是乖乖就范了。目睹这些,她会莫名生出醋意,有时会找个理由走开,让他们有更多时间独处。

先前,她妈也是如此细心照料冯继业的,特别是他弥留之际。

血肉之躯终究无法抵挡病魔的肆虐,所有的治疗都变成了心理安慰。蔡先娥瘦成了张薄纸，而她的腹部因癌细胞的转移反倒隆了起来。她戴着假发套，鼻孔里插着氧气管，像是睡着了般躺在床上。有天，当病房里仅剩冯玛丽一人时，她突然睁开眼，盯着天花板说，鱼，那么多的鱼。什么鱼？哪来的鱼？冯玛丽问。梦，我做了个梦。她妈吃力地抬起手，好像那些鱼正在天花板上游动，好多……好多鱼，从我的身体里游了出来，像一条河，好长好长的河，好多好多鱼……

您那是在做梦，人的体内哪会有鱼呢？别胡思乱想，好好养身体。她极力安抚她妈。

她从她妈的梦里预感到了什么，很惧怕一个人守在病床前。可她妈似乎有意要考验她，好几次都把冯小乂撵走，连胡广义也不让待在病房里。她妈的讲述就是从那次做梦开始的，贯穿了最后的那些日子。她的讲述很艰难，每一次只能讲一小段，一件事，或者一个细节。她的声音很低微，不时咳嗽，还带着收音机里空白的沙沙声。冯玛丽搬了张椅子，挨着床头坐下，唯恐错过她妈发出的任何一个音节。

她妈的神智不很清醒，讲述的内容有些凌乱，前言不搭后语的情况时有发生。冯玛丽运用非线性编辑，将那些碎片化的情节组合，衔接，使之连贯成一体。故事开启之时，冯玛丽还没有出生。蔡先娥在大学期间就同胡广义恋爱了，毕业分配时他们俩主动要求到那个偏远的小镇，只有去那种地方，才不至于两地分居。蔡先娥被分配在镇中学，胡广义则在镇医院。当时的条件太艰苦了，镇中学就剩一间教师宿舍，从中隔断安排了两人，蔡先娥住里间，冯继业住外间，蔡先娥进出得从冯继业的卧室经过。胡广义想进蔡先娥的卧室，也得先过冯继业这道门。误会就是从那时候产生的。

他们是有预谋的。蔡先娥的言语间深埋着怨恨和自责，我那时太幼稚，太不懂世事了。

因调换宿舍的事，蔡先娥找过校长，但校长也莫可奈何，一个萝卜一个坑，没人愿意腾出房来。

你别把你爸想象得那么……那么高尚，他就是个小人……这种坏招……只有他想得出来。蔡先娥的声音断断续续，但听起来仍旧忿忿的。

她妈一定冤枉她爸了，冯玛丽想，就算那"坏招"是她爸想出来的，他哪来的那个能耐付诸行动？要知道，当时他也只是个工作不过两年的新兵蛋子。她没有替她爸辩解，可眼神泄露了她内心的秘密。

我没冤枉你爸，他别的本事没有，干这个……真让他屈才了。她妈向她惨淡地笑了笑说，你爷爷退休前可是那儿的校长。

按她妈的说法，他们早就张开了口袋，甭管蔡先娥还是李先娥，只要合适的，冯继业瞧对眼的，赶进了口袋就别想逃脱。那年月，一个端着金饭碗的女教师在哪儿都是香饽饽，不可能发配到那种地方。她妈误打误撞掉进了他们的陷阱。胡广义在镇医院工作没三个月，就被派出去进修，时间不长也不短，一年半的期限。这也是她爸的阴谋之一。期间，胡广义回来过几次，第一次回来他就同她妈闹了情绪，再回来，就同她妈闹掰了。第三次回来，他办理调动手续，没再见她妈一面。

冯玛丽猜想，有可能就是那次，她妈怀上她哥的。她妈或许以此来向她的恋人证明什么。可她爸究竟怎样征服她妈的呢？暴力？还是其他手段？她妈不像个屈服于暴力的人。她妈没说假话，她爸的确没什么本事，顶替她爷爷当上教师后，就教了一年英语，被挪去搞后勤了。他上省城进修两年英语最大的成果，就是给她取了个带点洋腔的名字"玛丽"。

有一回，她妈说着说着，突然笑了。

你爸给我写过诗呢。她妈说。

真的吗？她几乎不敢相信。

她妈瞳孔中的光辉却一闪而逝，重又灰暗了。

同她爸结婚后，她妈刻意保持低调，不出风头，努力维持她爸的尊严。可在她看来，她妈之所以如此，可能是因为胡广义的离开让她妈心灰意冷了。既然这样，她妈为什么不追随胡广义而去，非得留下来嫁给她爸呢？她妈敛声息气数年后，终于憋不住了，不能再过那种令人窒息的生活。她妈为此付出了努力，也取得了回报，从毕业班的班主任到教导处主任，到副校长，再往后被调到另外一个乡镇中学担任了校长。

同你爸结婚几十年，我同他是清白的。她妈说完这节，又加上这一句。

她点了点头。她明白她妈说的"他"指谁。当年她妈调动时，她爸，他们一家子都紧随其后，她妈到哪儿，他们跟到哪儿。她爸就像根毒刺，深深地刺入了她妈和胡广义之间，拔也拔不出来。她妈用尽半生的巨噬细胞，也没能将他吞噬。

十

蔡先娥走得不孤单，最后的日子亲人们始终陪伴左右。蓓蓓哭成了个泪人。胡广义不声不吭，冯小义和冯玛丽他们围着蔡先娥时，他就退到了他们身后。蔡先娥退休时所在的单位成立了治丧委员会，丧事由其操办。对于下葬的地点，蔡先娥没留遗言，最终同冯继业合葬在一起。先前冯继业去世时就留了个空穴位，就是给她预留的。

冯玛丽被悲伤劫持，大半年都没喘过气来。她的内心空空荡荡的，像被人抽走了骨头。有时一个人走在街头，漫无目的，不知道要去哪儿。有几次，竟然不知不觉走到了蔡先娥居住的楼房前，但又放弃了上楼。她妈去世后，胡广义仍住在楼上，在他的前妻那边，他是被扫地出门的。她怕同他相遇。她真的碰见过他一次，不过正好背对着她。他像从洗衣店回来，手上拎着大包衣服，踽踽独行在街边。从颜色上判断，他拿去干洗的应该是她妈遗留的衣物。那瞬间，她对这个不怎么待见的老男人有了些许怜悯，或许他心中的悲伤与她是同质的，等重的。

后来的某天，她萌生了看看他的想法，她妈去世了，他同她再无瓜葛了。她成了块自由的，孤独的碎片。同之前被他和她妈弃置一边有本质的不同，她的孤独是因为生命规律使然，是死亡留给幸存者的后遗症。面对他时或许她能平静一些。她该对他说些什么呢？可不能让他产生她要将他从那套房子中驱逐的错觉。天地良心，她从来没有过那种卑劣的想法。

她爬上楼道后犹豫了片刻，做了个深呼吸，才轻轻叩响了房门。门眨眼就开了，比她预想的快得多。他的表情有些惊讶，但很快侧身让出了道路。我刚好路过，上来看看。她解释说。她在客厅小立了一会儿，一切都齐齐整整的，好像她妈收拾的那样。茶几上摆着几样零食，有薯片，水果泥，估摸冯小义带孩子来过。玄关背后的神龛中多了蔡先娥的照片，同之前的相框并排，小香炉上着香，正冒出缕缕轻烟。她朝她妈的卧室走去，卧室里也无变化，好像她妈活着时一样。她从卧室出来，不想他在她身后跟着，同他碰了个正着。仓促之间，她问，您看见我妈的戒指么？这个问题几乎没经过她的大脑就脱口而出，她妈的戒指其实早在她手上了，葬仪师整理她妈遗容时将戒指交给了她，那是她妈同她爸结婚时交换的戒指，是她爸亲手戴在她妈手上的，她妈再婚时不曾将它摘下来。

什么？他睁大眼睛看着她。

她很后悔有此一问，这证明她内心并没有完全原谅他。

她慌忙掩饰说，没什么。边说边朝门边走去，巴不得一步逃开。

等等。他叫住她。

她机械地转过身来。

他去了一趟她妈的卧室，出来时手上多了个本子，暗红色的，本厚盈寸。

你妈的日记。他将本子交给她，朝她鞠了一躬说，对不起。他的头顶已是满目冰霜。

十一

X月X日，晴

现在是二十三点三十五分了，我才安静下来，喘口气，趴在铺板上记下这个特别的日子。早上六点五十分从老家出发，汽车半路上抛锚，十三点多才抵达县城，刚好赶上途经这个小镇的一趟长途汽车。沿途的风景同老家没两样，高大的白杨树，无际的稻田，黛色的山峦。后来，道路两边的山渐趋陡峭，山道蜿蜒，上坡，下坡，身体都要被颠散架了。如果不是售票员提醒，我差点坐过站了，下车后，才发觉自己被抛在了一个岔路口。这儿离目的地尚有八公里的路程。所幸H来接我了。

H比我提前半个月报到。我当时想同他一道来，他犹豫了片刻，认为我距离报到的时间尚早，来了也得回去，没必要多受一趟奔波的罪。H就是这样体谅人，呵护人。虽然很想粘在他身边，但我还是答应了不与他同行。

关于这个岔路口，H在发给我的电报中特意提到了，是我自己把它忘了。H借了同事的自行车，骑了三十多里地，到另一个小镇上给我发的电报。

H说，他十三点半就到了岔路口，眼巴巴等了我五个钟头。我很想奖赏他，吻他一下，可路边不远处有几个农人，有两个正朝我们张望。我就朝H做了个隐秘的飞吻动作，H咧开嘴笑了，是那种敞怀的笑，幸福的笑。他抢过我的行李，扛在肩上，另只手还不忘要过装有脸盆茶缸的网丝袋。夕阳西下，山谷里有了薄薄的暮色。我问H，想不想我？H说，想！想得要命！边说边拢过来，勾下头，要吻我。我故意逗他，碰了他的嘴唇一下，一闪就逃开了。H就扛着行李没头没脑地来追我。

我们到达目的地时过了二十一点。小镇被黑暗笼罩，只有几扇临街的窗户漏出灯光。镇中学在西头，靠近山脚下。我将报到信交给校长，校长让人把做饭的老朱——朱师傅喊来，吩咐他给我下碗面条，并嘱托他给我找来几块木板。我被安顿在一个套间里，H就用朱师傅扛来的木板在里间替我搭了张简易的床。

在这个陌生的小镇，我有了一个独立的空间。这儿将是我和H的伊甸园，将是我爱情的庇护所，婚姻的殿堂，人生的金库，精神的圣地。

X月X日，晴转阴

真是荒唐透顶，外间居然住进了男生F。我去找校长理论，校长摊开手说，就这个条件啊，克服一下嘛，过两年就会建教工宿舍楼了。

F刚从省城进修回来，之前的房间被调剂给同事做了新房，同事赖着不肯搬出来了。

我也不想这样啊。F也很无奈，笑着说，你放心，我可是大大的良民，保证秋毫无犯。

H只是唉了一声，好像在担忧什么。我从朱师傅那里拿来一根木棍放在床头。我扬了扬木棍安慰H说，我警醒着呢，他敢进来我就敲他一棍子。

X月X日，晴

……

F好像不开窍，每次H来，F就守在外间，哪儿也不去。还故意走来走去，弄出一些响动，唯恐人家忘记了他的存在。

F就是个二愣子。

X月X日，小雨

……竟然有同事跟我开玩笑，问我是不是同F在谈恋爱。莫非这人是眼瞎的？看不见我同H的关系？那人还说，无风不起浪。风在哪儿？浪又在哪儿？

都是教书育人的园丁，就管不住自己的嘴？就喜欢满嘴跑火车？

X月X日，阴

H告诉我，医院已经通知他，派他去省人民医院进修。H不想去，我鼓励他说，这是好事呀，我支持你。H说，你就不怕我跑了？我说，孙悟空逃得出如来佛的手掌心？H说，让我抱抱如来佛……

X月X日，阴转晴

我起了个大早，送H去了岔路口。H上车后，我顾不上分别的忧伤,踩着自行车往回赶。上午第三堂课是我的语文课,原想同同事调换一下,问了几个同事,各有各的原因,都不乐意调换。

F也不那么让人讨厌,送了一大捧野菊花给我,说是学生摘给他的。F说,他一个大男人,放着这些花会让同事们笑话。

什么谬论?男人就不能爱美么?我鄙视。

X月X日,晴,有雾

趁着下午没课,我去镇街上转了一圈,顺便到裁缝店缝补一下秋外套。秋外套的袖子不知在哪里被钉子刮了一下,袖口那撕裂了个小口子。裁缝店主是个寡妇,带着两个女学徒。她没将活计交给学徒,而是亲自动手帮我缝补。我就坐在旁边的凳子上看着。她踩动缝纫机时踩几下看我一眼,踩几下又看我一眼。她看我时我就向她傻笑。她看得次数多了,我就有些奇怪。我说,老板娘,是不是我哪儿长得不对眼?老板娘被我问得一愣,过后又呵呵笑了说,你长得可妖啦,镇街上没有哪个女人有你妖。我不明白"妖"的意思,一个学徒噘着嘴说,师父说你妖,就是说你漂亮呗。

老板娘才妖。我说。

我才不妖,不然哪会没男人要?老板娘自嘲说。

那是男人眼瞎。我开玩笑说,我要是男人就娶了你。

那敢情好。老板娘忽然说了句莫名其妙的话,还是冯校长有眼光。

我一脸狐疑问,冯校长?

你是冯校长的儿媳妇,不是吗?老板娘嬉笑着说,什么时候给我们吃喜糖啊?

我被老板娘的话吓着了,好半天没醒过神来。

你们……你们胡说些什么呀?!那一刻,我差点委屈得哭了。

这小镇上的人难不成个个都是长舌妇?

X月X日,晴

我终于相信了祸不单行,H进修去了,期中考试的成绩出来了,我教的那班语文成绩排在了年级末位。按照奖惩制度,我不单不能拿期中考试的奖金,而且还要扣掉半个月工资。

F替我在校长面前鸣不平,那本来就是学习成绩最差的一个班,这么做对蔡老师不公平。

F也许是好心,但我觉得他别有用心。

X月X日,晴

一日不见如隔三秋,三日不见如隔九秋,九秋不见一生难休。我抑制不了对H的思念,梦里全是他的身影,白天走路,走着走着就恍惚了,好像H就站在某个地方向我微笑。偌大的校园没人能说上话,小镇上也没有什么好去处。没有课的时候,我一个人到附近的田野上游荡,像个没有坟墓的野鬼。我像掉进了竖井里,四周都是坚硬的潮湿的石壁。

H啊,知不知道我是多么想念你?

X月X日,小雪

H没有让我去送行,一个人悄无声息走了。我赶到镇医院门口时,地上积了层薄雪,雪地上有串脚印,是H留下的。这是我在小镇上看到的第一场雪,朔风凛冽,四下里白茫茫的,见不到半个人影。我走在雪地上,脚底下咯吱咯吱响。

H还是听信了那些谣言，虽然我把什么都给他了，可仍然没有消除他的疑虑。H啊，你是多么狠心，多么无情！你要我怎样做，才会相信？！

　　也罢，你走吧，走了就不要后悔，走了就别再回来。我不相信没有你我就活不下去了！从今往后，走马观花，不谈感情……

　　　　X月X日，晴

　　整个冬天怎么度过的，我全然没有了一点记忆，印象中除了冷，还是冷。学校给每个老师发放了两百斤木炭，没课时我就守在火盆边。我有过几次恶心，那是一个新生命在折磨我。F可能担心我一氧化碳中毒什么的，时不时故意找个借口，敲开我的房门，让我透透气。对F的这点善心，我用不着感激什么，他原本就是黄鼠狼给鸡拜年，没安什么好心。他以为H不在，就有机可乘了。他打错了如意算盘。我这是怎么啦，怎么扯到了F身上？

　　柳树发芽时，风还很料峭。

　　桃花开了，又谢了。

　　暮春了，我才走出校门。

我在镇子的北边发现了一处花园。我绕着镇子行走,都是田埂小道,道上长满了野草。从北边经过时,有个院子的后门虚掩着,我就推门走了进去。没想着这个院子足够大,南边和西边都是老房子,东边和北边是围墙。院子中间的空地上栽种了各式的花,月季、兰花、迎春花,一簇芍药刚长出新叶。还有梅。还有桃树和梨树,树干很粗,树却不是很高大。我去得晚了,桃花落了一地,有的花瓣都腐烂了。没种花的地方铺着青砖,很古朴。还有架秋千,但不能坐人了,只剩下支架,支架上都长了青苔。向人打听,说院子里早年住过好些个上海来的年轻人,其中有个女孩子喜欢种花种草,里面的花草都是她从别处移栽过来的。

来年我要去得早一些,好好看看花开的景象。
……

X月X日,晴

天,F给我写诗了。他怎么会写诗?我怀疑他的诗是从别处抄来的,这个校园里有那么多人,唯独不可能有个诗人。

这旷野上怒放的玫瑰啊

不单是颗自由的灵魂

更多的,是对爱情的信仰

我不信佛

但我信奉释迦牟尼的玫瑰

……

十二

此后的年月,冯玛丽经常将日记本带在身边,她妈的日记成了陪伴她的必需品。她仿佛要借助她妈的力量,来箍住早已支离破碎的生活。有一天,她同刘大可一块吃饭,吃到半中间,忍不住从挎包里拿出了日记本。刘大可狐疑地看了她一眼,接过日记本,一页页翻看。他的速度很慢,像在逐字逐句地咀嚼。他的眉头皱起来了,又舒展了,再皱起来,又再次舒展了。他终于翻到了最后一页,将日记本合上了。他将它交还她时趁机捉住了她的手。他的目光像台灯似的笼罩她,眼眶内有着热烈和晶莹。他的嘴角动了动,像要说什么。她抽回了手,做了个手势,阻止他说出来。她不希望他说出感叹或是赞美的话。她接受不了,日记本的主人估计也不愿意听到。

在冯小义跟前,她更是自私地隐瞒了日记本,好像它原本就属于她一个人。冯小义从来没有问过,仿佛不知它的存在。他一改以前的态度,主动关心起同母异父的妹妹来,每隔些时日就要同她见个面。他承担起了作为兄长的责任和义务,没再说过什么过激的话,也没有刻意的嘘寒问暖。有时约她吃个饭,有时上她家坐坐,给蓓蓓买点水果或酸奶之类的东西。不管吃饭还是礼物,她照单接受了,蓓蓓是她在这世上最亲的亲人,她哥是第二个。除此之外,没有第三个人。

冯玛丽从她哥的眼中看得出,他对她还是有些焦虑的。

后来某天,她哥约她去复活酒吧喝一杯,她拒绝了,她从来不去那种地方。她哥拽着她,说要给她送件意想不到的礼物,她勉强随他去了。酒吧很闹,圆形的小舞台上有两个女孩在跳舞,幽暗的人群中有人在尖叫。她很快就坐不住了,脑袋发胀,仿佛要裂开一般。她作势要走,但被她哥摁在了高脚椅上。

他说,等等。

两个女孩结束了表演,谢幕了,舞台上有小会儿空旷。

一缕音乐声从浮动的氤氲中破空而来,她听出来了,是萨克斯。朝音乐起处看去,却不见人影。随着光柱移动,一个留着长发的背影显现了,还有萨克斯的金属反光。表演者慢慢朝舞台靠近,最后登上了舞台。他穿着身牛仔服,下身的牛仔裤在大腿处还破了两个窟窿。他抱着萨克斯,弓着腰,完全沉浸在乐曲中。她看不清他的脸,长发把他遮没了。她的内心有什么东西蹦了一下,像撞进去只小老鼠。这个吹萨克斯的,身影有几分熟悉。当他转过脸时,她终于看清楚了,是他,竟然是他!他只是把马尾辫拆解了,像女人那样披散开来。她求救似的看了眼冯小义,他朝她肯定地点了点头。

她呆住了,如果不是高脚椅支撑着,也许早就跌到了地板上。

一支乐曲结束,她没有动弹。

第二支乐曲响起时,她招手唤来侍应生,要了纸和笔。她撕下一张纸条,飞快地写下一行英文字母:GOING HOME,之后将纸条交给侍应生,让他转交舞台上的表演者。做完这一切后,她站起身,朝舞台上投去一瞥,转身走出了酒吧。

追风筝的女人

一

1987年的春天，如果马戏团没有来到水门镇，那莫莉经历的会是另一种人生，她有可能走上身为供销社主任的父亲为她设计的轨道，考上省城的商学院，有朝一日成为她父亲嘴边那种做大买卖的人。可是，在那个晴朗的上午，马戏团不请自来，顺着省道浩浩荡荡开进了水门镇。擎着三角彩旗的几男几女充当了先锋，两辆被帆布覆盖的大卡车紧随其后，压阵的是马队，走在前面的是一匹白马和一匹棕色马，棕色马背上驮着的男人白脸红鼻头，夸张地扮着鬼脸，骑在白马背上的女孩红衣红裤，圆脸蛋甜甜地笑着，边走边朝夹道围观的人们挥手致意。他们穿街而过，在镇子南边的草滩上安营扎寨，拉起蒙古包似的巨大帐篷。帐篷外围的木栅栏也扯起了帆布，不留丁点缝隙让人偷窥帐篷内精彩的表演。

马戏团待了整整一周，这一周里老天爷玩着变脸的把戏，时阴时晴，还下过两天小雨，但人们的情绪全被调动起来了，十里八村的都往镇上跑，唯恐错过了这场罕见的盛会。马戏团每天表演五场，白天四场，晚上一场。人们都在谈论老虎钻火圈，空中飞人，软体柔术，及马技表演。那个骑独轮车顶碗的女孩受到小伙们一致追捧。睡钉床的气功表演让人直咂舌。大变活人的魔术有人看了七八场，都没能破解其中的奥妙。流传最快的是杂耍，马戏团到来的第二天，就有几个少年拿着自制的短木槌有模有样耍开了。

莫莉的父亲是个见过大世面的人物，作为他的孩子也应该多见见世面，了解外面的世界。他慷慨地拿出四元钱，交给莫莉的哥哥，让兄妹俩结伴去看马戏。一场马戏两元钱，兄妹俩很快就分道扬镳了，莫莉的哥哥迫不及待观看了中午场，莫莉选择的则是夜场。放学后，她早早来到了草滩上，守候夜场开演。那会儿，马戏团的人正聚在一块吃晚饭，只有那个白脸红鼻头的男人例外。他牵着匹棕色马，一瘸一拐出了帐篷。他朝莫莉做了个滑稽的笑脸,她也友好地笑了笑。白脸男人翻身上马,朝东边的草坡奔去,上到坡顶,跳下马,不知从哪里拿出个花花绿绿的东西。他朝坡下飞奔,那东西也跟着飞了起来,是只蝴蝶,慢慢就升到了半空中。

那是莫莉第一次见识真正的风筝。白脸男人在草坡上孩子似的手舞足蹈,蝴蝶越飞越高,到最后仅剩一个淡淡的光点。草坡是个好地方,那里开满了各种野花,一采一大把。莫莉不只一次去过那里,那时她的同伴不可能是个陌生的白脸男人。她站在草坡下仰头观看,直到最后一缕霞光被暮色收走。马戏团的帐篷里燃起了火把,夜场马上就要开始了,那个白脸男人才收了风筝,跃上马背,尽兴而归。

第二天傍晚,莫莉就坐到了马背上,并且第一次将风筝放飞了。她代替白脸男人朝草坡下飞奔,这回不是蝴蝶,而是只巨大的蜻蜓,冉冉飞上了云霞尽染的天空。第三天傍晚,她脱离了白脸男人的指挥,独自将一只喜鹊给放到了空寂的天幕上。

风筝多好啊,想飞多高就能飞多高。白脸男人感叹说。

要是没有线拽着,会不会飞得更高?莫莉憧憬。

咱们试试看。说着,白脸男人就拽断了风筝线。偌大的一只纺织娘就钻进了天空里,可惜没能飞得更高,就一头栽了下来,走了几个"之"字,落在了不远处的草滩上。

周日的下午,马戏团为了回报热情的观众,特意安排了一场感恩演出。他们没收门票,木栅栏上的帆布也给收了起来。观众随便站在哪里,都能将马戏团的圆形舞台一览无遗。为了不给远处的观众留下遗憾,他们再次表演了空中飞人、高台顶碗、走钢丝及踩高跷。演出进行了一下午,人们用经久不息的掌声和喝彩声一次次挽留谢幕的演员。最后,马戏团团长不得不率领全团人马,一个个打躬作揖,以求得富有怜悯之心的观众们的谅解,放他们一马。

当天,整个镇上的晚餐时间比往常推迟了不止一小时。莫莉的父亲照例喝了点小酒,放下酒盅,仍不见两个孩子归来。莫莉的母亲大呼小叫,嗓子都喊哑了,才揪回莫莉的哥哥。再去寻莫莉,从街头找到巷尾,从镇东奔到镇西,没见到半个人影。莫莉不见了!莫莉的母亲慌慌张张跑回家,向莫莉的父亲报告。很快,整个镇上都被搅动了,有人端着饭碗站到街中心来蹚热闹,也有好心的人扔下饭碗加入了寻找的队伍。水井里,池塘边,阴沟里,堰圳旁……所有可能藏人的地方都找遍了,就是不见莫莉。莫莉真的失踪了!

赶快报警吧。有人提醒说。

镇派出所张所长正一身正装,从草滩那边巡视回来。他的身后跟着两个年轻的警察：小周和小马。从马戏团到来的那天开始，张所长每天都亲自率队到街面上兜一圈，唯恐生出什么乱子。

有人将莫莉失踪的消息报告给了张所长，张所长问，在哪儿呢？人群哗啦啦包围了张所长，张所长炯炯有神地环视了一圈众人问，最后一次见到莫莉是什么时候？都有谁？没有人回答他，刚才还七嘴八舌的人们全都被他问哑了。莫莉的父亲哆嗦着舌头，什么话也说不出。莫莉的母亲像莫莉死了似的嚎啕得天昏地暗，差点就闭过气了。

莫莉被那个瘸子用马驮走了。良久，才有个半大的孩子站出来说话。

是那个白脸红鼻头的男人。有人补充说。

是那个打花棍的小丑。有人更专业地挑明。

张所长当即率领小周和小马，直扑马戏团驻扎的草滩。他们身后是镇上原住居民组成的义愤填膺的声讨队伍。他们虽然没将猜想到的悲剧说出嘴，但内心几乎断定莫莉已被马戏团的那个小丑奸杀了，或者小丑对她施了迷魂大法，要把她拐走。马戏团的女孩哪里来的，不都是从各地拐骗来的吗？

马戏团的帐篷已经拆除，演员们变身装卸工，正在将道具装上卡车。几匹马聚成一团，由一个小女孩照料。从黑暗中涌过来的人潮把团长老头儿吓傻了，不知马戏团触犯了什么未知的禁忌，还是哪儿得罪了什么重要人物。张所长绷着脸，指示说，把那个瘸腿的小丑找过来。那个打花棍的小丑很快来到了人群的中心，不过已卸了妆，脸上的红白均不见了。居然是个面容俊秀的小伙子。张所长他们讯问了大半夜，打花棍的小伙子回答的还是那句话，莫莉回家去了吧？！后来，两个年轻的警察和几个自告奋勇的男人，在张所长的指挥下跳上了马戏团的卡车。他们将道具箱一只只卸到草地上，将卡车上能藏人的地方找了个遍。最后，在一只装演出服的箱子里发现了莫莉，箱子打开时莫莉正处在睡梦之中，嘴角挂着一抹甜甜的笑容。

二

二十多年后，莫莉的丈夫赵凤年说，一言以蔽之，莫莉来到这世上就是祸害人的。他从自己开始溯流推算受害者，他是第三个，第二个是裁缝夏勤元，第一个该是马戏团那个打花棍的瘸腿小伙。这三个受害者中，赵凤年是最悲惨的，娶了莫莉为妻。赵凤年在马戏团走后十多年才来到水门镇，在镇医院消化内科当医生，对莫莉的往事知道得那么清楚，并非空穴来风。而且他说的没错，夏勤元和那个打花棍的小伙子皆因莫莉险些招来牢狱之灾。

　　那个春天的晚上，镇派出所张所长将莫莉从道具箱里抱出来时，莫莉激灵一下醒了，朝张所长眨巴了几下眼睛。吵什么吵，就不能让我安静地睡一觉吗？莫莉朝张所长那张快五十岁的老脸上拍了一巴掌，尔后像只偷灯油的老鼠似的蹦到了草地上。张所长被扇蒙了。后来，很多人都认为，那个打花棍的小伙子被张所长带去派出所，八成同莫莉那一掌有关。

　　马戏团在水门镇多滞留了三天。从扮演小丑的小伙子开始，到团长，到马戏团的每个人都被叫去派出所问话。张所长怀疑莫莉是被人藏在道具箱里的，如果不是发现及时，有可能她真就被拐走了。但后来，张所长还是放走了马戏团，种种迹象表明，他们是无辜的。他们当中没人知道莫莉为什么睡在道具箱里，而莫莉也坚称是她自己趁人不注意时躲进去的，为的是偷看马戏团的夜场演出，要知道到现在，她还没看过一场完整的马戏。本该看戏的时间被挪用到同那个白脸小丑放风筝去了。张所长问莫莉，是不是有人教唆她这么回答，莫莉天真的脸上满是惊讶，反问说，哪个教唆我呀？张伯伯，是您亲口告诉我的呀，您咋能忘了呢？一身刑侦本领的张所长不想在一个小女孩跟前折戟了，对此，他始终耿耿于怀,除了羞惭,还是羞惭。此后多年,他一直没有停止追问莫莉,每次都企图从她嘴边得到与他推想一致的答案,但都是徒劳。

结束谈话的当天晚上,马戏团在黑暗的掩护下悄无声息地走了。那个打花棍的小伙子或许为了表达某种歉意,送给莫莉一只鹞鹰风筝。这只风筝莫莉还是第一次见到,翅膀上画着好看的花纹,头部就像真的鹞鹰那样逼真。当风筝在草坡上飞上天空时,附近田野上的老鼠,青蛙,乃至农人家的鸡,都被吓坏了,慌不择路,四处逃窜,唯恐慢一步就会遭遇灭顶之灾。这是莫莉的第一只风筝,放飞几次之后她就有些心疼了,不舍得再拿出去。她央求父亲,能不能在外出时买只风筝回来,随便什么风筝都可以。莫莉的父亲想都没想就答应了,甚至夸奖莫莉有眼光,这事求别人可不行,求他——才是拜对了神。莫莉嘛,这叫蜈蚣吃萤火虫,小丫头心里明白着呢。莫莉的父亲也有些愧疚,倘若莫莉那晚上真的失踪了,疼爱她的机会都没有了。

莫莉的父亲买回来的风筝简单到只能叫风筝,不可能把别的复杂些的名字摁到它们头上。莫莉的父亲对风筝的唯一乐趣,是把买风筝的地点标注在风筝的翅膀上,有的写上武汉,有的标明长沙。他用红颜色的笔描摹得一手抢眼的黑体字，就像给商品标价般乐此不疲。这些风筝可坑苦了莫莉，一只风筝放不了几次问题就来了，要么翅膀脱线，要么哪根骨头断了。那个打花棍的小伙子只教会莫莉放风筝，对于修理风筝，师父没教，莫莉束手无策。她照葫芦画瓢修理过两次，修理过的风筝看似还是那只风筝，到了草坡上却像个醉汉，没飞几尺高就一个倒栽葱，赖在地上不起来了。

无限沮丧之时，莫莉发现了裁缝夏勤元——赵凤年认定的第二个受害者。夏勤元是个大龄未婚青年，同那个打花棍的小伙子一样腿也有点瘸。称呼夏勤元为裁缝可谓睁眼瞎叫，可没人想过合适不合适，反正他都答应了。夏勤元租赁了供销社一个利用过道改装的门面，不到二十平方米，店门口摆台手摇补鞋机，往里走，是缝纫机、锁边机。起初，他给人缝衣补鞋，换拉链，修锁，换伞骨，补自行车胎，后来会的越来越多，修理电饭煲高压锅，老年人坐的轮椅，孩子的玩具。客人找上门，夏勤元总是那句话，放那儿吧，我试试看。过个三五天，把东西拿回来，没准不正常的就正常了，不称手的就得心应手了。莫莉像发现新大陆似的，抱着几只破败的风筝直奔修理店。夏勤元见了莫莉，照旧说，先放这儿吧，我琢磨琢磨再说。他不是推脱，而是第一回碰上这种差事，修不修得好很难说。莫莉着急，也无可奈何，只得快快回了。

夏勤元嘴上虽是如此应付，但内里对莫主任家的客人丝毫不敢怠慢，莫莉走后，他抛下手头的活计，将破损的风筝摆在工作台上逐一琢磨，很快就开窍了，将莫莉送来的风筝修复得完好如初。莫莉来拿风筝时小脸蛋笑成了花儿，扳住他的肩头，踮起足尖在他脸上亲了一口。莫莉的奖赏激发了夏勤元的无穷动力，后来还因此多方托人，从上海买回来一本风筝制作技艺的工具书。

谁曾想夏勤元的这番良苦用心，日后倒让他在莫莉的父亲跟前有口莫辩。几年下来，他都成了莫莉的专用修理师，不知为她修复过多少只风筝。莫莉也像她手中的风筝，一步步往上蹿，出落成了个养眼的大姑娘。水门镇上的壮小伙自我解决隐秘的羞事时，暗夜里就没少喊莫莉的名字。莫莉考上省城卫校那年发生的事情，莫莉的父亲都气得吐血了，但莫莉一家讳莫如深，瞒过了镇上所有人。若干年后莫莉的哥哥有次酒后胡言乱语，把莫莉的隐私给败露了。

莫莉到省城上学后不出半个月，莫莉的父亲就接到校方的电话，让他去省城一趟。电话是晚上打到莫莉家客厅的座机上的。莫莉的父亲在省城待了三天，第四天借助夜色的掩护将莫莉押回了水门镇。莫莉被她父亲在屋子里关了一个多月，才重新回到省城上学。过后没多久，莫莉的父亲有天把

自己灌醉了，先是在大街上闲逛，高一脚低一脚的，说着没
来由的狠话，后来不知怎么跑去了夏勤元的修理店，把缝纫
机补鞋机都给砸了。夏勤元脸上挨了两掌，腰上被踹了一脚，
要不是躲得快，说不定被莫莉的父亲给宰了。张所长带人勘
察了现场，最后怎么处理的，派出所没有公布结果。镇上的
人们都以为夏勤元拖欠了供销社的房租，就算拖欠房租也犯
不上这样呀。

三

　　年底放寒假，莫莉从省城带回来一大箱风筝，造型各
异，颜色不一，什么玩意儿都有。如果把它们同时放上天，
绝不逊于一个盛大的飞行编队，纵有十双眼睛也看不过来。
那二十多天里，莫莉天天往草坡上跑，将所有风筝轮流放了
个遍。也有一两只挂彩的，莫莉就拿着它去往修理店，没想
夏勤元不在，修理店的门庭也更换了，变成专卖丧葬用品
的。莫莉着了慌，以为要找的人离开了水门镇，找人打听后
才知修理店搬到了别处。她没问搬走的原因，也不懂得观察
答话人的脸色，只顾拿着风筝按图索骥去找修理店。
　　莫莉称呼夏勤元与别人不同，不叫夏裁缝，也不叫夏师

傅，前些年喊夏哥哥，现在长大了，就减了一个字，喊他夏哥。夏哥，我回来了。莫莉一声欢快的叫喊，把夏勤元给震到了。他原本在敲打高压锅盖，手猛然哆嗦了一下，锅盖跌到了地上，将地板砸出个浅坑。

当晚，在莫莉没有回家之前，莫莉的哥哥就将她的行踪报告给了父亲。他奉命监视莫莉，不敢不履行职责。你找谁都行，就是不能找那个猪狗不如的流氓坏种！莫莉刚踏进家门，险些就被父亲愤怒的吼叫给戳穿了额头。这一幕恰巧被过路人听到了，那人探头探脑地朝屋里张望问，莫主任，说谁呢？莫莉的母亲遮掩说，没说谁，发酒疯呢。后来，莫莉的父亲做了个更为野蛮而粗暴的举动，将莫莉的所有风筝扔到雪地上，一把火烧了个干干净净。

莫莉差点因此同父亲决裂了，后来是她母亲死拉活拽，才没有离家出走。假期的后半段是烦闷的，是夏勤元给她解了围。他送给莫莉一只风筝，是他亲手制作的，同莫莉的父亲最初买回来的风筝没两样，但聊胜于无，多少是个心理安慰。这成了夏勤元制作风筝的开端。莫莉在省城求学期间，他似乎很害怕自己会丢失修理风筝的手艺，空闲时间几乎全用在琢磨风筝上，那本制作风筝的工具书帮了他不少忙。他将学到的理论付诸实践，成功制作了不少风筝，出售给有兴趣的孩子。随着他的技艺日益精进，镇上放风筝的队伍慢慢壮大了起来。每逢莫莉从省城回来，那些孩子总是拿着风筝来欢迎她，向她讨教放风筝的技巧。她走到哪里，他们就寸步不离跟到哪里。

莫莉从省城毕业后通过招聘考试，被安排在镇医院当护士。莫莉的父亲显然很失望，女儿压根就不听他的安排，不按照他设定的路线走，原以为她上了省城，不留在省城，至少会去市里吧，哪里想得到——西瓜蹲班房，又滚回了老地方。莫莉除了穿着打扮变得洋气外，看不到别的变化，也不见任何沮丧的情绪，对风筝的爱好有增无减，甚至几近疯狂。参加工作后，她几乎没有其他喜好，风筝是唯一对她誓死效忠的情人，有风的日子就是她同情人约会的盛大节日，她就会欣喜若狂。有个冬天，下第一场雪，她在被雪覆盖的草坡上疯玩了一整天，连午饭都没吃，最终体力不支，一头栽倒在雪地里，差点窒息而死。夏天，暴风雨来临前，她在河滩上奔跑，又险些遭遇了雷鸣电闪。后来，为了避开那些追随她的孩子，她开辟了新天地，结果不小心跌落到了悬崖下，摔断了胳膊，吊腕带系了大半年才拆除。

莫莉的癫狂吓坏了莫莉的母亲，也激起了母亲的愤怒。莫莉的母亲警告莫莉说，你拿镜子照照，哪里还有个姑娘的样子！连个正常的人都不是，将来还要不要嫁人？！莫莉撇了撇嘴，依然忘乎所以。莫莉的胳膊摔断后，莫莉的母亲更是崩溃了，疼惜中带着诅咒说，你就作死吧！看谁来给你收尸！谁给你披麻戴孝？！

莫莉被父亲打也打过，关也关过，早已修炼得油盐不进，水火不侵。母亲的劝说只当耳旁风，好心也不过驴肝肺。偌大的水门镇已经关不住莫莉这只风筝了。每年的四月，莫莉都会向医院请假，一个人拖着行李箱往外跑。她去了哪儿，跟谁在一起，莫莉的父母不知道，镇上的人们更不可能清楚。难免有流言蜚语，莫莉十有八九是去约会情人。后来，镇中学的一个女教师泄漏了莫莉的去向。那个女教师到镇上不到半年时间，可能受到她的学生的影响，也喜欢上了风筝，一度成了莫莉忠实的追随者。女教师跟着莫莉跑遍了水门镇的每个角落，莫莉往外跑，她也跟着往外跑。返回时，那个女教师带回来一大堆照片，照片上的风筝满天飞，就像满池的锦鲤。放风筝的人群中，除了女教师和莫莉，大多是兴奋而陌生的面孔，甚至有金发碧眼的外国女孩混杂其间。照片中的背景也不尽相同，有的在草原上，有的在海边。那个女教师同莫莉一块出去过两次，后来就像只断线的风筝般飞走了，从此杳无音信，又剩下莫莉一个人继续孤独的旅行。

四

　　有段时间，莫莉的父母情愿莫莉被马戏团拐走，也不愿意看到她像个现世宝似的丢人现眼。他们迫切希望女儿嫁出去，早一天嫁出去就早一天清静，他们就多享一天清福。莫莉的母亲甚至在莫莉的父亲面前哀叹，莫莉恐怕要成老姑娘了。莫莉的母亲豁出去老脸央请人介绍的对象，都被莫莉三言两语给打发了。莫莉先前也不缺乏追求者，从省城刚回到水门镇的那两年，莫莉的追求者少不得站下半条街。他们起初信心百倍，涎着脸皮，发誓不抱得美人就决不班师回朝。可结果呢，他们的雄心壮志在莫莉的风筝跟前不堪一击，无一幸免。风筝是怎样发明的？风筝有多少个种类？哪个朝代开始举办风筝节？潍坊的国际风筝节开始于哪一年？……莫莉的追求者们面对诸如此类的风筝科普知识，支支吾吾，结结巴巴，末了丢盔弃甲，溃不成军。后来者从前人的经验里吸取教训，先在书本上、网络上，对有关风筝的知识强记一番，再择日挥师向镇医院、向马戏团驻扎过的草滩进军。莫莉似乎得到了谁的密报，知道他们有备而来。她改变了考验方式，将他们带到她摔断胳膊的悬崖边，把一只风筝扔到叉在悬崖半腰的一棵小树上。谁有勇气徒手把风筝拿回来，她就嫁给谁。是冒险给美人取回风筝，还是保全自己的性命，他们非常理智地选择了后者。也怪不得他们，他们渴求的本是正常的爱人，而不是个宁要风筝而不惜性命的女疯子。

在莫莉和那些追求者偃旗息鼓后的某个秋天，赵凤年来到了水门镇。镇上的人们对莫莉早已见怪不怪，倒是对治疗肠道疾病很拿手的赵医生引发了他们浓厚的兴趣。赵凤年有严重的洁癖，每接触一个病人，必定要上洗手间洗干净双手，才肯接待新的病人。遇上拉肚子的，或者上吐下泻的，中途还得去一次洗手间。去医院找他看病，擦身而过的护士会笑着告诉你，赵医生上洗手间了。赵凤年的特殊癖好很快在镇上传开了，甚至沦为拿来取笑别人的段子。如果有人问，某某去哪里了，旁边立刻会有人答话，赵医生上洗手间了。

镇上的人们也有眼盲的时候，外地来的赵凤年暗恋了莫莉许久，竟然丝毫没有引起人们猜疑。赵凤年像个特务似的蛰伏了半年，观察和适应新环境。他留意到，病人向莫莉打听他的去向时，同别人不一样，她总是说，不知道，去问别人吧。他很好奇，一个大活人明摆着天天在她眼前，她居然能视而不见，当他不存在。有天，他向一位同事打听莫莉，同事以过来人的身份提醒说，那个女疯子呀，少惹。在他的洁癖家喻户晓之后，追求莫莉就成了赵凤年的头等大事，但他并没有贸然行动。他悄悄跟踪过莫莉几回，知道在哪儿能遇上她。他假道伐虢，先在夏勤元那儿买了只风筝，自认为同夏勤元熟络了。夏勤元把他当成买风筝的主顾，不冷不热，不卑不亢。赵凤年不把自己当客人，下了班，就往夏勤元那里跑，没话找话说。跑了三几次，就撞见莫莉了，同莫莉说上话了。过一阵后，病人再打听他的行踪时，他听到了变化，莫莉正了正头上的护士帽，说，那个赵医生呀，放风筝去了。

经过几个月，赵凤年巧遇莫莉无数次，才试探着给她送花，送礼物，莫莉都收下了。但很快，他就悲哀地发现，送给莫莉的花让同科室的小姑娘捧走了，他送给她的手套和丝巾，都被她转送给了保洁阿姨。

一年过去，赵凤年的追求毫无进展，寸功未建，始终在原地徘徊。他有些沉不住气了，恳请一个自认为关系尚好的同事把脉问诊，同事反问赵凤年，莫莉有没有口试风筝科普知识，他摇了摇头，同事又问，莫莉有没有让他到悬崖下捞风筝，赵凤年更是懵懂不知。在同事的嘴边没有讨到对策，他病急乱投医，转而向夏勤元求助。夏勤元的反应很古怪，像个半仙似的，拿手指了指风筝，又指了指天空。赵凤年问，是不是要陪她去放风筝，夏勤元却像惧怕泄露天机似的，瞥他一眼，半声不哼了。

事情的转机发生在一趟旅行途中。那年的四月，莫莉照旧拉着行李箱，赶赴一场风筝盛会。赵凤年跟踪而去，抵达了滨海的一个小城市，并在海滩上找到了正在放风筝的莫莉。莫莉对他的到来半点也不惊讶，也没有流露出任何反感。他陪同她在海滩上待了整整一周，最后一天的下午，主办方举行了颁奖仪式，莫莉意外获得了优秀选手称号。这是莫莉有史以来第一次获得放风筝的荣誉。她从领奖台上奔下来时，几乎一头撞进了赵凤年的怀里。她答应嫁给他了！后来，赵凤年暗暗揣摩，莫莉当时同意嫁给他，有可能被获奖的喜悦冲昏了头脑，如果不是他在现场，换成别的人，她也会答应，哪怕是阿猫阿狗。

那天在海滩上，一同参与盛会的发烧友向莫莉道贺时，她当即就邀请他们来年到水门镇参加她的婚礼。有几位吵着要吃喜糖，赵凤年当然慷慨了一回。旅行结束后，莫莉似有悔意，但并没有表现得多么出格，只不过同赵凤年约法三章，无非要给她适当的自由，让她有机会辗转各地的风筝节。那会儿正是赵凤年倍感幸福的时刻，即使莫莉提出一千个一万个条件，他也会顺着她，不会提反对意见。

婚礼完全依照莫莉的意愿，在另年的春天举行。那几位答应参加他们婚礼的外地风筝发烧友如期而至。那是水门镇最为特别的一场婚礼，那些发烧友带来了各式各样的风筝，亮出了各自的绝活，在马戏团曾经驻扎的草滩上表演了一场精彩纷呈的风筝之舞。作为回馈，莫莉向每位客人分别赠送了一只由夏勤元亲手制作的风筝。婚礼的盛况让镇上的人们大饱眼福，没齿难忘，多年后还有人谈论，莫莉当天放飞的风筝是夏勤元送给她的结婚礼物——一只串式风筝，宛如一串镶嵌在天空里的宝石项链般光彩夺目。

五

莫莉同赵凤年的婚姻仅仅维持了四年多时间，就被莫莉的哥哥破坏了。莫莉的哥哥算是个倒霉蛋，高中毕业没能考上大学，去深圳打了两年工，带了个女孩回来。女孩在水门镇生活了几年，可能受不得小镇生活的逼仄，丢下丈夫和两岁不到的儿子偷偷走了。莫莉的哥哥在妻子失踪后，整天以酒果腹，差不多成了个酒鬼。某天，在酒桌上，有人拿莫莉和赵凤年的婚姻开玩笑，一个酷爱风筝的疯子，一个在洗手间接待病人的医生，简直是天造地设的一对。莫莉的哥哥就在这时候曝出了那个隐瞒了二十多年的秘密——你们不知道吧？我那个傻瓜妹妹曾经被夏勤元给强奸了！

你喝醉了吧？可别把屎盆子扣在自家妹妹头上。同桌的人都瞪大了眼睛，有一个站起身要去捂莫莉哥哥的嘴，制止他胡说八道。

她都怀上了他的种，在省城的医院打掉了……千真万确！如果我说了假话，说了假话……就让我喝酒噎死！莫莉的哥哥喷着酒气，生怕别人不相信。

酒局散后，几个喝醉了酒的早忘记莫莉的哥哥说过什么，也有个别的，把秘密吃进了肚子里。这吃过秘密的人回想，当初莫莉的父亲为什么将夏勤元的修理店砸了个稀巴烂，将他赶走，原来真是有原因的。这人越想肚子就胀得越难受，在另一次酒会上把秘密给吐了出来，被另外几个人吃进了肚子里。这其中有个患过胃病的，是赵凤年给治好的，吃下秘密后肚子又闹鬼，鼓胀得像个打足气的皮球，又去镇医院找赵医生。赵凤年从洗手间出来后接待了他，给他开了些药。离开时，这人终于憋不住，走到门边又折回去，捂着肚子对赵凤年说，赵医生，有句话不知当讲不当讲？赵凤年很诧异，问，还有哪儿不舒服吗？那人说，赵医生啊，您是个好人，同那个夏裁缝可别走得太近，您该恨着他才对。赵凤年傻着眼，不明白对方说什么鬼话。那人却啪的一声扇了自己一掌，谁叫你多嘴！你就不怕嘴上生疔疮？！

赵凤年在病人走后又上了趟洗手间，回到接诊室，正好没病人，就呆坐在办公桌前，把那人的话在心里反刍了几遍，还是咀嚼不出什么意思。过些时候，镇上的风言风语突然茂盛起来了，又有话传进了赵凤年的耳朵，性质同那个患胃病的说法有点不同，莫莉不是被那个姓夏的王八蛋强奸，而是被他诱奸。莫莉的父亲要不是顾及女儿面子，早将夏勤元送进了牢房。那天，赵凤年没接待几个病人，几乎一整天待在洗手间里。对于谣言，他始终半信半疑，也许夏勤元是遭人诬陷的，镇上的人们只是看到了事情的表象，其真相或许相差甚远，只有莫莉自己清楚。刚结婚那会儿，他对莫莉的身体产生过怀疑，莫莉解释说，那是放风筝摔的。莫莉的确摔过无数跟头，身体上落下了不少疤痕，甚至还掉下过悬崖，差点因此丢掉性命。她的解释合情合理，他将信将疑，没再追问下去。

就像当初那样，赵凤年也不想追究飞短流长的真与假，更没法堵住众人之口，其实这已经足够毁掉他同莫莉的婚姻。他在内心同自己剧烈地搏杀了一番，最终同莫莉在洗手间谈成了离婚协议。莫莉来上洗手间时，碰巧洗手间前共用的通道上没人,他就将她堵住了。他们不存在财产分割,新房是医院的宿舍,三岁多一点的女儿归赵凤年抚养,莫莉也没有异议。第二天,他们就去民政局办理了离婚手续,莫莉搬进了医院的单身宿舍。赵凤年后来也没找过夏勤元的麻烦,离婚第二年,就带着女儿调走了。

过两年,有个投资商来到水门镇,打算在圣土山上开发旅游项目。圣土山的金矿已经关闭多年,留下的遗址加上周边山头的景色,是个值得打造的旅游项目。投资商梦想大干一场,筹划着举办个什么活动,闹腾出点影响。搞个风筝节吧。镇政府的人建议。此时,水门镇的风筝在周边地区已有气候了,莫莉的影响也不再局限在草滩上,早已随着风筝飞遍了大好河山。莫莉自然成为了风筝节上的焦点人物,但没想到她却因此干出了一件非常出格的事情,让围观的人们欢呼,让放风筝的人颜面尽失,更让投资商一脸惊愕,好半天都没反应过来。那天,莫莉放飞的是打斗风筝,风筝线是特制的,像精灵一样诡异,疾若闪电。风筝节开幕不到半小时,所有的风筝都被莫莉的打斗风筝收割了,那些看似龙飞凤舞的风筝,仿佛被子弹击中的鸟儿,一只只跌落到了地上,无尽的蓝色天空为莫莉一人独享。

主办方还没来得及想好收拾莫莉的对策,莫莉就不辞而别了。此后几年，镇上再无莫莉的消息，连莫莉的父母也不清楚女儿的下落。后来，是莫莉的哥哥再次透露了莫莉的秘密。莫莉的哥哥在微信朋友圈发了张照片，是莫莉同一个男人的自拍照，背景好像是某地的风筝节。照片上的莫莉阳光灿烂，她的头顶风筝密集如蝗群。

图书在版编目（CIP）数据

冯玛丽的玫瑰花园/樊健军著.-上海：上海文艺出版社.2022
ISBN 978-7-5321-8230-5
Ⅰ.①冯… Ⅱ.①樊… Ⅲ.①短篇小说－小说集－中国－当代 Ⅳ.①I247.7
中国版本图书馆CIP数据核字(2022)第026634号

发 行 人：毕　胜
策　　划：李伟长
责任编辑：解文佳
特约编辑：吴　玫
封面设计：未　氓
版式设计：兰伟琴

书　　名：冯玛丽的玫瑰花园
作　　者：樊健军
出　　版：上海世纪出版集团　　上海文艺出版社
地　　址：上海市闵行区号景路159弄A座2楼 201101
发　　行：上海文艺出版社发行中心
　　　　　上海市闵行区号景路159弄A座2楼206室 201101 www.ewen.co
印　　刷：崇明裕安印刷厂
开　　本：1240×890　1/32
印　　张：12.5
插　　页：2
字　　数：140,000
印　　次：2022年2月第1版　2022年2月第1次印刷
ＩＳＢＮ：978-7-5321-8230-5/I・6503
定　　价：65.00元
告 读 者：如发现本书有质量问题请与印刷厂质量科联系　T:021-59404766